KB019084

내 인생에서는 내가 주연입니다.
모쪼록 이 책을 읽고 꿈을 이루어
성공의 주인공이 되시길 기원합니다.

_____ 님께

오늘 마주한 말 한마디가
당신의 운명을 바꿀 수도 있습니다.

마음에 새기는

명품
명언

마음에 새기는 **명품명언**

초판 1쇄 발행 2020년 07월 17일
초판 2쇄 발행 2020년 11월 10일
초판 3쇄 발행 2021년 03월 22일
초판 4쇄 발행 2022년 12월 15일
2판 1쇄 발행 2024년 06월 10일

지은이 | 김옥림
펴낸이 | 임종관
펴낸곳 | 미래북
디자인 | 문인순
등 록 | 제 302-2003-000026호
주 소 | 경기도 고양시 덕양구 삼원로73 고양원흥 한일 윈스타 1405호
전화 031)964-1227(대) | 팩스 031)964-1228
이메일 miraebook@hotmail.com

ISBN 979-11-92073-8   (03800)

마음에 새기는
명품
명언

김옥림 지음

Luxury sayings
inscribed on the mind

자기 인생에서는 자신이 주연이다

"우리는 지금 여러 가치관이 병존하는 시대에 살고 있다. 따라서 자신의 가치관을 살리기 위해서는 공기 인간이 되어야 한다. 즉, 공기처럼 가벼워서 어떤 곳도 파고들 수 있고, 누구에게나 꼭 필요한 것을 갖추고 있는 사람이 되어야 한다."

유대의 랍비이자 탈무드의 해설가 마빈 토케이어의 말입니다. 이 말은 현대사회의 시대적 상황을 잘 간파한 말로써 현대인들이 살아가야 할 방향을 산뜻하게 제시해주고 있어 큰 공감을 얻고 있습니다.

탈무드에는 "승자는 스스로 눈[雪]을 밟아 길을 만들지만 패자는 눈이 녹기만을 하염없이 기다린다"라는 말이 있습니다. 이는 인생을 성공적으로 살아가기 위해서는 적극적으로 생활해야 한다는 가르침입니다.

이처럼 선각자들의 한마디 말은 무엇을 어떻게 해야 제대로 사는 것인지를 깨닫고자 번민하고 갈등하는 사람들에게 꿈과 용기와 지혜를 주는 '빛과 소금'의 역할을 해줍니다. 실제로 인생을 성공적으로 살았거나 살고 있는 사람들 중에는 절망의 끝자락에서 헤매다가 선각자들의 가르침 한마디에 희망과 용기를 얻어 다시 최선을 다한 끝에 승리자가 된 이들이 많지요.

이 책에는 할리우드의 거장 스티븐 스필버그를 비롯한 워런 버핏, 톨스토이, 러셀, 어니스트 헤밍웨이, 타고르, 실러, 노먼 빈센트 필, 루스벨트, 베토벤, 괴테, 셰익스피어, 공자, 노자 등 동서고금을 총망라해서 성공한 사람들의 명언과 그 말에 얽힌 일화, 그리고 사상과 철학을 담아 누구나 쉽게 공감하고 실천할 수 있도록 했습니다.

누구나 자기 인생에서는 자신이 주연입니다. 그리고 성공한 사람들의 말 한마디는 당신의 평생을 좌우할 것입니다.

이 책을 읽고 꿈을 이루어 성공하는 주인공이 되시길 소망합니다.

눈 많이 내린 겨울 어느 날
김옥림

Contents

|Part 01|

{ 사랑,
눈물 나게
아름다운
열정 }

사랑은 현재진행형이다

> 미래에 있어 사랑은 없다.
> 사랑은 오직 현재에 필요한 것이다.
> 현재 사랑을 하지 못하는 사람은
> 사랑이 없는 사람이다.
>
> 톨스토이

불후의 명작 《전쟁과 평화》, 《부활》 등을 남긴 러시아의 대문호 톨스토이. 그는 소설가로서뿐만 아니라 사상가로도 유명하지요. 그의 대표작 중 하나인 《인생론》은 많은 사람들에게 감동을 주었습니다. 특히 소비에트 공산주의 체제에 항거한 대표적 작가로 추방까지 당했던 노벨문학상 수상자 솔제니친은 "이 세상에 단 하나의 작품을 선택하라면 나는 톨스토이의 《인생론》을 택하겠다"고 말했을 만큼 톨스토이는 탁월한 사상가였습니다. 그런 그도 사랑은 현재가 중요하다고 강조하였습니다. 나는 이 말에 전적으로 동의합니다.

과거의 사랑이 아무리 아름답다고 해도 그것은 이미 지나간 일일 뿐이지요. 또한 미래의 사랑도 과거의 사랑과 별반 다를 게 없습니다. 한 치 앞을 알 수 없는 것이 우리의 삶 아니던가요. 그런데 어떻게 과거의 사랑에 연연해하고, 미래의 사랑에 목숨을 걸 수 있을까요.

⊛ 지나간 사랑이 아무리 아름답다 해도 그것은 이미 지나간 일이지요. 지나간 사랑에 연연해하지 마세요. 가슴만 아플 뿐입니다. 사랑은 지금이 중요합니다. 지금 하는 사랑에 최선을 다하십시오.

사랑의 소중함

{
사랑은 우리를 하늘로 이끄는 별이며,
메마른 황야에서는 한 점의 초록색이며,
모래 속에 섞인 한 알의 금이다.
}

할름

사랑은 인간에게 소중한 보석입니다. 그래서 할름은 이처럼 찬양했습니다.

그대는 나의 전부입니다/ 부드러운 입술을 가진 그대여,/
그대의 생명 속에는/ 나의 꿈이 살아 있습니다./
그대를 향한/ 변치 않는 꿈이 살아 숨 쉬고 있습니다.

위의 시는 노벨문학상 수상자인 칠레의 시인 파블로 네루다의 〈그대는 나의 전부입니다〉입니다. 그 역시 사랑하는 이의 생명 속에 자신의 꿈이 있다고 말합니다. 변치 않는 꿈처럼 사랑하는 이의 가슴에 살아 있는 사랑, 그 사랑이 없다면 과거도 없고, 오늘도 없고, 미래도 없을 것입니다.

나는 이 시를 대할 때마다 사랑에 관한 한 나라가 다르고 언어가 다르고 환경이 달라도, 감정은 같다는 사실에 놀라곤 합니다.

사랑은 만국의 언어이며, 예술이며, 꿈이며, 희망입니다. 이 아름다운 보석인 사랑을 아낌없이 나누십시오.

삶의 진정한 가치는 사랑에 있습니다.

🕯 사랑은 소중한 보석이니 가벼이 여겨서는 안 됩니다. 진정한 사랑을 원한다면 진실로 사랑하는 이에게 잘해주세요. 그만큼 기쁨과 행복을 얻게 될 것입니다.

진실한 사랑의 의미

> 진실에 대해서 알고 있는 사람은
> 진실을 사랑하고 있다고 말해도 좋다.
> 그러나 진실한 사랑을 하고 있다고 해도
> 진실을 행하고 있다고는 말할 수 없다.

공자

동양사상의 우뚝한 거목인 공자는 사랑에 대해 진실한 사랑을 하고 있다고 자부할지라도 그것이 정말로 진실이라고는 할 수 없다고 했습니다. 진실이 그만큼 중요하다는 것이지요.

진실한 사랑보다 중요한 것은 없습니다. 진실이 없는 사랑은 단지 쾌락일 뿐 아무것도 아닙니다.

많은 사람들은 사랑한다는 달콤한 말로 진실을 가장한 채 욕망을 채우려고 합니다. 그리고 욕망을 채우고 나면 이내 발길을 돌려버리지요. 이런 사람에게는 더러운 걸레처럼 추잡한 본능적 욕심만이 남습니다. 이 같은 거짓 사랑은 하지 마십시오. 그 사랑이 언제 당신에게 비수를 꽂을지 모릅니다.

🌱 나무에 줄기만 자라고 꽃이 피지 않는 때가 있습니다. 또 꽃만 피고 열매가 열리지 않는 때가 있습니다. 진실이 빠진 사랑은 아무리 화려하게 겉을 치장해도 허무한 사랑일 뿐입니다. 속 빈 강정 같은 사랑을 원하는 사람은 없겠지요. 속이 꽉 찬 사랑, 그런 사랑이 감동을 주고, 꿈을 주고, 행복을 줍니다.

최선의 사랑

사랑은 최선의 것이다.

R.브라우닝

누군가 당신에게 지금 최선의 사랑을 하고 있느냐고 묻는다면 '네' 하고 자신 있게 대답할 수 있겠는지요? '그렇다'면 당신은 숭고한 사랑을 하고 있는 것입니다. 단, 그것이 거짓으로 포장되지 않았다는 가정하에서요.

브라우닝 역시 사랑을 위해 최선을 다했을 것입니다. 왜냐하면 이런 말은 실제 경험을 통해서만 가능한 것이기 때문이지요.

사랑은 경험해보지 않고는 그 진실성에 대해 이러니저러니, 말할 수 있는 게 아닙니다. 반드시 경험을 통해서만 그 진실성과 가치에 대해 말할 수 있지요.

'사랑은 최선의 것이다'라는 말보다 더 최선의 것이 있을까요?

그것은 저마다의 가치 기준에 따라 다르겠지만 대개의 경우 그보다 더 최선의 것은 없을 것입니다. 사랑은 인간에게 최고의 구원이 되는 것이니까요.

하나뿐인 귀중한 인생을 위해 최선으로 사랑하고, 최선의 사랑을 받는 아름다운 사람, 그런 사람이 되십시오.

🌸 최선의 사랑은 아낌없이 자신의 모든 것을 줄 수 있어야 합니다, 자신의 영혼까지. 다시 태어나도 다시 선택할 수 있는 사랑, 인생의 최고가 되는 사랑, 그런 사랑을 하십시오.

사랑은 봄에 피는 꽃

{

**사랑은 봄에 피는 꽃과 같다.
온갖 것에 희망을 품게 하고,
달콤한 향기를 풍긴다.**

귀스타브 플로베르

}

겨울이 떠나가고 따스한 봄이 찾아오면 얼어붙었던 대지는 기지개를 켜며 온갖 생명들을 풀어놓습니다. 봄이 오면 천지가 환하게 맑아지는 것은 온갖 생명들이 뿜어내는 향기 덕분입니다. 그리되면 대지는 파릇파릇한 생명의 푸른 물줄기로 흠뻑 목욕을 하지요.

푸른 생명으로 넘쳐나는 들길을 걷다 보면 몸과 마음이 환하게 피어오르는 느낌을 갖게 됩니다. 자연의 그윽한 향연에 주체할 수 없을 만큼 즐거움을 느끼는 것이지요.

플로베르는 사랑을 봄에 피는 꽃과 같다고 했습니다. 참으로 절묘한 표현이지요. 사랑을 해본 사람은 이 말의 의미를 잘 알 것입니다. 맞습니다. 사랑에 빠지면 몸과 마음이 뜨거워지고, 주변이 온통 그윽한 향기로 가득 차오릅니다. 사랑을 경험하지 못한 사람은 죽었다 깨어나도 이런 기분을 느끼지 못하겠지요.

🌾 아무리 힘들고 어려운 일을 만나도 연인의 봄 햇살 같은 사랑만 있다면 꿋꿋이 버텨낼 수 있지요. 사랑은 봄에 피는 꽃 같아 사람과 사람 사이를 맑은 향기로 가득 채워 줍니다.

위대한 열쇠

사랑은
이 세상을 꽃밭으로 만들 수 있는
위대한 열쇠이다.

R.스티븐슨

언젠가 에버랜드에 간 적이 있습니다. 때는 온갖 꽃들이 만발하는 오월이었지요. 공원은 장미, 튤립 등 온갖 꽃들이 내뿜는 향기로 가득했습니다. 눈도, 코도, 마음도 덩달아 즐거워지며 내가 마치 꽃의 나라 임금처럼 여겨지더군요. 어디 그런 기분이 나만의 것이었을까요. 그곳에 온 사람들 모두 다 나와 같은 생각을 하는 것 같았습니다. 넘치도록 아름다운 그날의 풍경은 지금도 내 마음 한구석에 그윽한 향기로 살아 있습니다.

'사랑은 이 세상을 꽃밭으로 만들 수 있는 위대한 열쇠'라고 R.스티븐슨은 말했지요. 사랑만이 만들 수 있는 사랑의 꽃밭, 그 꽃밭에서 사랑하는 이와 함께 맘껏 행복할 수 있다면 그것은 인생 최고의 선물이 될 것입니다.

당신이 그 꽃밭의 주인공이 되고 싶다면 그렇게 기원하세요. 사람에게 있는 잠재의식은 자신이 원하는 것을 간절히 원하면 그대로 이루어지게 하는 마력이 있답니다. 꿈은 이루어진다는 말도 이에 근거한 말입니다.

꼭꼭 잠긴 성문도 작은 열쇠 하나면 쉽게 열 수 있듯이 아무리 꽉 닫혀 있는 마음도 사랑만 있으면 열리지요. 사랑은 닫힌 마음과 마음을 열어서 하나로 연결해주는 열쇠입니다.

사랑의 나이

> 사랑은 나이를 갖지 않는다.
> 언제나 새롭게 태어나기 때문이다.
>
> 파스칼

이 말은 사랑을 하면 나이를 잊게 된다는 뜻입니다. '로맨스그레이'라는 말처럼 나이가 든 사람도 사랑을 하면 한층 젊게 살 수 있습니다. 사랑을 시작하면 사랑하는 이에게 잘 보이고 싶어서 자신을 가꾸고, 말도 품위 있게 하게 되어 새로운 모습으로 변화하게 되지요. 그런데 어찌 나이를 말할 수 있겠습니까. 사랑은 나이를 따지지 않습니다. 묻지도 않습니다. 사랑의 의지, 그 강력한 의지만 있으면 됩니다.

또 사랑엔 국경이 없다는 말도 있지요. 사랑을 하는 데에는 어떤 조건이나 환경의 구애를 받지 않는다는 뜻입니다. 그만큼 무소불위의 힘이 있는 것이지요. 심리학적 측면에서 보아도 사랑하는 사람은 그렇지 않은 사람보다 더 긍정적이고 더 적극적으로 삶을 즐깁니다. 사랑을 하면 더욱 자신을 사랑하게 된다는 증거이지요.

나이 때문에 머뭇거리지 말고 사랑을 시작하세요. 오히려 없던 열정이 솟아 놋쇠도 녹일 만한 힘이 생깁니다.

사랑은 나이나 국경을 따지지 않습니다. 사랑하는 마음이 서로의 가슴을 뜨겁게 사로잡으면 그것으로 충분합니다. 힘이 없다고 걱정하지 마십시오. 놋쇠도 녹일 수 있는 뜨거운 열정이 저절로 분출될 테니까요.

사랑은
아낌없이 주는 것이다.

톨스토이

사랑은 주는 것일까요, 받는 것일까요? 줄 때 더 행복할까요, 받을 때 더 행복할까요? 대개는 줄 때 더 행복하다고 말합니다. 청마 유치환 시인도 시 〈행복〉에서 '사랑은 받을 때보다 줄 때 더 행복하나니라'고 했지요.

왜 그럴까요?

그것은 내가 준 사랑으로 상대방이 행복해하는 모습을 보면 그것은 이내 나의 행복으로 바뀌기 때문이지요.

사랑이든 선물이든 남에게 주어본 사람은 압니다. '주는 것'이 화학반응을 일으켜 뜻하지 않게 커다란 기쁨으로 변화된다는 것을.

톨스토이는 말했습니다, 사랑을 아낌없이 주라고.

당신은 어느 쪽인가요? 줄 때 더 행복을 느끼나요, 아니면 받을 때 더 행복을 느끼나요. 만일 받을 때라고 한다면 줄 때 더 행복을 느끼도록 바꿔보세요. 그러면 그 크기가 훨씬 더 커질 것입니다.

✽ 사랑은 숭고한 것이며, 열렬한 즐거움이며, 미치도록 그리운 것이며, 눈물겹도록 아름다운 것이며, 주어도 주어도 아깝지 않은 보물이며, 곁에 있어도 보고 싶은 것이며, 함께하는 것만으로도 가슴이 벅차오르는 기쁨입니다.

사랑과 믿음

사랑한다는 것은 믿는 것이다.

빅토르 위고

사랑과 믿음은 서로 상관관계를 이룹니다. 사랑을 하면 사랑하는 사람의 모든 것을 믿게 되어 한 치의 의심도, 두려움도 없게 됩니다. 그래서 사랑한다는 것은 믿는다는 것이고, 믿는다는 것은 사랑한다는 의미입니다.

그런데 요즘의 사랑은 외모와 조건을 지나치게 따지는 듯합니다. 현대인의 욕심 때문에 사랑이 그렇게 변질되는 것 같아 안타까운 생각이 듭니다. 상대의 내면에 귀 기울이지 않고 눈에 보이는 것에만 집착합니다. 그 사람이 가진 삶의 가치관에도 관심을 가지지 않습니다. 신뢰의 탑을 쌓기보다는 쾌락만을 추구합니다.

오래가는 사랑을 하려면 진지한 마음으로 해야 하는데도 많은 사람들이 쉽게 사랑하다 깨어져 아픔을 겪습니다. 서로에 대한 믿음이 견고하지 못하기 때문입니다. 믿음이 깨지는 순간 둘을 하나로 묶어주던 사랑도 함께 깨져버리는 것입니다.

사랑은 믿음에서 오고, 그 믿음은 사랑을 더욱 견고하게 하지요. 그러니까 믿음을 깨뜨리는 사랑은 사랑이 아니며, 사랑을 깨뜨리는 믿음 또한 믿음이 아닙니다. 사랑과 믿음은 함께해야 온전한 하나를 이루는 것이지요.

한 방울의 사랑은
금화가 가득 찬 주머니보다
가치가 있다.

보델슈빙크

심각한 척수장애를 안고 간신히 움직이는 손목만으로 그림을 그리는 화가 탁용준. 그는 한 점 한 점 혼신의 힘을 다해 그림을 그립니다. 그의 그림은 손이 아니라 영혼이 완성시킵니다.

그가 최악의 조건에서 초인적인 힘을 발휘하며 그림을 그릴 수 있는 건, 20년 넘게 그의 손발이 되어준 아내 덕분입니다. 그의 아내는 참담한 상황에 빠져도 결코 절망하지 않았습니다. 강인한 믿음과 사랑으로 희망을 일구며 그간의 세월을 인고했습니다. 생각해보십시오! 몸이 불편한 남편을 20년 넘게 헌신적으로 뒷바라지해온 그녀의 고통을. 그리고 그녀의 사랑이 얼마나 아름답고 숭고한지를.

잘 살다가도 어쩌다 어려움이 닥치면 쉽게 관계를 끝내버리는 것이 지금의 세태입니다. 이기적인 현실 앞에서 사랑의 가치는 맥없이 땅에 떨어지고 아무것도 아닌 것으로 외면을 당하지요. 이런 세상에 자신을 다 바쳐 변함없이 남편을 사랑하는 그녀는 하나님이 탁용준 화가에게 보내준 최고의 선물입니다.

🕊 사랑의 가치는 돈이나 어떤 보석으로도 환산이 불가능하지요. 또한 물리적인 힘으로 깨뜨릴 수도 없습니다. 사랑의 가치는 오직 마음으로만 평가할 수 있는 고결한 것입니다.

사랑의 목적

사랑은 세계사의 궁극적 목적이며
최고의 실재이며 근본이다

노발리스

사랑이 사라진 세상은 과연 어떨지를 상상해보십시오. 생각하기조차 끔찍하고 삭막할 것입니다. 만약 그리되면 사람들은 모두 로봇처럼 움직이고, 마치 컴퓨터처럼 입력된 데이터만큼만 사고할 것입니다. 기쁨도 슬픔도 느끼지 못하는 쇳덩어리 같은 사람들이 사는 세상에 무슨 꿈이 있고, 낭만이 있으며, 그리움과 온정이 있을까요. 시베리아 벌판 같은 차가운 현실만이 냉기를 뿜어대며 슬피 우는 이리처럼 떠돌 것입니다. 그런 세상에서 산다는 것은 죽음보다도 참혹하지요.

노발리스는 세계사의 궁극적인 목적을 사랑이라고 했습니다. 사랑이야말로 모두의 꿈이며 목적이라고 보았던 것이지요. 사랑이 지니고 있는 속성을 명확하게 갈파한 말이 아닐 수 없습니다.

결코 사랑을 가벼이 여기지 마십시오. 사랑을 가벼이 여기는 사람은 사랑에 상처를 입고 두고두고 후회할 것입니다.

사랑은 위대한 것입니다. 그래서 이 세상이 있는 한 영원히 지속될 것입니다. 미련이 남지 않는 사랑, 그런 사랑을 하십시오.

✿ 사랑은 모든 이들의 삶이며 꿈이며 목적입니다. 사랑이 떠나버린 텅 빈 집은 사막과 같고, 사랑이 식어버린 가슴은 얼음처럼 차지요. 사랑은 누구나 바라는 기쁨, 누구나 원하는 정열, 누구에게나 피할 수 없는 운명입니다.

물과 사랑

> 물은 헛된 행복과 같이 흘러가버린다.
> 그러나 사랑은
> 흘러갔다가도 충실하게 되돌아온다.

아른트

언젠가 물안개가 자욱한 남한강을 본 적이 있습니다. 그때 내가 서 있던 곳은 강원도 최남단, 남한강을 사이에 두고 충청북도 앙성면을 마주보는 곳이었지요. 건너편 강 언덕으로는 작은 마을이 있었는데 그 모습이 마치 연하엽서에 나오는 한 폭의 수묵화처럼 아름다웠습니다. 아무리 뛰어난 화가가 그린들 그만 할까요.

하지만 그때 나는 황홀감 뒤에 찾아오는 서늘한 아쉬움도 함께 느꼈습니다. 한번 그 자리를 떠난 강물은 다시는 돌아오지 않는다는 사실 때문이었지요. 강물은 흘러가는 법칙에만 익숙할 뿐 되돌아오는 법을 모릅니다.

사랑은 어떨까요?

사랑을 하다 보면 아주 사소한 오해로 이별을 맞기도 합니다. 그 상실감으로 마음 아파하고 지독한 고통의 바다에 빠져 허우적거리기도 하지요. 하지만 자신을 반성하고 간절히 원하면 떠났던 사랑이 다시 되돌아오기도 합니다.

한번 떠난 강물 같은 사랑을 원치 않는다면 그 사랑이 떠나기 전에 꼭 붙드십시오. 그리고 사랑의 강물이 행복이 되어 흐르게 하십시오.

🌱 한번 흘러간 강물은 다시 되돌아오지 않습니다. 사랑도 그렇습니다. 사랑을 잃는 슬픔은 경험하지 말기 바랍니다.

사랑의 조건

{
진정한 사랑의 조건은
희생적인 헌신이다.

뒤파유
}

　너무도 사랑하는 남녀가 있었습니다. 그들은 가진 것은 별로 없었지만 서로를 진정으로 사랑하였습니다. 많이 배우지 못한 남자는 탄광에서 일했고, 아내는 따뜻한 밥상을 차려놓고 남편을 기다렸습니다. 그들은 가난했지만 행복했습니다.

　그러던 어느 날, 퇴근하여 올 남편을 기다리는데 갑자기 비가 내리기 시작했습니다. 아내는 우산을 들고 마중을 나가 마을 입구에서 기다렸습니다. 비 맞을 남편을 생각하며 동동거리고 있는데 어둠 저편에서 남편의 모습이 보였습니다. 아내는 남편을 향해 뛰어갔습니다. 조금이라도 비를 적게 맞게 하고 싶었던 것이지요. 바로 그때 반대편에서 갑자기 차가 나타났습니다. 그대로 두면 사고가 날 것이 틀림없는 상황이었습니다. 남편은 쏜살같이 달려와 아내를 밀쳐냈으나 자신은 그만 차에 부딪쳐 의식을 잃고 말았습니다.

　아내는 비가 억수처럼 퍼붓는 가운데 남편을 끌어안고 미친 듯 울었습니다. 그러나 의식을 잃은 남편은 영영 깨어나지 못했습니다.

　진실한 사랑에는 희생적인 헌신이 따릅니다.

🕯 사랑의 가장 좋은 조건은 사랑입니다. 사랑만 있으면 사랑을 얻을 수 있습니다. 단, 오래가는 사랑을 위해서라면 헌신적으로 사랑해야 합니다.

완전한 인간

> 사랑이 필요한 사람은
> 완전한 인간이 아니며
> 불완전한 인간이야말로
> 사랑이 필요하다.
>
> 오스카 와일드

완전한 인간이 있을까요?

나는 없다고 생각합니다. 어떻게 완전한 인간이 있겠습니까.

최초의 인간이었던 아담과 이브!

그들은 아름다운 에덴동산에서 행복한 나날을 보냈습니다. 먹을 것도 풍요로웠고, 특별히 옷도 필요 없었으며, 사철 꽃이 피고, 따뜻한 햇볕이 있어 모든 것에 부족함이 없었습니다.

그런데 그들의 행복을 깨뜨리는 사건이 벌어졌습니다. 이브가 뱀의 꾐에 빠지고, 아담 또한 이브의 꾐에 빠지고 만 것입니다. 하나님께서 건드리지 말라고 하셨던 선악과를 따 먹은 것입니다. 하나님의 명령을 어긴 것이지요. 그들에게는 그에 상응하는 벌이 주어졌는데 아담은 평생 일을 해야 했고, 이브는 산고의 고통을 겪어야 했습니다.

어처구니없는 단 한 번의 실수가 행복한 삶을 힘겹게 할 줄 몰랐던 아담과 이브! 그들은 하나님의 은총을 받았지만 실수를 저지르는 불완전한 존재에 불과했습니다.

완전 비슷한 인간은 있을지라도 완전한 인간은 없습니다. 불완전한 것이 인간의 제 모습이니까요. 그래서 인간은 완전한 인간이 되기 위해 사랑을 하지요. 사랑은 진정한 인간의 모습을 갖게 하는 자아의 거울입니다.

나쁜 사랑

{ 세상에는 사랑받기를 원하면서도
남을 괴롭히고 해쳐,
사랑을 멀리하는 자가 있다. }

조지 버나드 쇼

우리나라 근대문학의 중심에 우뚝 선 천재작가 나도향! 그의 소설 《벙어리 삼룡이》,《물레방아》 등은 한국문학의 빛나는 대표작품이지요.

《벙어리 삼룡이》에 패악하고 몹쓸 사내가 나옵니다. 바로 삼룡이의 주인인 오 생원의 아들입니다. 그는 삼대독자로 위아래도 몰라보는 안하무인이어서 자신에겐 넘치도록 과분한 색시를 샌드백 치듯 손찌검을 해댑니다. 삼룡은 아씨에게 연민을 느끼게 되고, 그것을 눈치 챈 개망나니 아들에게 죽도록 얻어맞고 쫓겨나지요. 그리고 그날 주인집에 원인을 알 수 없는 불이 나고, 삼룡은 주인과 아씨를 구하고 죽습니다. 못된 주인집 아들 역시 불에 타 죽습니다. 여기서 자신의 목숨을 아낌없이 내어준 삼룡이의 사랑은 아름다운 사랑이고, 남을 괴롭히고 해치면서 소유하려는 주인집 아들의 사랑은 나쁜 사랑입니다.

나쁜 사랑을 하는 사람을 종종 볼 수 있습니다. 그런 사람은 상대방이나 자신에게 치명적 패악이 되지요.

나쁜 사랑은 모두를 능멸하고 해치는 결과를 가져옵니다.

🌱 자기만 아는 사랑은 나쁜 사랑이지요. 그런 사랑에는 배려도 없고, 참음도 없고, 기다림도 없습니다. 그저 성냄만이 가득합니다. 그래서 진실을 능멸하고, 사랑의 숭고한 가치를 쓰레기로 만드는 패악이 됩니다.

참혹한 고통

누구한테도 사랑을 받지 못한다는 것은
참혹한 고통이다.
또, 아무도 사랑할 수 없다는 것은
죽음과 같다.

라이크스터

사랑을 받아보지 못한 사람은 사랑을 할 줄도 모릅니다. 그러나 받아본 사람은 사랑할 줄 압니다.

어떤 이가 있었습니다. 그는 공부도 잘했고, 열심히 노력하여 성공해서 남들이 부러워하는 자리에 올랐습니다. 그리고 많은 부를 얻어 부러움을 샀습니다. 하지만 웬일인지 그는 행복하지 않았습니다. 무언가 늘 허전했고, 알 수 없는 고통에 시달려야 했습니다. 자신이 세웠던 모든 목표를 이루었지만 하루하루가 너무 재미 없었습니다.

그러던 어느 날, 그는 우연히 사랑으로 가득 찬 어느 젊은 연인을 보게 되었습니다. 그들은 그가 지금까지 보아온 사람들 중 가장 행복해 보였습니다. 순간 그는 그동안의 허전함의 정체를 깨달았지요. 바로 사랑이었습니다. 자신에겐 사랑이 없었던 것입니다.

그는 사랑을 해야겠다고 마음먹었습니다. 하지만 이미 나이가 많아진 그에게 사랑은 쉽게 찾아오지 않았지요. 눈에 보이는 것만 좇다 눈에 보이지 않은 진짜 보석을 놓쳐버린 것입니다.

아무리 돈이 많아도, 좋은 자리에 있어도 사랑을 받지 못한다면 그것처럼 가슴 아픈 일은 없지요. 텅 비어 있는 가슴을 무엇으로 채울까요. 돈, 권세, 명예? 다 부질없습니다. 사랑으로 채워야만 행복해집니다.

사랑의 조율

> 사랑할 줄 아는 사람은
> 자기의 정열을 지배할 줄 아는 사람이다.
> 그러나 사랑을 할 줄 모르는 사람은
> 자기의 정열에 지배를 당하는 사람이다.

호라티우스

　자신의 정열을 조율할 줄 아는 사람은 아름다운 사랑을 하고 있다고 할 수 있습니다. 상대편이 사랑의 부족함을 느끼면 사랑을 더 주고, 사랑이 넘쳐 소홀히 하면 줄이고. 사랑도 이렇게 조절이 필요합니다. 무조건적으로 무한정 주다 보면 그 가치가 바랠 수도 있지요.

　어떤 젊은이가 이기적인 사랑으로 인해 사랑을 잃고 괴로워하며 내게 전화를 한 적이 있습니다. 나는 그 사랑을 죽어도 잊지 못하겠으면 그녀를 찾아가 무릎을 꿇고 용서를 구하라고 했습니다.

　사랑 앞에 용서를 구하는 것은 비굴한 것이 아니라 사랑의 한 모습입니다. 사람들이 흔히 하는 실수 중 하나가 사랑을 떠나보내고 그 사랑을 그리워하며 후회하는 것입니다. 곁에 있을 땐 잘 몰랐는데 보이지 않게 되어서야 비로소 그 사랑이 얼마나 컸었는지를 깨닫는 것입니다.

　진실한 사랑을 하려면 자기의 정열을 지배하는 사람이 되십시오. 그래야 실패를 줄일 수 있습니다.

🕊 사랑은 때론 완급조절이 필요합니다. 무조건적인 사랑이 좋다 하여 무한정 주다 보면 그 가치를 잊고 말지요. 필요에 따라 사랑의 완급을 조율할 줄 아는 사람이 진정으로 사랑을 잘하는 사람이지요.

위대한 사랑

사랑은 인간의 영혼을
위대하게 만든다.

실러

앙드레 고르, 그리고 도린! 두 사람이 파리에서 처음 만났을 때 고르는 스물넷, 도린은 스물셋이었습니다. 그들은 첫눈에 서로에게 끌렸고 그 후 열렬하게 사랑하였습니다. 그들은 한날한시에 같이 죽자고 서로 다짐을 하고 행복하게 살며 삶의 기쁨을 만끽하였습니다. 그런데 도린이 60세 되던 해 혈관 조영제의 부작용으로 거미막염이라는 불치의 병에 걸렸습니다. 그러나 그들의 뜨거운 사랑은 병마저 물리치며 스무 해 넘게 더 살 수 있었습니다. 참으로 놀라운 사랑의 힘이었지요.

도린이 83세 되던 해, 드디어 운명의 날이 왔습니다. 고르는 그토록 사랑하는 도린을 홀로 떠나보낼 수 없어 약속대로 한날한시에 같이 목숨줄을 놓았습니다.

지극히 숭고한 그들의 사랑에 많은 사람들이 애도하였습니다. 그들의 사랑은 모두의 가슴을 절절히 울렸습니다. 그들은 목숨을 초월하는 약속을 지킴으로써 진실한 사랑의 위대한 면목을 보여주었습니다.

사랑은 영혼을 위대하게 만드는 힘이 있다는 것을 잊지 마십시오.

⚡ 위대한 영혼을 가진 사람은 원숙한 사랑을 하지요. 상대에 대해 이해하고, 배려하고, 참아주고, 기다려주고, 높여주고, 아량을 베풉니다. 그것은 결코 어려운 일이 아닙니다. 노력하면 누구나 다 할 수 있습니다.

사랑의 자격

사랑의 첫째 조건은 마음의 순결이다.
또 상대방의 인격을 존중해야 진실한 사랑이며,
마음과 뜻의 흔들림이 없어야 한다.
신 앞에서도 부끄러움과 동요함이 없어야 하며,
담대함과 용기를 지녀야 한다.

앙드레 지드

　명작 《좁은 문》의 작가 앙드레 지드의 이 말은 '사랑의 자격'을 명쾌하게 정의한 것이라 할 수 있습니다. 그가 말하는 자격은 아름답고 고결한 사랑을 하기 위해서는 당연한 것이지만, 오늘을 사는 젊은이들에겐 매우 까다롭게 들릴 것입니다. 마치 '사랑의 고전'을 강요하는 것 같기 때문이지요. 하지만 진실한 사랑은 예나 지금이나 크게 다를 바가 없습니다. 진실한 사랑은 시간이 흐른다고 해서 변질되는 것이 아니니까요.

　맑고 아름다운 사랑을 원한다면 그의 말처럼 마음이 순결하고, 상대방의 인격을 존중하고, 흔들림이 없고, 신 앞에서도 부끄러움이 없으며, 담대함과 용기를 지니지는 못하더라도 최소한 그에 버금가는 노력은 해야 하지 않을까요. 그래야 아름답고 참된 기쁨을 얻게 될 것이고, 그것이 숭고한 사랑에 대한 예의일 것입니다.

⚜ 자격증 시대라고 할 만큼 헤아리기도 힘든 자격증들이 넘치는 현대. 거기에 사랑에도 자격증을 만든다면 어떨까요? 말이 안 된다고요? 하지만 행복한 삶을 위해서라면 만드는 것도 좋겠다는 생각입니다.

사랑의 목적

사랑한다는 것은
자기를 넘어서는 것이다.

오스카 와일드

사랑을 하다 보면 자신의 맘과 같지 않을 때가 참 많습니다. 서로 마음이 맞지 않아 속이 상하기도 하고, 아무것도 아닌 일로 다투다가 울기도 하고, 다시는 안 볼 듯 토라져서 헤어진 후 가슴 졸이기도 합니다. 또 본인의 의지와 전혀 상관없이 부모의 반대에 부딪쳐 고통스러워하기도 하지요.

누구나 한번쯤은 그런 경우를 겪게 됩니다. 어쩌면 사랑을 하는 데 있어 하나의 통과의례라고 할 수 있지요. 그런 상황을 극복하지 못한다면 돌아오는 건 이별이고, 아픔입니다.

자신의 사랑이 초라해지거나 추락하지 않게 하기 위해서는 고통을 인내하는 의지가 있어야 합니다.

'사랑은 자기를 넘어서는 것이다'라는 말은 바로 자신을 이겨내라는 말이지요. 자기를 이겨내는 자만이 아름다운 사랑의 주인공이 될 수 있습니다.

✦ 자기를 이기는 사람은 큰 사랑을 하지만 지는 사람은 패배자가 되지요. 자기에게 지면 사랑도 우습게 여기고 가까이 다가오기를 꺼립니다. 자기를 이겨내야 멋진 사랑을 할 수 있습니다.

주는 대로 받는 것

남을 사랑하는 데 인색하면
남도 나를 헌신짝처럼 여길 것이다.
남을 소중히 대할 때
남도 나를 소중히 대접해준다.

동양 명언

속담에 '뿌린 대로 거둔다'라는 말이 있지요. 종두득두種豆得豆!

그렇습니다. 콩을 심으면 콩이 열리고, 팥을 심으면 팥이 열리는 법이
지요.

사랑하는 사람에게 나의 전부를 다 주면 상대방도 자신의 모든 것을
다 주게 됩니다. 반대로 사랑하는 이에게 고통을 주면 그것은 고스란히
자기에게로 되돌아옵니다. 내가 인색하게 굴면 상대방도 나에게 인색하
게 대하지요. 나는 주지 않으면서 남의 것을 받으려고만 한다면 그것은
사랑이 아닙니다.

'도둑놈 심보'라는 말이 있습니다. 도둑놈의 심보는 자기 것은 하나도
안 주면서 받으려고만 하는 것이지요. 얼마나 이기적인 모순입니까.

사랑을 온몸과 마음으로 받고 싶다면 먼저 자신의 사랑을 아낌없이
퍼주어야 합니다. 그리하면 반드시 속이 꽉 찬 사랑으로 되돌아올 것입
니다. 그것이 사랑의 법칙입니다.

넉넉한 사랑을 받고 싶다면 자신이 먼저 넉넉한 사랑을 주세요. 자신이 하는 것만큼
받는 게 사랑이랍니다. 나는 조금 주면서 많이 받으려고 한다면 그것은 도둑놈 심보지
요. 뿌린 대로 거두는 것이 사랑의 원칙입니다.

질투심이 강한 사람의 사랑은
증오심으로 변하기 쉽다.
질투는 남보다 자기를 먼저 해치는 독소이다.

알렉상드르 뒤마

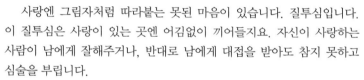

　　사랑엔 그림자처럼 따라붙는 못된 마음이 있습니다. 질투심입니다. 이 질투심은 사랑이 있는 곳엔 어김없이 끼어들지요. 자신이 사랑하는 사람이 남에게 잘해주거나, 반대로 남에게 대접을 받아도 참지 못하고 심술을 부립니다.

　　질투는 사랑을 따라다니는 악마입니다. 그래서 질투가 강한 사람과는 사랑하기가 편치 않습니다. 매사를 의심의 눈으로 바라보기 때문이지요. 그런데 아이러니하게도 질투는 누구에게나 조금씩은 있습니다. 질투 없는 사람은 없지요.

　　질투가 강한 사람과의 사랑은 조심해야 합니다. 자칫 잘못하면 숨이 막혀 질식할 수도 있습니다. 질투가 심한 사람의 사랑은 어느 순간 증오로 변하기 쉽기 때문입니다. 증오심이 앞서면 이성을 상실하고 모든 걸 감정적으로 대하지요. 그리고 끝내 아픔이 되고 맙니다.

　　질투는 상대방은 물론 자기를 해치는 무서운 독입니다. 질투심을 조심하십시오.

　질투는 사랑이 있는 곳이면 어디에나 따라붙는 못된 방해꾼이지요. 질투할 힘이 있으면 그 힘으로 더 예쁜 사랑을 만드세요. 쓸데없는 질투로 아까운 시간을 낭비한다면 그것처럼 어리석은 일은 없을 것입니다.

삶의 근원

{
사랑은 죽음보다 강하다.
때문에 인생은 사랑으로써 유지되고
발전하는 것이다.

투르게네프
}

사랑은 이 세상의 모든 것 중에서 가장 숭고한 것으로 평가받아야 합니다. 사랑이 있는 한 이 세상은 영원하고, 모든 것은 사랑을 통해서 이룰 수 있지요. 그래서 사랑을 삶의 근원이라고 한답니다.

포탄이 소나기처럼 퍼붓는 전쟁터에서도 사랑이 있으면 죽음의 공포를 이겨내고 살아남을 수 있습니다.

오래전 베트남전쟁 당시 숱한 죽음의 고비를 넘기고 살아 돌아온 사람의 말을 들은 적이 있습니다.

"사랑하는 사람을 생각하며 꼭 살아야겠다는 생각을 한시도 멈추지 않고 죽을힘을 다해 싸웠습니다. 때문에 결국은 살아서 돌아올 수 있었습니다. 아마 사랑하는 사람이 없었더라면 삶을 포기했을지도 모릅니다."

나는 그의 말을 듣고 사랑의 힘이 얼마나 막강한지를 알 수 있었습니다. 그는 간절한 사랑 덕분에 소나기처럼 퍼붓는 총알도 피할 수 있었지요. 사랑은 절망을 희망으로 바꾸고, 슬픔을 기쁨이게 하고, 불가능한 일도 가능한 일이 되게 합니다.

🌱 사랑은 삶의 원천이 됩니다. 절망을 희망으로 바꾸고, 불가능한 일도 가능한 일이 되게 하지요. 삶을 윤택하게 하고 싶다면 사랑하세요. 사랑은 놀라운 기적을 일으킵니다.

사랑의 자각

{
사랑을 함으로써
비로소 인생이 아름다워졌다.
그리고 자신이 살아 있음을 알게 되었다.
}

카를 쾨르너

이것은 쾨르너가 직접 체험한 사실을 고백한 말입니다. 참으로 피부에 와 닿는 느낌이 들지요. 사랑의 무게를 확실하게 전해줍니다.

흔히 사람들이 사랑을 하는 이유는, 애초에 하나였던 자신의 분신을 찾기 위함이라고 합니다. 하나님께서 아담이 깊이 잠들었을 때 그의 갈비뼈 하나를 떼어내 이브를 만들었기 때문에 남자는 여자를 사랑하게 되고, 여자는 남자를 사랑하게 된다는 것이지요. 그것이 사실이냐 아니냐는 그렇게 중요하지 않습니다. 중요한 것은 '내가 과연 얼마나 진실한 사랑을 하느냐'입니다.

'사랑을 함으로써 비로소 인생이 아름다워졌다'는 말을 되뇌면 되뇔수록 사랑의 맛이 느껴지지 않나요?

쾨르너의 말처럼 우리는 인생이 아름다워지는 사랑을 해야 합니다. 사랑을 자각하는 마음이야말로 진정한 감동을 주기 때문이지요.

🌸 사랑을 하면 마음이 예뻐지고 너그러워지지요. 또 사람을 진실하게 하고, 선하게 하고, 온유하게 합니다. 그래서 악한 사람도, 야비한 사람도, 욕심쟁이도 사랑 앞에선 순한 양이 되지요.

사랑의 본질

> 사랑은 본질적으로 무엇에 의지하고 싶어 한다.
> 혼자는 너무 고독하기 때문이다.
> 어린아이들이 부모의 포근한 품안을 좇듯
> 어른들도 그런 품안에 마음을 의지하고 싶어 한다.
>
> 로렌스 굴드

로렌스 굴드는 사랑의 본질을 '무엇에 의지하고 싶어 하는 것'으로 정의했군요. 혼자서는 너무 외롭고 고독하기 때문에 의지하고 싶은 누군가를 만나고 싶다는 것이지요.

그렇습니다. 지독한 고독감에 쩔쩔매본 사람은 압니다. 고독이 주는 쓸쓸한 비애를.

사랑을 잃은 어떤 젊은이가 자살을 했습니다. 그는 자신의 어지러운 심정을 다음과 같은 글로 남겼지요.

"모든 것이 다 싫다. 지금 나는 너무 지쳤다. 이제 평안한 안식에 들고 싶다. 외로움이 없는 그곳, 고통이 없는 그곳으로 간다. 내가 사랑했던 것들아, 나를 용서하지 마라. 그러나 조금은 용서해다오. 내가 사랑했던 그만큼만."

사랑의 상실감은 앞날이 유망한 젊은이를 죽음으로 몰고 갔습니다. 그러나 지금 사랑을 잃고 방황하는 사람들이여, 언젠가 사랑은 다시 찾아오오리니 그때까지만 참고 기다리십시오.

🌱 사랑은 혼자 있기를 죽기보다 싫어합니다. 항상 같이 있을 때라야 만족해하지요. 그리고 그리움에 약하고, 외로움에 눈물 흘리는 모습을 보일 때도 있습니다. 사랑은 돌이나 쇠가 아니라 감정이니까요.

풍요로운 사랑

{
사랑은 상실이며 희생이며 단념이다.
자기의 것 전부를 남에게 주었을 때
사랑은 더욱 풍요로워진다.
}

구꼬

사랑은 사람의 생각을 너그럽게 하고 아름답게 하고 따스하게 합니다. 또 모든 것을 포용하게 하고, 이해하게 하고, 용서하게 하고, 자신이 가진 것을 주게 합니다. 사랑이 마음을 풍요롭게 하기 때문이지요.

그런데 한편으로 사랑은 상실과 희생, 단념을 동반합니다. 사랑하는 이들에게 나의 것을 모두 주다 보면 자연히 그렇게 됩니다. 그것이 진실한 사랑입니다.

진실한 사랑은 나를 내려놓는 것입니다. 나의 생각, 나의 욕망, 나의 이기심 등을 모두 내려놓아야 합니다. 그러면 상대방도 자신의 모든 것을 다 바쳐 사랑하게 되지요.

사랑을 받으려고만 하지 마세요. 사랑은 받을 때도 행복하지만 줄 땐 더욱 더 행복해진답니다.

완전한 사랑을 꿈꾼다면 자신의 사랑을 먼저 주십시오. 그리하면 더 큰 사랑이 희망의 파랑새가 되어 힘찬 날개를 퍼덕이며 날아들 것입니다.

ⓕ 풍요로운 사랑을 하고 싶다면 주는 사랑을 하세요. 받을 때보다 줄 때 더 큰 행복을 느끼게 되니까요. 그런데 받기만을 원하는 사람이 많습니다. 안 됩니다. 지금 당장 생각을 바꿔 주는 사랑을 하도록 하십시오.

사랑의 시각視覺

> 여자는
> 남자의 성격을 보고 사랑하지만
> 남자는
> 여자의 외모를 보고 사랑한다.

러셀

남자와 여자는 신체 구조부터가 다르지요. 사고방식 역시 남자는 단순한 편이지만 여자는 한 가지 사물을 볼 때도 여러 각도로 바라봅니다. 남자는 한번에 한 가지 일밖에 못하지만 여자는 동시에 두세 가지를 할 수 있습니다. 이것이 여자와 남자의 다른 점이지요.

여자와 남자는 사랑을 보는 시각도 다르답니다. 그래서 러셀의 이 말은 매우 설득력이 있습니다. 언젠가 젊은 남녀를 대상으로 한 앙케트에서 이와 비슷한 결론을 얻었답니다. 즉, 남자는 단순해서 눈에 보이는 것을 중시하지만 여자는 복잡한 심리 구조를 가지고 있어 사물의 내면을 본다는 것입니다. 때문에 사람을 판단할 때도 성격을 단연 제일로 친다는 거지요.

그런데 어떻게 사랑을 공유할 수 있을까요?

그것은 서로가 조금씩 양보하기 때문에 가능한 것입니다.

오래도록 사랑하고 싶다면 양보하십시오. 그것이 사랑의 벽을 뛰어넘는 비결입니다.

사랑을 물질이나 외모만으로 가늠하지 마세요. 오래도록 행복한 사랑을 원하면 사랑으로만 보세요. 성격이 잘 맞나, 이상이 잘 맞나, 배려심이 있나, 삶의 가치관이 어떠한가를 보세요. 그게 사랑을 보는 올바른 시각입니다.

사랑에는 세 가지 종류가 있다.
첫째는 아름다운 사랑이고,
둘째는 헌신적인 사랑이며,
셋째는 활동적인 사랑이다.

톨스토이

사랑에 빛깔이 있다면 어떤 색깔이 가장 좋을까요? 그것은 사람에 따라 각기 다를 것입니다. 하지만 굳이 꼽으라면 분홍색이 더 많지 않을까 싶군요.

분홍색은 아주 강렬하지도 않고, 차지도 않고, 너무 튀지도 않습니다. 부드럽고, 은은하고, 따스하며 섬세함을 느끼게 하지요. 그래서 분홍색은 가장 사랑스러운 색깔이라고 할 수 있습니다.

톨스토이는 사랑에 세 가지 종류가 있다고 했습니다. 첫째는 아름다운 사랑이고, 둘째는 헌신적인 사랑이며, 셋째는 활동적인 사랑이라고 했지요.

헌신적인 사랑은 아낌없이 주는 어버이 같은 사랑이고, 활동적인 사랑은 상대방을 위해 봉사하는 사랑일 것입니다.

어떤 사랑이든 가치가 있는 이유는 사랑이 나를 내어주는 행위이자 마음이기 때문이지요. 주지 않는다면 그것은 허울뿐인 껍데기 같은 사랑입니다.

🌸 사랑에 빛깔이 있다면 무슨 색이라고 생각하세요? 열정적인 사랑은 빨강색, 이성적인 사랑은 파랑색, 화사한 사랑은 분홍색, 은은한 사랑은 노란색, 깊고 그윽한 사랑은 보라색 등등. 그러나 그런 것 말고 당신만이 느끼는 색깔은 무엇인가요?

| Part 02 |

{ 행복,
영원히
눈부신
포근함 }

참된 행복

대개 행복하게 지내는 사람은 노력가이다.
게으름뱅이가 행복하게 사는 것을 보았는가.
노력의 결과로써 얻는 성과 없이는
참된 행복을 누릴 수 없다.
수확의 기쁨은 흘린 땀에 정비례하는 것이다.

윌리엄 블레이크

'행복은 노력에서 오는 것이다'라는 블레이크의 말은 매우 적합한 말이 아닐 수 없습니다. 사실 어떤 행복도 그냥 찾아오는 것은 없지요. 그만한 대가를 치러야 얻을 수 있는 것이 행복입니다.

어느 날, 길을 가다 바이올린을 연주하는 중년 남자를 보았습니다. 그는 클래식은 물론 재즈와 가요에 이르기까지 다양한 장르의 음악을 열정적으로 연주하였습니다. 음악에 대해 잘은 모르지만 연주 수준도 썩 괜찮은 것 같았습니다.

그 남자 앞에는 모금함이 놓여 있었지요. 불우한 아이들을 위한 모금 공연이었습니다. 그는 일주일에 한 번씩 연주를 한다고 했습니다. 이유를 묻는 말에 그냥 행복하니까 한다고 했습니다. 그 단순한 말이 나를 감동하게 했지요. 그의 말에서 참된 행복은 그냥 얻어지는 것이 아니라 노력에 의해 얻어진다는 걸 느낄 수 있었습니다.

🎵 가만히 앉아서 행복을 기다리는 것처럼 어리석은 일은 없지요. 노력 없이 행복을 얻으려고 하는 것은 행복에 대한 모독입니다. 행복은 노력에서 오는 것이므로, 노력하는 만큼 딱 고만큼만 미소를 지으며 다가오지요.

행운과 행복

행운과 행복을 바라지 않는 사람은 없다.
그것을 얻기 위해 욕심을 부려
그 지름길로 가려고 도박에 손을 대는 사람이 있다.
하지만 옳지 않다. 오로지 일을 해서 얻어야 한다.

롱펠로

사람들은 누구나 행운이 따라주길 바랍니다.

행운이란 노력 없이 거저 얻는 뜻밖의 횡재를 말합니다. 하지만 그것은 거의 오지 않습니다. 그런데도 많은 사람들이 복권을 사고, 카지노 문턱을 넘나들며 일확천금을 꿈꿉니다.

지금 이 순간에도 카지노 주변엔 돈을 날려 빈털터리가 된 사람들이 노숙을 하고, 남들이 던져주는 돈으로 연명한다고 합니다. 그런데도 어쩌다 돈이 생기면 또 다시 게임을 한다고 하는군요. 정말 못 말릴 노릇이지요. 전 재산을 날리고 가족을 잃은 사람들이 카지노를 떠나지 못하는 것은 허황된 마음의 병이 들었기 때문입니다.

우리 사회 곳곳엔 허황된 꿈을 꾸는 사람들이 의외로 많습니다. 이를 경계해야 합니다. '행운'이라는 말은 사실 그럴듯한 말로 듣기 좋게 포장해서 '행복한 운수'이지 직설적으로 말하면 '공짜를 기대하는 사악한 욕심'입니다. 때문에 행운을 기대하는 것은 사람의 마음을 병들게 하고 타락하게 합니다. 노력의 결과물로 얻는 성과가 진정 값진 것입니다.

행운이란 '노력 없이 얻는 공짜'의 다른 표현에 불과합니다. 그것은 서양 속담대로 낙타가 바늘구멍을 통과하는 일만큼이나 어려운 일이지요. 즉, 행운은 좀처럼 오지 않는 것임을 꼭 기억하세요.

잃기 쉬운 행복

{
행복은 잃기가 쉽다.
그것은 항상
분에 넘치는 것이기 때문이다.
}

카뮈

어떤 사람이 있었습니다. 그는 남보다 넉넉한 삶을 살면서도 자신이 늘 불행하다고 여겼지요. 아버지가 물려준 많은 재산에도 불구하고 그는 항상 부족하다는 생각이었습니다.

그는 더 많은 돈을 벌기 위해 사업을 시작했는데 그만 일이 잘못되는 바람에 전 재산을 날리고 말았습니다. 철석같이 믿었던 친구에게 배신 당한 것이지요.

찬란했던 희망은 한순간에 사라지고 절망의 그림자가 그를 괴롭혔습니다. 그는 절망하여 날마다 술을 마셨고, 급기야 알코올 의존자가 되어 폐인이 되었으며 끝내 스스로 목숨을 끊고 말았습니다.

자신에게 주어져 있는 것에 만족하지 못한 그는 행복을 곁에 두고도 몰랐던 것이지요. 지나친 욕망으로 인해 마음의 눈이 어두워졌기 때문입니다.

🌱 한번 행복이 찾아왔다고 해서 항상 그대로 있는 것은 아닙니다. 언젠가 떠나갈 수 있습니다. 행복이 오래도록 자신 옆에 있기를 원한다면 자만하지 말 것이며, 게으르지 말 것이며, 꼼수를 부리지 말 것이며, 늘 진실해야 합니다.

주는 행복의 기쁨

**행복은 남에게서 받는 것이 아니라
내가 남에게 주는 것이다.**

아나톨 프랑스

주는 것과 받는 것 중 어느 것이 더 나를 행복하게 할까요? 언뜻 우문 같지만 이에 대한 답변은 쉽지 않을 것입니다. 평소의 사고방식과 인생 관까지 들추어내 되짚어보아야 말할 수 있을 테니까요.

필자가 주부님들을 상대로 문예창작을 강의할 때 이 질문을 한 적이 있습니다. 청마 유치환의 시 〈행복〉을 공부하던 때였습니다. 답변은 받을 때가 더 행복하다는 쪽이 줄 때라는 쪽보다 압도적으로 많았습니다. 약 7:3의 비율이지요.

사실 작은 선물이라도 받으면 기분이 좋습니다. 주는 사람의 정성이 덤으로 따라오면 더욱 그렇겠지요. 하지만 진정한 기쁨은 줄 때에 더 크다는 것을 알아야 합니다. 기쁨의 질이 다르기 때문입니다.

받는 것은 나도 언젠가 갚아야 된다는 마음의 부담을 안게 되지만 주는 것은 그 자체가 기쁨이 되기 때문이지요.

🌸 사람들은 대개 원하는 것을 받을 때 좋아합니다. 하지만 자신의 것을 남에게 줄 때도 받는 것 못지않게 행복하지요. 진정한 행복이란 서로 주고받을 때 찾아옵니다. 자신의 행복을 나누어 가지세요. 더 큰 행복으로 되돌아온답니다.

만족한 마음

> 만족한 마음을 가질 수 없는 사람은
> 만족한 생활을 할 수 없다.
>
> 묵자

만족한 마음이란 무엇일까요? 달리 표현한다면 갖고 싶은 것을 모두 가져 충족된 마음이라고 하겠습니다.

그러면 만족한 마음으로 사는 사람은 과연 얼마나 될까요? 아마도 그리 많지 않을 거라는 생각이 드는군요.

사람의 마음은 본능적으로 하나를 가지면 둘을 갖고 싶어 하고, 둘을 가지면 셋, 넷을 갖고 싶어 하도록 만들어져 있습니다.

여기서 부자라서 좋은 점이 무엇인지 생각해봅시다.

하고 싶은 것을 모두 할 수 있어서. 남들에게 과시할 수 있어서. 대체로 이 두 가지가 가장 큰 이유로 꼽힐 것입니다. 그런데 이 두 가지는 모두 욕심에서 비롯된 것입니다. 그러니까 욕심을 조금만 덜어내면 돈에 대한 걱정은 하지 않아도 된다는 결론이 되겠네요.

많은 사람들이 돈에 대해 집착하는 것을 봅니다. 그로 인해 가정이 평화롭지 못하고, 형제간에 싸우며, 대인관계가 원활하지 못하게 됩니다. 잘못된 거 아닌가요?

⊛ 만족한 마음은 작은 것에 감사할 때 생기지요. 그리되면 행복은 저절로 따라오고요. 행복을 느끼고 싶다면 작은 것에 만족하세요.

행복과 진실

> 남의 불행 위에 자기의 행복을 만들지 마라.
> 진실은 따스한 체온을 통해 전해지고,
> 행복은 진실을 요구한다.
>
> 러스킨

자신의 행복을 위해 남을 짓밟고 올라서는 사람들이 있습니다. 발아래 깔려 신음하는 사람의 고통은 전혀 생각하지 않는 거지요. 그것은 결국 자신도 불행하게 된다는 것을 망각한 저주받을 짓입니다.

어떤 여자의 이야기입니다. 그녀는 친구의 애인을 가로채 결혼을 했습니다. 남녀 간의 애정은 주고받는 물건이 아니니 가로챘다는 것이 타당한 표현은 아니지만, 그러나 그녀가 아니었다면 친구는 분명 그 남자와 결혼하여 잘 살았을 것이므로 가로챘다고 보는 것입니다. 그녀는 마냥 행복할 줄 알았지요. 그녀가 행복해할 때 친구는 눈물을 흘리며 떠돌았습니다.

남을 불행하게 해놓고 그 위에 자신의 집을 지은 자에게 신은 벌을 내렸습니다. 남자가 그만 사고로 세상을 떠난 것입니다.

그녀는 그제야 자신이 친구에게 한 짓이 얼마나 추악하고 파렴치한 일인지 알게 되었습니다. 그녀는 친구에게 사죄를 했으나 친구는 이미 그녀를 마음에서 지워버린 지 오래였습니다.

🌸 행복을 얻기 위해 거짓으로 진실을 위장하지 마세요. 위장된 진실은 물풍선 같아서 금방 터져버립니다. 또 남의 불행 위에 자기의 행복을 만들면 그 결과가 비참해질 수 있습니다.

최고의 행복이란
나의 결함을 살펴 바르게 잡는 일이다.

괴테

독일문학의 거두이며 정치가이자 사상가인 괴테!

그는 세계 4대 시성詩聖으로 꼽힐 만큼 뛰어난 시인이기도 하지요. 그가 그렇게 되기까지에는 타고난 천재적 재능도 있었지만 꾸준히 노력하는 성실성 덕분이었습니다.

그는 사상가답게 행복의 가치를 자신에게서 찾으라고 말했는데, 그것은 자신의 결함을 고치라는 의미지요.

결함이란 무엇을 뜻하는 건가요? 잘못됨, 모순, 부족함 등을 일러 말하는데, 그것을 고치라는 것입니다. 자신의 결함을 고쳐야만 행복할 수 있다는 것이지요.

자기 결함을 고치라는 것은 자신을 성찰하라는 것입니다. 즉, 과거를 돌아보고 반성하여 새롭게 다가올 미래에 대비하라는 뜻이지요. 그러니까 자신을 보다 성숙되게 하라는 것입니다.

물질에서 얻은 행복은 물질이 사라지면 행복 역시 함께 사라지지만, 결함을 고치는 깨달음의 행복은 오래가는 법입니다.

결함이 없다는 것은 깨달음을 통해서만 가능한데, 깨달음에서 오는 행복이 진짜 행복입니다. 그러므로 물질에서 행복을 얻으려고 하지 말고 깨달음을 통해 행복을 얻어야 합니다.

정직과 행복

오래가는 행복은
정직 속에서만 발견할 수 있다.

리히텐베르크

괴테는 결함을 고치고 자기 자신을 바로잡는 것이 행복이라고 했습니다. 그리고 리히텐베르크는 정직 속에서만 오래가는 행복을 발견할 수 있다고 했습니다.

정직함은 사람에게 가장 중요한 덕목이지요. 사랑하는 남자와 여자, 친구와 친구, 생산자와 소비자, 스승과 제자, 기업과 기업, 정부와 국민 사이에 반드시 지켜져야 할 법칙입니다.

정직함이 없는 행복은 모래 위에 세워진 누각에 불과합니다. 따라서 언제 무너져 내릴지 모르지요.

역사에서 보면 정직하지 못해 자신의 명예를 더럽히고, 수치스럽게 퇴진한 사람들이 많습니다. 몇 명을 꼽는다면 워터게이트 사건으로 대통령직에서 물러난 닉슨, 이순신 장군을 모함한 원균, 사육신을 배반한 김질 같은 이들이지요. 어디 그뿐인가요. 국민을 위해 봉사하겠다며 공직에 오른 각료와 정치인 등도 있습니다.

리히텐베르크는 바로 이런 우려에서 정직을 강조했던 것입니다.

역사에서 보면 처음엔 거짓이 정직을 이깁니다. 그러나 시간이 가면 갈수록 뿌리를 드러내는 나무처럼 거짓이 드러나지요. 그러다 마침내 쓰러지고 맙니다. 거짓으로 세운 행복은 사상누각이지만 정직으로 세운 행복은 철옹성입니다.

긴 행복과 짧은 행복

행복과 불행은 사람의 마음 가운데 살고 있다.
인생을 짧게 보는 사람에게
행복은 허무하고 불행은 오래가지만,
원대한 희망을 가진 사람에게는
행복은 오래가고 불행은 짧다.

게오르게

행복은 긴 행복과 짧은 행복, 두 종류가 있습니다. 누구에겐 긴 행복이 오고 또 누구에겐 짧은 행복이 오지요. 그것은 인생을 어떻게 사느냐에 따라 달라집니다.

행복과 불행은 마음속에 존재합니다. 마음이 행복한 쪽으로 향하면 행복해지고, 불행한 쪽으로 향하면 불행해지지요.

인생에 재미를 느끼지 못하는 사람은 자신의 삶이 허무하고 불행하게 느껴지지만, 원대한 희망을 가지고 꿈을 캐는 사람은 행복하게 느껴지고 그 행복한 기분이 오래 지속되지요.

행복한 인생을 꿈꾼다면 원대한 포부를 가슴에 심으십시오. 그리고 쉽게 포기하지 말고 이루어질 때까지 노력하십시오.

희망은 꿈꾸는 대로 이루어진답니다.

누구나 길게 가는 행복을 바라지요. 하지만 쉽게 가질 수는 없습니다. 긴 행복은 그것을 누릴 만한 자격을 갖춰야 합니다. 원대한 포부를 품고, 끊임없이 찾고, 구하고, 두드려야 합니다. 노력하는 자가 결국은 목표를 이루게 되니까요.

복된 행복

남을 복되게 하면
자신이 행복해진다.

글라임

복된 행복이란 참된 행복이라고 할 수 있습니다.

복된 행복! 당신은 지금 복된 행복을 누리며 살고 있습니까? 그렇다면 감사한 일이지만 그렇지 않다면 글라임의 말에 귀를 기울여보세요. 그가 말하는 비결은 남을 복되게 하라는 것입니다. 자신의 행복을 찾기에도 힘겨운데 남을 복되게 하라니, 수긍하기 어렵겠지요. 그러나 곰곰이 생각해보면 그렇지 않습니다.

여러 분야에서 봉사 활동을 하는 사람들과 이야기를 나눈 적이 있습니다. 그들이 하나같이 하는 말은 "남을 위해 일한다는 것은 곧 나를 위해 일하는 것이다"였습니다.

남을 위해 일하는 것이 자신을 위해 일하는 것! 나는 그들의 말을 듣고 큰 감동을 받았습니다.

행복하기를 원하십니까? 그렇다면 남을 위해 당신의 사랑을 베푸십시오. 그러면 진정으로 복된 행복이 찾아옵니다.

남을 위해 사랑을 심으면 자신이 그 사랑을 거두고, 기쁨을 심으면 그 열매 또한 자신이 거두며, 웃음을 심으면 자신이 행복해집니다. 이렇게 타인을 위해 노력할 때 반사적으로 얻게 되는 것이 행복의 법칙입니다.

어린 시절부터
남을 위한 일을 하는 것은
나의 최대의 행복이었으며 즐거움이었다.

베토벤

고전주의 음악의 완성자이며 낭만주의 음악의 선구자인 베토벤!

그는 내가 가장 존경하는 인물 중 한 사람입니다. 그 까닭은, 그가 위대한 음악가라는 점도 있지만 그가 품고 있는 인간에 대한 깊은 사랑과 뜨거운 관심 때문이지요.

그는 음악가로서는 생명과 같은 청각을 잃고 잠시 방황했지만 자신이 해야 할 일이 무엇인지를 진정 똑똑히 알았고, 평생토록 실천했습니다.

그가 깨달은 것은 남을 위해 일을 하는 것이었습니다. 즉, 자신의 사랑을 남에게 주는 것이었지요. 이런 능동적이고 강인한 정신은 그를 세계 음악사에 가장 위대한 음악가로 기록되게 하였습니다. 그가 떠난 지 오랜 시간이 흘렀지만 그는 아직도 음악을 통해 전 세계인의 가슴속에 행복을 선물하고 있습니다.

오늘도 베토벤은 우리에게 말합니다.

"남을 위해 일하는 것이 최선의 일이며 최고의 행복입니다."

🌟 자기를 위해서 열심을 다하는 사람은 박수를 받아 마땅하지요. 그런데 남을 위해 열심을 다하는 사람은 더 큰 박수를 받아야 합니다. 나 아닌 다른 사람을 위해 산다는 것은 그만큼 어렵기 때문이지요.

행복의 권리

> 행복에 대한 권리는 간단하다.
> 불만 때문에 자기를 학대하지 않으면
> 삶은 즐거운 것이다.
>
> 러셀

행복의 권리는 무엇일까요?

나는 자신만이 가지는 즐거움에 대한 주장이라고 생각합니다.

행복에도 권리가 있다는 말이 얼핏 모순처럼 들리지요. 내 행복에 대해 간섭하지 말라는 뜻이 내포돼 있기 때문입니다

러셀은 불만 때문에 자기를 학대하지만 않으면 행복에 대한 권리를 찾을 수 있다고 말합니다. 말 그대로라면 어려울 게 하나도 없지요. 무척 쉬운 일로 생각됩니다. 하지만 자기를 학대하지 않는다는 것은 그렇게 쉽지만은 않습니다.

사람은 흔히 자기가 뜻하는 일이 잘 이루어지지 않으면 '왜 나는 일이 잘 안 풀릴까? 나는 운이 없어' 하고 생각합니다. 당연히 그럴 수 있지요. 그러나 이것이 자기학대입니다. 여기에서 벗어나려면 많은 사색과 수양을 쌓아야 하고 모든 일을 긍정할 수 있어야 합니다. 또 모든 일을 긍정하려면 욕심을 버리고 마음을 비워야 하지요. 그러니 이게 어디 쉬운 일입니까? 그러고 보면 행복은 쉽게 얻어지는 것이 아니라는 결론이 나오는군요.

🌱 행복한 사람은 불만에 사로잡히지 아니하며, 남의 불행을 기뻐하지 아니하며, 남의 흉허물을 들춰내지 아니하며, 행복한 일만 생각하려고 노력합니다.

되돌아오는 행복

{
남에게 어떤 행동을 하였느냐에 따라
그의 행복도 결정된다.
남에게 행복을 주려고 했다면 그만큼
그 자신에게도 행복이 돌아온다.
}

플라톤

'뿌린 대로 거둔다'라는 말이 있습니다. 자신이 행한 그대로 자신에게 돌아온다는 의미로 쓰는 말이지요. 선을 베풀면 선으로 되돌아오고, 악을 베풀면 악으로 되돌아온다고 하면 이 말이 훨씬 이해하기 쉽겠지요.

이러한 예를 잘 보여주는 드라마가 있습니다. 요즘음도 방영되는지 모르겠습니다만, 무더운 여름이면 아이 어른 할 것 없이 누구나 즐겨보던 '전설의 고향'이 그것입니다.

남의 행복을 빼앗고 불행하게 만든 고을 사또가 처참한 보복을 당하고, 아버지를 해코지한 악당이 자신이 뿌린 죄업의 대가로 톡톡히 응징을 당하지요. 그러고 보면 이러한 인과응보의 법칙은 동서고금을 막론하고 적용되는 것 같습니다. 그것이 천리이니 당연한 일이겠지요.

남에게 행복을 주면 그만큼 자신에게도 행복이 돌아오는 것도 마찬가지고요.

※ 행복은 자신이 애쓴 만큼 옵니다. 그런데 대개의 경우 자신이 애쓴 것보다 더 많은 행복을 바라지요. 이러한 사람은 반성해야 합니다.

만족하는 행복

행복은 스스로 만족하는 데 있다.
주어진 조건이 남보다 좋은데도 더 구한다면
영원히 행복하지 못할 것이다.
누구나 남보다 나은 점이 한두 가지는 있지만
열 가지가 다 뛰어난 사람은 없다.

알랑

아무리 많은 부를 축적했거나 높은 지위에 올랐다 해도 본인이 만족하지 못한다면 행복할 수 없습니다. 남이 보기엔 매우 행복한 조건을 갖춘 것 같아도 당사자가 그렇게 느끼지 못한다면 그것은 행복이 될 수 없습니다.

또한 남이 보기엔 절대 불행해 보이는 사람도 행복을 느끼는 경우가 있지요. 이는 행복의 기준이 물질이나 지위 등 외형적인 조건에 있는 것이 아니라 각자의 내면에 있기 때문입니다.

스스로 만족해야 비로소 행복한 것이라는 알랑의 말은 보이는 것만 쫓아가는 현대인들에겐 따끔한 일침이 될 것입니다.

행복하길 꿈꾼다면 스스로 만족할 수 있는 자신만의 기준을 정하고, 그 범위 안에서 삶을 설계하세요. 그것이 행복을 다스리는 지혜입니다.

🌿 사람마다 행복의 기준이 다르지요. 작은 일에도 행복해하는 사람이 있는가 하면 많은 것을 소유하고도 불만을 터뜨리는 사람이 있습니다. 자신만의 행복 기준을 정하고 항상 그만큼에서 만족한다면 마음의 평안을 얻을 수 있을 것입니다.

소크라테스의 행복

{

잘되겠다고 노력하는 것 이상으로
잘 사는 방법은 없다.
또 잘 되어간다고 느끼는 그 이상으로
큰 만족도 없다.

소크라테스

}

소크라테스는 이름 하나만으로도 진리와 지혜의 대명사가 된 사람이지요.

'너 자신을 알라'는 말은 그가 이 세상을 떠나고 오랜 시간이 지난 지금까지도 동서양을 넘나들며 사람들에게 처세의 모델이 되고 있습니다.

그는 잘되겠다고 노력하는 것 그 자체를 이상적인 삶의 방법으로 보았습니다. 마치 여성들이 땀을 흘리며 열심히 일하는 남성에게 섹시함을 느끼는 것과 상통하는 듯해 매우 흥미롭습니다.

감나무 밑에 누워서 잘 익은 홍시가 떨어지기를 기다리며 입을 벌리고 기다리는 사람들은 이 말이 지닌 깊은 의미를 알아야 합니다.

당신은 어떤 행복을 선택하겠습니까? 부디 똑똑한 선택을 함으로써 빛나는 당신 인생의 주연이 되기 바랍니다.

🕯 고대 그리스의 대철학자 소크라테스 역시 행복은 노력에서 오는 것이라고 말했습니다. 공짜로 행복을 바라는 어리석음을 범하지 않길 바랍니다.

꾸준한 행복

사람들은 양식을 광에 저장하듯이
행복도 비축해두었다가
필요에 따라 조금씩 소비할 수 있는 걸로 생각한다.
이것은 잘못이다.
행복은 쌓아두면 썩어버리므로 그때그때 만들어야 한다.

랠프 왈도 에머슨

살다 보면 변화가 많지요. 그래서 오늘은 하늘로 날아갈 듯 행복하지만 내일은 땅이 꺼지도록 한숨을 쉬는 게 인간의 삶입니다. 그런데도 사람들은 오늘 행복하면 내일도 행복할 것이라고 생각하고 방심합니다. 이것이 얼마나 어리석은 생각인가를 깨닫는 것은 그리 오래 걸리지 않습니다. 그렇다면 어떻게 해야 오래도록 변함없는 행복을 누리며 살 수 있을까요?

이에 대해 시인이자 사상가인 랠프 왈도 에머슨은 꾸준하게 노력하라고 말합니다. 무언가를 할 땐 꾸준히 하는 것이 매우 중요하니까요.

행복 또한 마찬가지입니다. 꾸준한 노력에서 오는 행복이야말로 꾸준히 오래가는 법이지요.

당부하건대, 행복을 거저 얻으려고 하지 마세요. 거저 오는 행복치고 오래가는 것을 본 적이 없습니다. 거저 오는 행복은 한낮의 꿈과 같아서 깨고 나면 연기처럼 이내 사라지는 법이니까요.

❀ 일시적인 행복을 원하는 사람은 없을 겁니다. 일시적인 행복은 곧 떠나버릴 테니까요. 꾸준한 노력에서 오는 행복이야말로 꾸준히 오래가는 법이지요.

어리석은 행복

> 사치 속에서 행복을 찾는 것은
> 마치 태양을 그려놓고
> 빛이 나오기를 기다리는 것과 같다.
>
> 나폴레옹

군 장교 출신으로 프랑스의 황제가 된 보나파르트 나폴레옹!

5척 단신에 책벌레인 그는 분명한 삶의 철학을 견지한 지성인이었지요. 최고의 권세와 명예와 부를 가졌던 그가 사치 속에서 행복을 구하지는 말라고 단호하게 말했습니다.

그의 이런 발언은 자신의 경험에서 나온 것이지요. 그는 황제가 되기 전의 보잘것없던 삶을 잊지 않았습니다. 그가 어려웠던 시절의 삶을 잊었다면 이러한 깊은 교훈을 주는 깨달음을 얻지 못했을 것입니다.

사치 속에서 행복을 찾는다는 것은 물속에서 나비를 잡으려고 하는 것만큼 어리석은 일입니다. 사치한 생활에서가 아니라 평범한 일상에서 자신의 방식대로 행복을 찾으십시오. 그것이 행복으로 가는 길입니다.

🕯 사치스러운 생활 속에서 행복을 찾으려고 한다면 그것은 앞과 뒤가 맞지 않는 것입니다. 사치와 행복은 본질이 다르기 때문에 공존할 수가 없답니다.

가까운 곳에 있는 행복

> 사람들은 행복을 찾아 헤매고,
> 행복은 누구의 손에든지 잡힐 만한 곳에 있다.
> 그러나 마음속에서 만족을 얻지 못하면
> 행복을 얻을 수 없다.
>
> 호라티우스

'무지개' 이야기를 기억할 것입니다. 무지개를 찾기 위해 많은 사람들이 길을 떠났지만 결국은 무지개를 찾지 못하고 돌아온다는 그 이야기. 한 소년이 백발이 성성하도록 무지개를 찾아 헤맸지만 그것은 어디에도 없었다는 이야기는 많은 것을 생각하게 합니다.

그가 찾으려고 했던 무지개는 '행복'을 의미합니다. 그가 무지개를 찾을 수 없었던 것은 자신 곁에 있는 무지개를 깨닫지 못했기 때문이지요.

등하불명이라는 말이 있습니다. 등잔 밑이 어둡다는 이 말은 인간의 어리석음을 통렬히 꼬집고 있지요. 언젠가 나는 중요한 청탁 원고를 곁에 두고도 찾지 못해 다시 쓴 적이 있습니다. 마감을 코앞에 두고 새로 쓴 원고를 넘기고 나서야 그 원고를 발견했는데, 어찌나 내 자신이 우스꽝스럽던지 지금 생각해도 고소를 금할 수 없습니다. 행복도 이와 같습니다.

행복을 멀리서 찾지 마십시오. 행복은 늘 가까이에서 당신을 기다리고 있답니다.

어리석은 자는 가까운 곳에 행복을 두고 멀리서 찾지요. 마음의 눈이 어두운 까닭입니다. 그러나 지혜로운 자는 그렇지 않지요. 행복은 가까이 있다는 것을 잘 알기 때문입니다.

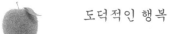 도덕적인 행복

행복한 사람은 누구인가.
도덕적으로 안정을 얻은 사람이 가장 행복한 사람이다.
도덕적으로 안정을 얻은 사람은
늘 마음속이 따스한 온기로 차 있다.
내 마음을 따스하게 보전하는 것이 행복을 얻는 일이다.

채근담

도덕적인 행복이라는 말이 있습니다. 중국 명나라 말기에 홍자성이 쓴 채근담에 나오는 말이지요. 이 말은 도덕적으로 완전한 사람만이 얻는 행복에 대한 것입니다. 하지만 그렇게 되기란 매우 어렵습니다. 도덕적으로 완전한 사람이 되려면 완벽한 도덕성과 인격을 갖춰야 하는데, 그것이 어디 쉬운 일인가요.

그런데도 홍자성은 도덕적으로 완벽한 행복을 찾으라고 했습니다. 즉, 자신의 마음을 따스하게 보전하라는 것이지요.

마음을 따스하게 보전하기 위해서는 사랑과 인정을 베풀어야 합니다. 왜냐하면 도덕적으로 안정을 얻은 사람은 늘 마음이 따스한 온기로 차 있어야 하기 때문이지요.

늘 마음을 따스하게 보전하는 사람이 되십시오. 그것이 도덕적으로 안정을 얻는 것입니다.

🌱 사랑과 인정을 베푸는 도덕적인 사람이 되어야 합니다. 그래야 자신에게는 물론, 타인에게도 행복을 줄 수 있습니다. 도덕적으로 행복한 사람, 그런 사람이 되십시오.

에픽테토스의 행복

{ 불안스러운 마음으로 사는 것보다
부족한 생활을 하더라도
두려움과 걱정 없이 사는 것이 행복하다. }

에픽테토스

노예 출신으로 스토아학파의 대표적인 철학자가 된 에픽테토스!

그는 내가 가장 좋아하는 사상가 중 한 사람이지요. 나는 그의 사상이 무척 맘에 듭니다. 어찌 보면 운명론자 같지만 그게 아닙니다. 그의 사상의 핵심은 모든 것을 있는 그대로 받아들이라는 것입니다.

지금 처해 있는 상황, 즉 슬픔은 슬픔대로, 기쁨은 기쁨대로 그대로 인정하고 받아들이라는 것이지요. 그렇지 않고 그것을 거부하면 불행해질 수밖에 없다는 겁니다.

억지를 부리거나 노력해도 안 되는 일로 고민하며 불안하게 사는 것은 생각의 폭이 좁기 때문입니다.

자신에게 처한 상황을 거부만 하다가는 불행해질 수도 있습니다. 벼랑 끝에서도 희망은 있는 법이니까 희망을 잃지 않고 노력한다면 반드시 해법을 찾게 되어 행복해질 것입니다.

🌶 금은보화를 쌓아두고도 행복을 못 느낀다면 그 금은보화는 행복이 아닙니다. 가난한 골방에서도 행복을 느낀다면 그 골방은 행복입니다. 걱정 없이 사는 것, 그것이 에픽테토스의 행복 철학이랍니다.

알지 못하는 행복

인간은
자신이 행복하다는 것을 알지 못하므로
불행한 것이다.

도스토옙스키

사람은 자신에게 있는 재능이나 능력, 행복을 잘 알지 못합니다. 그리고 언제나 남의 떡은 크고, 자기의 떡은 작다고 생각하지요. 이것이 인간이 가장 흔하게 범하는 실수입니다.

인간은 자신을 늘 부족하다고 느끼지요. 그리고 그로 인해 불행하다고 여깁니다.

도스토옙스키의 말대로라면 행복을 찾는 방법은 간단합니다. 자신은 결코 불행하지 않고 얼마든지 행복해질 수 있다고 믿으면 되는 것입니다.

호박이 넝쿨째 굴러든다는 말은 거짓입니다. 가만히 누워 있는데 감이 입으로 들어오는 법도 없습니다. 행복 또한 자신이 찾는 것이지 누가 가져다주는 것이 아니지요. 행복해지고 싶다면 삶에 열정을 바치세요.

부지런한 새가 먹이를 더 많이 먹는 법이지요. 행복도 이와 같은 것입니다.

🌱 자신을 불행하다고 여기는 사람은 상황이 호전되어도 불행을 느끼지요. 그러나 자신을 행복하다고 여기는 사람은 어떤 상황에서도 행복을 느낍니다. 상황을 어떻게 인식하느냐에 따라 행복한지 불행한지가 달라집니다.

어디에나 있는 행복

어느 곳에 돈이 떨어져 있다면
길이 멀어도 주우러 가면서
자기 발밑에 있는 일거리는 그냥 지나치는 사람이 있다.
눈을 떠라. 행복의 열쇠는 어디에나 떨어져 있다.
그것을 찾아 기웃거리고 다니기 전에
먼저 마음의 눈을 닦아라.

앤드루 카네기

인류의 역사에 하나의 금자탑을 쌓은 앤드루 카네기!

기부의 대명사라 할 만한 그는 맨주먹으로 성공신화를 이룬 인물입니다. 그가 미국인들은 물론 전 세계인들로부터 존경받는 이유는 크게 성공한 데도 있지만, 힘들게 번 돈을 사회를 위해 아낌없이 내놓았다는 데 있습니다. 카네기 재단, 카네기 홀은 그의 피와 땀이 일군 소중한 가치이며 흔적이지요.

그런 그의 이 말은 안일한 태도를 고치라는 고언苦言입니다.

오랜 세월 많은 사람들과 부딪치며 살다 보면 많은 것을 경험하게 되고, 그로 인해 새로운 인생관에 눈뜨게 됩니다. 카네기 또한 많은 시행착오를 겪으면서 성공했습니다. 그런 가운데 터득했던 말이라서 더욱 의미 깊게 다가오는군요.

멀리 가기 전에 가까이에서 행복을 찾아내는 현명함을 가져야겠습니다.

사람들은 자기 손에 행복을 쥐고 있으면서도 먼 곳으로 시선을 돌려 행복을 찾지요. 행복의 진짜 얼굴을 모르기 때문입니다. 자신의 주변을 살펴보세요. 나를 진정으로 행복하게 하는 것이 무엇인가를.

낙심하지 않는 행복

아무리 허욕이 기승을 부려도
끝까지 낙심하지 않는 사람이
행복한 사람이다.
허욕은 낙심하지 않는 마음에 지기 때문이다.

탈무드

유대인 오천 년 역사의 지혜의 보물창고 탈무드Talmud!

250만 단어로 쓰여진 20권이 넘는 방대한 양의 탈무드는 유대인을 넘어 전 세계인의 인생지침서로 널리 사랑받고 있습니다.

'탈무드'는 헤브라이어로 '학습, 깊이 배운다'는 뜻입니다. 이 책에는 낙심하지 않는 사람이 행복한 사람이다, 라는 말이 나옵니다. 반대로 말하면 낙심하는 사람은 불행한 사람이라는 것이지요.

우리는 살아가는 동안 기쁨과 슬픔, 즐거움과 고통을 동시에 느낍니다. 그런데 어떤 사람은 그러한 것들을 잘 극복해내는데 어떤 사람은 이겨내지 못하고 절망에 빠져 허우적거리다 인생을 망치고 말지요.

인간에게 영원한 화두는 한 번뿐인 인생을 어떻게 살 것인가, 하는 것입니다. 그 대답은 참으로 복잡합니다. 다만 그중에 하나로 낙심하지 말라는 격려가 들어 있습니다. 행복은 쉽게 낙심하는 사람을 싫어합니다.

낙심을 잘하는 사람은 행복이 찾아와도 알지 못합니다. 하지만 소소한 일에도 만족하는 사람은 불행도 행복으로 바꾸어놓지요. 낙심하는 것도 습관입니다. 매사를 긍정적으로 생각하는 습관을 가지십시오.

yes!

참다운 행복

참다운 행복,
그것은 어떻게 끝을 맺느냐 하는 것이 아니라
어떻게 시작하느냐 하는 데 달려 있다.
또 우리가 무엇을 소유하느냐가 아니라
무엇을 바라느냐의 문제이기도 하다.

로버트 루이스 스티븐슨

사람은 소유 욕구가 넘치는 동물이지요. 많은 돈, 빛나는 명예, 나는 새도 떨어뜨리는 권세, 사랑, 행복, 친구 등 무엇이든 소유하려는 욕구로 가득 차 있습니다. 물론 사람에 따라 정도의 차이는 있지만.

법정스님의 스테디셀러 《무소유》는 늘 나를 돌아보게 하는 금언의 책입니다. 이 책은 참된 행복이 무엇인지에 대해 말하고 있습니다.

무엇을 갖는다는 것은 즐거운 일이지요. 소유 욕구를 채워주기 때문입니다. 그런데 법정스님은 소유하지 않는 것이야말로 행복이라고 말합니다. 그 말은 스티븐슨의 이 말과 일맥상통한다고 하겠습니다. 즉, 어떤 사람이 되느냐보다는 어떻게 사는 것이 잘 사는 것인가, 하는 물음에 대한 답입니다. 삶에 충실하면 참된 행복이 찾아온다는 것이지요.

⚘ 《무소유》라는 책을 쓰고 평생을 무소유로 살다 떠남으로써 많은 감동을 준 법정스님. 무소유로 사는 것은 지독한 형벌과도 같은 것이지요. 견물생심이라는 말처럼 사람은 눈에 보이는 것은 무엇이든 소유하려는 본능적 욕구가 있기 때문입니다.

절제의 행복

나는 지금까지
욕망을 충족시키려고 힘쓰기보다는
그것을 제한함으로써
행복을 구하는 방법을 배웠다.

존 스튜어트 밀

사람에게 가장 힘든 것 중 하나가 절제하는 것입니다. 식탐에 대한 절제, 소비에 대한 절제, 무분별한 사랑에 대한 절제 등. 절제는 본능에 대한 제동이기 때문에 사람을 힘들게 합니다.

실제로 많은 사람들이 절제하지 못해 인생을 송두리째 파멸당해버립니다. 정부 고위직에 있던 사람이 뇌물에 대한 욕구를 절제하지 못해 부정한 청탁에 응했다가 힘들게 올라간 자리에서 주르르 미끄러지고, 감정을 절제하지 못하고 사람을 해쳐 차가운 감방에서 가슴을 치며 통곡하기도 하지요. 또 사랑하는 연인들이 단순한 감정을 절제하지 못하고 싸우다가 아차! 이별의 슬픔 속에서 하루하루를 안타까워하며 보냅니다.

절제란 무엇일까요?

한마디로 참는 마음입니다. 해도 될 일과 해서는 안 될 일을 가려서 하는 것 역시 절제입니다.

충족시켜서는 안 될 욕망을 충족시키려 하지 마세요. 그것은 있는 행복까지 빼앗아 불행으로 몰고 가는 치명적인 독입니다.

절제의 미학이라는 말이 있습니다. 하고 싶은 것을 참고 견디는 일, 몸부림을 쳐야 할 만큼 힘들고 괴로운 일이지요. 그러나 그것을 참아내면 거기서 오는 행복은 크고 우뚝하지요. 절제하는 마음, 그것은 또 다른 행복입니다.

마음의 행복

> 사람들은 이성과 양심을 지키는 것보다는
> 재물을 얻는 일에 머리를 쓴다.
> 그러나 참된 행복은 마음속에 있는 것이지
> 재물 속에 있지 않다.
>
> 쇼펜하우어

재물과 양심, 어느 쪽이 더 매력적인가,라는 질문에 당신은 어떤 답변을 하겠는지요. 재물? 양심? 참 어려운 문제로군요. 이에 대해 '누가 뭐래도 재물이야. 재물처럼 나를 잡아끄는 것은 없지' 하고 말하는 쪽과 '그래도 나는 양심을 택하겠어' 하는 쪽과 '나는 둘 다 포기할 수 없어' 하는 쪽으로 패가 갈릴 것입니다.

그런데 여기서 더 인간다운 답변은 속물근성을 그대로 드러내는 재물이라는 쪽이 아닐까, 합니다.

왜 그럴까요? 인간은 자신과 공감하는 사람이나 그 대상에 더 관심을 갖기 때문이지요. 그러나 쇼펜하우어는 "참된 행복은 자신의 마음속에 있는 소중한 것이지 재물 속에 있지 않다"고 말합니다. 그의 말은 재물보다는 깨끗한 양심이 더 가치 있는 것이라는 의미이지요. 즉, 마음의 행복을 구하라는 것입니다. 범인凡人들에겐 참 어려운 문제네요.

선택은 당신의 몫입니다.

🌸 돈, 빌딩, 땅, 증권, 권세, 명예 등 외형적인 것에서 얻는 만족감은 매우 크지요. 그러나 외형적인 것에 대한 만족은 그것이 사라지는 순간 깨지고 맙니다. 하지만 사랑, 배려, 우정, 감사 등 마음속에 있는 것에서 오는 만족감은 늘 변함없이 행복을 선물합니다.

오래된 행복

> 어리석은 사람은 따뜻해지면
> 입고 있던 옷을 벗어던진다.
> 그러나 행복의 먼동이 터오더라도
> 불행했을 때의 좋은 벗을 잊어서는 안된다.
>
> 빌헬름 뮐러

우리나라 문단의 독보적인 작가 박완서!

《엄마의 말뚝》, 《그해 겨울은 따뜻했네》, 《친절한 복희씨》, 《그 남자네 집》 등으로 많은 독자층을 가진 그녀는 일흔이 훨씬 넘은 나이에도 왕성한 작품 활동을 펼쳐 후배 작가들에게 귀감이 되었습니다.

나는 그녀의 작품 중 《그 남자네 집》을 읽고, 그녀의 흑백사진 같은 아련하고 가슴 뭉클한 사랑을 만날 수 있었습니다. 그 책을 읽는 내내 그 사랑 속으로 빠져드는 느낌을 받았답니다. 그리고 오래도록 가슴에 남아 지난날 첫사랑의 향수를 불러일으키곤 하였습니다.

오래된 행복이라는 것은 박완서가 작품으로 보여준 흑백사진처럼 가슴에 아련히 남아 있는 사랑 같은 것이겠지요. 이런 행복은 상황이 바뀌어도 변함이 없습니다. 그런 의미에서 뮐러의 이 말은 우리들의 가슴을 잔잔하게 울려줍니다.

세월이 흘러도 변하지 않는 지난 시절의 행복은 보석처럼 가슴에 남아 있지요. 힘들 때마다 그 시절을 떠올리면 위안이 됩니다. 오래 가는 행복을 만드는 마음으로 오늘을 즐겁게 살아야겠습니다.

이성으로 얻는 행복

행복에는 여러 가지가 있다.
돈으로 얻는 행복, 지위나 명예로 얻는 행복,
사업의 성공으로 얻는 행복.
그러나 순전히 그것만으로는 오래가지 못한다.
이성理性의 빛으로 조화된 것이어야 한다.
이성의 빛으로 조화된 행복은
다이아몬드 같이 변하지 않는다.

스피노자

"비록 내일 종말이 올지라도 오늘 나는 한 그루 사과나무를 심겠다"
라고 말한 스피노자!

내 어린 시절, 그는 내 마음을 사로잡았지요. 어린 나이에도 이 말의
뜻이 참 좋았고, 그렇게 말한 그가 매우 위대해 보였거든요.

나는 어렸을 때 주변 형들이나 누나들에게 꼬마철학자라고 불렸습니
다. 그럴 때면 어렴풋이 아는 그 철학자라는 말의 의미가 나에게 붙여지는
것이 좋았습니다. 물론 지금도 절대적 긍정주의자인 그가 좋습니다.

'이성의 빛으로 조화된 행복은 다이아몬드 같이 변하지 않는다'라는
구절은 감정이나 본능적 욕구에 사로잡히지 말고 삶을 냉철하게 사는 데
서 얻는 행복이 값지다는 뜻입니다. 마음 깊이 담아 두고두고 지침으로
삼을 만한 경구입니다.

🌱 이성으로 얻는 행복이 진정한 마음의 행복이지요. 이성, 즉 깨달음이 있으면 물질이나
어떤 외형적 조건에 흔들리지 않습니다. 성현들이 깨달음을 얻기 위해 평생을 수련했
던 이유가 거기에 있습니다.

웃음에서 오는 행복

행복해서 웃는 것이 아니라
웃어서 행복한 것이다.

윌리엄 제임스

미국의 심리학자 윌리엄 제임스!

그의 이 말은 매우 적절하고 멋진 표현이 아닐 수 없습니다.

대개의 사람들은 행복해야만 웃습니다. 그렇지요. 행복하면 저절로 웃음이 나오지요.

행복은 마음을 충만하고 긍정적으로 만들어줍니다. 또 매사에 너그럽고 관대하게 해줍니다.

윌리엄 제임스의 이 말은 행복해지기 위해서는 적극적인 자세를 가지라는 의미이지요.

행복은 행복해지려고 노력하는 자를 좋아합니다. 가만히 있는데 저절로 행복해지는 경우는 없지요. 웃으면 복이 온다는 말도 있듯 행복해지길 원한다면 먼저 웃으십시오. 그러면 행복해집니다.

행복해서 웃는 것은 그 순간뿐이지만, 웃어서 얻는 행복은 웃을 때마다 쏟아지지요. 행복해지고 싶다면 많이 웃으십시오. 웃으면 건강에도 좋고 보기에도 좋지요. 웃음은 행복을 낳는 거위랍니다.

행복 지수

진정한 행복주의자는 큰일에서 행복을 느끼는 것이 아니라, 작은 일에서 행복을 발견하는 사람입니다. 그래서 행복주의자는 더 많은 행복을 누리며 삽니다.

크고 좋은 것에서 행복을 찾으려고 하는 사람은 참다운 행복을 느낄 수 없습니다. 세상에는 크고 좋은 일보다는 작고 보편적인 일이 주류를 이루고 있고, 그 속에서 살아가는 것이 보통 사람들의 삶이기 때문이지요.

자신이 행복하기를 원하거든 작은 일에서 기쁨을 발견하는, 마음의 눈을 길러야 합니다. 작은 일에서 즐거움을 얻는 일에 익숙해질수록 행복 지수는 높아지니까요. 단언하건데, 허황된 마음으로는 절대로 참 행복을 느낄 수 없습니다.

당신은 어느 쪽인가요? 큰일에서만 행복을 찾는 쪽인가요, 아니면 작고 소소한 일에서 행복을 느끼는 쪽인가요?

자신의 행복은 자신이 만드는 것이지요. 그러니 잘 생각해서 실천하고 행동하십시오.

🌱 자신의 행복을 만드는 사람은 자신이지요. 누군가 행복을 주리라고 기대하지 마세요. 그 기대가 깨지면 남는 건 실망뿐이니까요. 자신을 즐겁게 하고 만족하게 하는 일에 열중하다 보면 행복은 언제나 그 곁에 머물지요.

| Part 03 |

성공,
간절히
이루고 싶은
소망

머뭇거리지 마라

{
목표가 있어도 머뭇거리면 얻을 수 없다.
목표가 세워지면 실천해야
그 어떤 것이든 취할 수 있는 것이다.

토머스 J.빌로드
}

　　목표가 아무리 좋아도 주저하고 머뭇거리면 어떤 일도 이룰 수 없습니다. 실천이 따르지 않는데 어떻게 결과를 바랄 수 있을까요.

　　미국의 2선 대통령 빌 클린턴!

　　그가 대통령의 꿈을 갖게 된 동기는 고등학교 시절 존 F.케네디 대통령을 만나고 나서부터입니다. 미국에는 전국에서 뽑힌 우수 학생들에게 대통령 표창장을 수여하는 제도가 있습니다. 빌 클린턴은 바로 이 자리에서 자신이 우상으로 섬기던 존 F.케네디 대통령과 만나는 영광을 누리게 되었지요.

　　클린턴은 날마다 케네디 대통령의 행동을 따라서 실천했습니다. 머뭇거림이나 주저함이 없었지요. 그에겐 오직 실천적 도전 정신만이 있었습니다. 그 결과 케네디처럼 40대에 대통령에 당선되었고, 재선에 성공하는 영광을 누렸습니다.

　　목표를 이루기 위해서는 무엇이든지 실천해야 합니다.

　　해야 할 일을 산더미처럼 쌓아두고도 머뭇거리는 사람들이 있습니다. 말로는 '해야 하는데, 해야 하는데' 하면서도 실천을 못하지요. 이런 자세로는 아무것도 할 수 없지요. 목표를 이루고 싶다면 절대 머뭇거리지 마십시오.

승자의 의미

> 승자와 패자의 다른 점은
> 승자는 실행하는 사람이고
> 패자는 실행을 모르는 사람이라는 것이다.
>
> 앤서니 로빈스

인생을 승리로 이끌기 위해서는 실행을 잘해야 합니다. 실행하지 않는데 어떻게 좋은 결과를 얻겠습니까.

계획이 특별하고 훌륭하다고 해서 그것만으로 달성되는 것은 아니지요. 차근차근 실행하는 동안 좋은 결과를 얻는 것입니다.

사과가 먹고 싶다면 사과나무를 심고, 배가 먹고 싶다면 배나무를 심은 후 거름을 주고 병충해를 막아주고 나무가 잘 자라도록 정성껏 보살펴주어야 하는 것과 마찬가지지요.

목표를 세운 후에는 꾸준히 실행해야 합니다. 그런데 의지가 약한 사람들은 그렇지를 못해요. 마라톤 주자가 달리다가 중도에 포기하면 끝장 아닙니까? 인간의 삶도 그와 같습니다. 목표를 향해 지속적으로 실행한 사람만이 커다란 성취감을 맛볼 것입니다.

그런 의미에서 로빈슨의 이 말은 되새겨볼 만한 명구입니다.

🌸 승리를 원하면 실행해야 합니다. 아무리 목표가 멋지고 풍성해도 실행하지 않으면 그림의 떡이지요. 백 마디 말보다 꾸준한 실행이 더욱 중요합니다. 실행 없이 되는 것은 아무것도 없으니까요.

{
말하는 것이나 희망하는 것,
바라는 것이나 의도하는 것보다 중요한 것은
행동하는 것이다.
}

브라이언 트레이시

무엇을 얻고 싶다면 행동해야 하지요. 행동하지 않으면 과일 하나도 얻을 수 없습니다.

남아프리카공화국 최초의 흑인 대통령이며 민주화를 이루어낸 인권 운동가 넬슨 만델라는 흑인의 주권과 자유, 평화를 위해 평생을 불의와 싸운 행동가였습니다. 그는 민주화를 이루기 위해 죽음도 두려워하지 않았고, 27년간의 수형생활도 마다하지 않았지요. 무엇이 그를 그토록 열정적이고 치열한 행동가가 되게 했을까요? 그것은 민족을 사랑하는 마음과 자유와 평화에 대한 간절한 갈망이었습니다. 그의 확고한 목표 앞엔 거칠 것이 없었지요. 그는 신념대로 움직였습니다.

수십 년의 노력 끝에 마침내 흑인의 주권을 되찾고, 자유와 평화를 뿌리내리게 했습니다. 백인우월주의를 무너뜨린 그의 강인한 행동력은 민주주의의 횃불이 되어 지금도 활활 타오르고 있습니다.

당신의 인생에 있어 중요한 것은 말하는 것이나 희망하는 것, 바라는 것이나 의도하는 것이 아니라 희망하는 것을 위해 행동하는 것입니다.

🌸 말로 한몫 한다는 말이 있습니다. 어떤 일을 앞에 두고 행동하지 않고 말로만 떠들어대는 경우를 이르는 말이지요. 이런 사람은 죽었다 깨어나도 작은 것 하나 이루지 못합니다. 행동이 없으면 결실도 없다는 것을 확실하게 인식해야 합니다.

성공의 비결

> 기회가 올 때 받아들일 준비가 되어 있는 것,
> 그것이 성공의 비결이다.
>
> 벤저민 디즈레일리

좋은 기회는 수시로 오지 않습니다. 사람에게는 평생 동안 세 번의 기회가 온다고 합니다. 그만큼 잡기 힘든 것이 기회이지요.

이 세 번의 기회는 인생을 획기적으로 변화시킬 수 있는 모멘트가 됩니다. 그런데 많은 사람들이 그 기회를 놓치며 살고 있습니다. 언제 기회가 왔는지도 모르게 그냥 지나가기도 하지요.

왜 기회를 놓치게 되는 걸까요? 잡을 준비가 되어 있지 않았기 때문이지요. 무언가를 이루고 싶은 사람이라면 기회를 잡을 준비를 게을리하지 말아야 합니다. 끊임없이 노력하고 준비하는 자세가 필요합니다.

노벨문학상 수상작가인 미국의 대문호 어니스트 헤밍웨이는 자신이 성공하게 된 것은 우연이 아니라 자신이 피나는 노력을 한 결과라고 말했지요. 성공의 기회를 잡기 위해 평소에 준비를 철저히 했다는 말입니다. 성공하고 싶다면 기회를 잡아야 하는데, 그 기회는 철저하게 준비하는 사람에게만 보입니다.

일평생 세 번 온다는 기회는 언제 왔다 언제 갔는지 모르기 쉽습니다. 기회는 예고하고 오는 것이 아니라 무언가를 열심히 하는 가운데 이루어지는 것이지요. 열심히 하는 것, 그것이 기회를 잡는 최상의 방법입니다.

꿈과 실행

> 무엇에 대해 꿈꿀 수 있다면
> 그것을 실행하는 것 역시 가능하다.
>
> 월트 디즈니

월트 디즈니의 말은 그가 자신의 경험에서 얻어낸 금과옥조입니다.

월트 디즈니는 어린 시절 집안이 가난하여 힘들게 일을 하면서 보내야만 했습니다. 그런데 그에게 유일한 낙이 있었지요. 석탄 조각으로 땅바닥에 그림을 그리는 일이었습니다.

청년이 되어서는 광고대행사에서 일을 하며 만화에 관심을 기울였습니다. 특히 움직이는 만화에 관심이 많았지요. 그는 매일 늦게까지 열심히 그렸습니다.

그러던 어느 날, 작업실을 오가는 생쥐를 보고 그것을 그리기 시작했지요. 몇 번이고 반복적으로 그린 결과 아주 깜찍하고 예쁜 생쥐 캐릭터가 완성되었습니다. 스스로 만족한 그는 미키마우스라는 이름을 붙였습니다. 그것이 그에게 성공이라는 큰 선물을 안겨주는 계기가 되었지요.

미키마우스는 옷, 장난감, 문구, 가방 등의 상표로 널리 쓰이기 시작했고, 마침내 세계적인 브랜드가 되어 그에게 부와 명성을 가져다주었습니다.

🌸 꿈과 실행은 실과 바늘 같은 사이입니다. 꿈에는 실행이 따라야 결과를 이룰 수 있고, 실행의 결과가 좋기 위해서는 꿈이 있어야 하니까요.

신념과 실행

꿈꾸는 것도 훌륭하지만
꿈을 실행에 옮기는 것은 더 훌륭하다.
신념 그 자체도 강하지만 실행을 더하면 더 강하다.
열망도 도움이 되지만 노력을 더하면 천하무적이다.

토머스 로버트 게인즈

아무리 꿈이 크고 원대해도 실행이 따르지 않으면 그림의 떡일 뿐입니다. 생각해보십시오. 디자인이 멋지게 잘 빠졌다고 해서 좋은 옷이 되는 것은 아니지 않습니까. 꿈이란 성공을 위한 디자인과 같은 것일 뿐, 현실과는 아무런 관계가 없습니다. 꿈은 실행이 따를 때 비로소 현실로 나타나는 것이지요.

많은 이들은 꿈을 가슴에 품고 있을 뿐, 실행하는 것은 게을리하는 것 같습니다. 그러면서 현실을 탓하고 불만을 토로하지요. 그것은 누워서 침을 뱉는 것과 같습니다. 부끄럽고 어리석은 일이지요.

지혜로운 사람은 불평불만을 하는 대신 자신을 계발하고 혁신하는 일에 집중합니다.

꿈이 없는 사람은 집이 없는 떠돌이와 같습니다. 자신의 인생집을 튼튼하게 짓고 싶다면 꿈을 꾸십시오. 그리고 열과 정성을 다하십시오. 실행이 따르고 신념이 강한 꿈은 반드시 결실을 맺는 법이니까요.

🎈 비슷한 머리, 비슷한 계획, 비슷한 환경에서 누가 더 좋은 결과를 얻을 수 있을까요? 답은 실행하는 사람입니다. 실행하는 사람만이 승리를 차지할 수 있습니다.

꿈꾸는 대로 행동하라

꿈을 향해 담대하게 나아가라.
그리고 상상대로 살아라.

헨리 데이비드 소로

당신은 꿈의 설계도를 갖고 있습니까?

만일 그렇지 않다면 지금 당장 그리세요. 누군가에게 의존하지 말고 당신이 직접. 설계도가 완성되면 그에 따라 초고층 빌딩을 짓고, 인천대교 같은 거대한 다리를 놓고, 거대한 항공모함 레이건호도 건조하는 것입니다.

설계도가 없다면 아무것도 할 수 없습니다.

사람은 자신의 삶의 주인공입니다. 그런데 어떤 이는 화려한 주인공으로 사는데 어떤 이는 초라함 그 자체이기도 하지요. 무엇이 이런 결과를 낳는 것일까요? 그것은 꿈의 설계도가 있느냐 없느냐의 차이입니다.

그래서 꿈을 이루려면 꿈에 맞추어 행동하라는 소로의 이 말은 더 설득력이 있습니다.

괴테는 '꿈꾸는 대로 이루어진다'고 했지요. 그렇습니다. 모든 것은 꿈꾸는 대로 이루어지지요. 88서울올림픽도, 2002년 월드컵도 모두 꿈꾸는 대로 이루어졌습니다. 꿈꾸세요, 자신이 이루고 싶은 소망을.

어떤 일이 잘되길 바란다면
그것을 직접 하라.

나폴레옹

나폴레옹은 프랑스 코르시카 섬의 아작시오에서 태어나 왕립군사학교를 나와 장교로 복무하며 꿈을 키운 끝에 프랑스의 황제로 등극하였습니다. 조그만 섬 출신의 그가 어떻게 쟁쟁한 유력자들을 물리치고 황제가 될 수 있었을까요?

그 해답은 매우 간단합니다. 그는 누구도 넘볼 수 없는 강인한 도전정신을 가졌던 것입니다. 그의 신념은 하늘에 닿을 듯 견고했고, 의지는 빛나는 태양처럼 변함이 없었지요.

신념과 의지로 똘똘 뭉친 그는 한번 마음먹은 것은 반드시 실행했습니다. 그래서 자신의 꿈대로 황제가 되어 강력한 프랑스를 만들었고, 마침내 유럽의 맹주가 되었지요. 그가 가는 곳마다 승전보가 울려 퍼졌습니다. 그가 가는 길은 누구도 막지 못했지요.

"나의 사전에 불가능이란 없다"라는 유명한 말을 남긴 프랑스의 영웅 나폴레옹! 그는 프랑스를 넘어 세계 속의 영웅으로 영원히 남아 있습니다.

자신의 일을 남에게 시키는 사람이 있습니다. 성공을 위해서라면 하나에서부터 열까지 자신이 직접 해야 합니다. 그래야 그 일에 애착이 가고 더 열심히 하게 되지요.

지금 당장 시작하라

{
삶을 바꾸려면
지금 당장 실행하라.
결코 예외는 없다.

윌리엄 제임스
}

각자의 삶은 각자의 몫입니다. 자신의 삶을 타인이 대신 살아줄 수는 없습니다. 힘들고 어려워도, 괴롭고 고통스러워도 자신의 삶은 자신이 만들어야 하지요.

모든 것이 그러하듯 저절로 되는 것은 아무것도 없습니다. 무언가를 얻으려면 무언가를 해야 합니다.

미국의 심리학자 윌리엄 제임스의 이 말은 무슨 뜻일까요?

그것은 부지런히, 최선을 다하여 실천해나가라는 말이지요. 자신이 한 꼭 그만큼만 되돌려주는 것이 삶의 철칙입니다.

일을 생각만 하다 끝내지 말고 지금 당장 시작하십시오.

현자는 지식이 풍부한 사람이 아니라 생각한 것을 실행하는 사람입니다.

무슨 일을 생각만 하다가 마는 경우가 많습니다. 성공에 대한 확신이 없거나 실천력이 약해서지요. 목표를 손에 쥐고 싶다면 지금 당장 독하게 실행하세요. 실행은 성공의 씨앗이니까요.

성공을 향해 가라

{ 성공은 제 스스로 오지 않는다.
당신이 성공을 향해 가야 한다.

마르 바 콜린스 }

게으른 아들이 있었습니다. 그는 늘 놀고먹으려고만 했지요. 아버지는 그런 아들의 장래가 걱정이 되어 일하는 즐거움을 가르쳐주려고 했지만 번번이 무위에 그치고 말았습니다.

그러던 어느 해, 심한 가뭄으로 마을은 쑥대밭이 되었고, 많은 사람들이 굶어 죽었습니다. 아들의 부모도 죽고 말았지요.

이제 게으른 아들은 의지할 곳이 없었습니다. 그는 아무것도 먹지 못해 눈이 쑥 들어가고 몰골이 피폐해졌지만 어디에도 먹을 것이 없었습니다.

그제야 자신의 잘못을 알게 된 아들은 먹을 것을 찾아 온 사방을 헤맨 끝에 겨우 산열매를 발견하였지요. 배부르게 먹은 아들은 정신을 차려 집을 짓고, 곡식의 씨앗을 뿌렸습니다. 그는 더 이상 게으른 아들이 아니었습니다. 성공적으로 농사를 짓고 많은 곡식을 거두어들였지요.

🌸 가만히 있으면 단돈 1원도 생기지 않습니다. 누워서 사과야 떨어져라, 대추야 떨어져라, 하고 아무리 외쳐본들 벌레 먹은 것 외엔 절대로 떨어지지 않지요. 먹고 싶다면 직접 나무에 올라가거나 장대로 따야 합니다. 성공도 그렇습니다. 기다리면 오지 않습니다. 자신이 직접 찾아가야 합니다.

위대한 업적

{
인간이 이룬 위대한 업적은
아이디어를 열정으로,
그리고 행동으로 옮긴 결과였다.
}

토머스 왓슨

IBM의 창업자 토머스 왓슨! 그는 컴퓨터 혁명을 이끈 불세출의 CEO 이지요.

그가 1960년대에 컴퓨터 개발을 꿈꾸고 도전장을 내밀었을 때, 많은 사람들은 그를 무모하다고 손가락질했습니다. 그럴 수밖에 없었던 것은 컴퓨터 개발에는 수백만 달러를 투자해야만 했기 때문이지요. 이 돈은 당시로써는 어마어마한 액수였습니다. 그런데 이 큰 돈을 확실한 성공도 보장되지 않은 사업에 투자한다고 하니, 다들 그가 정신이 이상해진 게 아니냐고 했던 것이지요.

그러나 그의 생각은 달랐습니다. 에디슨이 멍청할 만큼 무모해 보이면서도 연구를 통해 성공을 이끌어냈듯이 왓슨 또한 모든 것을 감내했습니다. 그는 자신의 아이디어에 대해 성공할 수 있다는 신념으로 모든 걸 걸고 연구에 박차를 가한 결과 마침내 360기종 컴퓨터를 만들어내는 데 성공하였지요.

당신도 성공하고 싶다면 확실한 아이디어를 끌어내십시오.

현대는 아이디어 시대입니다. 좋은 아이디어가 수만, 수백만 명을 먹여 살립니다. 그러나 아무리 아이디어가 좋아도 그것을 현실로 만드는 데 게으르다면 아무런 효용가치가 없지요. 뜨거운 열정으로 강하게 밀어붙여야 합니다.

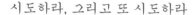

시도하라, 그리고 또 시도하라

시도하고 또 시도하는 자만이
성공을 이루어내고 그것을 유지한다.
시도한다고 해서 잃을 것은 없으며,
성공하면 커다란 수확을 얻게 된다.
그러니 일단 시도해보라.
망설이지 말고 지금 당장 해보라.

윌리엄 클레멘트 스톤

천재들은 자신의 이상을 믿고 시도하지만 바보들은 항상 결심만 한다는 말이 있습니다. 그러면 왜 바보들은 결심만 하고 실행에 옮기지 못하는 걸까요? 그것은 성공에 대한 확신이 없기 때문이지요.

무슨 일을 하는 데 있어 가장 중요한 것 중 하나가 자신이 하는 일에 확신을 갖는 것입니다. 확신을 갖는 것과 그렇지 않은 것은 엄청난 차이가 난답니다. 확신을 갖게 되면 일단 그 일은 성공할 확률이 그만큼 많습니다.

무언가를 이루고 싶다면 계획을 잘 세우는 것도 중요하지만 계획을 시도하는 것이 더 중요하지요. 씨를 뿌리지도 않았는데 수확하는 것을 본 적이 있는지요? 그런 일은 절대 없을 겁니다.

마찬가지로 시도하지 않는 것은 씨를 뿌리지 않는 것과 같습니다. 시도 없이 저절로 되는 것은 아무것도 없지요.

무언가를 꼭 이루고 싶다면 일단 시도해보세요. 망설이지 말고 지금 당장. 무언가 손에 잡힐 것입니다.

🌸 일을 하는 데 있어 가장 중요한 것 중 하나가 일에 대해 확신을 갖는 것입니다. 확신을 갖고 시도하면 실패할 확률은 그만큼 낮아지지요. 자, 망설이지 말고 시도하세요. 시도는 성공의 반입니다.

행동하고, 꿈꾸고, 믿어라

위대한 것을 성취하려면
행동할 뿐만 아니라 꿈꿔야 하며
계획할 뿐만 아니라 믿어야 한다.

아나톨 프랑스

미국의 정치가이자 피뢰침 발명가로서 미국 국민이 가장 존경하는 인물 중 한 사람인 벤저민 프랭클린!

그는 집이 가난해서 초등학교도 조금밖에 다니지 못하고 집안일을 거들며 힘들게 어린 시절을 보내야 했습니다. 그러나 그의 가슴속에선 꿈이 자라고 있었지요. 무언가를 이루고 싶은 간절한 열망은 모험심을 끊임없이 자극했습니다. 그 결과 열정적인 욕망과 모험심으로 피뢰침을 발명함으로써 위대한 발명가로 우뚝 섰지요.

그는 거기에 만족하지 않고 더 나아가 국가를 위해 모험을 시도했습니다. 미국과 프랑스의 동맹을 이끌어내고, 프랑스로부터 재정적 지원을 받는 일을 성사시켰지요. 또 프랑스 기술자와 과학자들을 미국으로 불러 축적된 기술을 전수받아 미국을 과학 선진국으로 만들었습니다.

무언가를 이루고 싶다면 프랭클린이 그랬던 것처럼 꿈꾸고, 행동해야 합니다.

⚡ 무언가를 이루고 싶은 간절한 열망! 그 열망이 꿈을 이루게 하지요. 성공한 사람들의 공통점은 무언가를 간절히 원하고, 그것을 실행했다는 것입니다. 열망이 간절하면 에너지가 샘솟아 넘쳐나니까요.

자신을 믿고 행하라

> 아무도 당신을 믿지 않을 때도
> 자기 자신을 믿는 것,
> 그것이 챔피언이 되는 길이다.

슈거 레이 로빈슨

미국 불세출의 복서 무하마드 알리!

'나비처럼 날아서 벌처럼 쏜다'는 유명한 말을 남긴 그는 헤비급 세계 챔피언의 역사를 새로 쓴 선수로서 세계 복싱 역사의 전설로 살아 있습니다.

그는 1960년 로마올림픽 라이트헤비급에서 금메달을 목에 걸며 화려하게 권투계에 등장하였지요. 그 후 세계 프로 복싱 무대에서 패배를 모르고 전성기를 맘껏 즐겼습니다. 물론 그에게도 실패가 있었지요. 조 프레이저에게 패배를 당한 것입니다. 그러나 그는 자신의 문제점을 반성하고 그때부터 겸손한 마음과 보다 성숙해진 자세로 시합에 임했습니다.

그 결과 세계 헤비급 복싱사상 세 차례나 챔피언 자리에 오르는 영광을 누렸습니다. 파킨슨병을 앓고 있는 그는 지금도 미국 국민들로부터 사랑과 존경을 한 몸에 받고 있지요.

그가 세계 최고의 권투선수로서 성공적인 삶을 살 수 있었던 것은 자신을 끝까지 믿었기 때문입니다.

🌱 자신이 자신을 믿지 못하면 어느 누구도 자신을 믿어주지 않습니다. 어떤 일을 이루고자 한다면 무엇보다 자신을 믿는 것이 중요합니다. 왜냐하면 자신의 인생을 책임져줄 사람은 자신밖에 없으니까요.

> {
> 신념은 아직 보지 못한 것을 믿는 것이며,
> 그에 대한 보상은
> 믿는 것을 이루게 된다는 것이다.
> }
>
> 아우구스티누스

세계에서 두 번째로 부자인 워런 버핏은 자신의 총재산의 85퍼센트인 370억 달러를 빌앤멜린다게이츠 재단에 기부했습니다. 370억 달러는 우리 돈으로 약 36조 원에 해당하는 어마어마한 액수이지요. 이는 세계 역사상 최고의 기부액입니다.

그가 이렇게 많은 돈을 기부한 이유는, 자기가 번 돈은 자신의 재능이 아니라 미국 사회가 만들어주었다는 생각, 그리고 앤드루 카네기처럼 살고 싶었기 때문이라고 합니다. 이러한 그의 '부의 철학'은 많은 사람들에게 큰 감동을 주었지요.

그는 11세 때부터 주식 거래를 시작했습니다. 어린 나이 때부터 가슴 속에 희망의 엔진을 장착하고 꿈을 향해 달렸던 것입니다. 그 결과 국민들의 존경을 한 몸에 받는 빛나는 인생이 되었지요.

그가 빛나는 인생이 될 수 있었던 것은 강인한 신념 덕분이었습니다. 보이지 않는 미래에 대해 신념을 갖고 실행한 끝에 성공했지요.

신념은 이처럼 원하는 것을 이루게 하는 원천적 에너지입니다.

성취욕이 강한 사람은 보이지 않는 것에 대한 믿음이 강하지요. 이 세상에 존재하는 모든 것들은 당시에는 존재하지 않았습니다.

성공의 첫 번째 비결

> 사람들은 할 수 있다고 생각하기 시작할 때
> 가장 비범한 모습을 보이게 된다.
> 자기 자신을 믿을 때
> 성공의 첫 번째 비결을 갖게 되는 것이다.

노먼 빈센트 필

21세기 세계 오페라계의 선두주자인 체칠리아 바르톨리!

그녀는 이탈리아 로마에서 태어났습니다. 부모는 로마 오페라 단원이 었는데 어머니가 그녀에게 노래를 가르쳤지요. 그때부터 어린 바르톨리 는 세계 최고의 오페라가수가 되겠다는 꿈을 품기 시작했습니다. 물론 힘들고 어려운 점도 많았지요. 어떤 때는 정말 자신이 잘해낼 수 있을까, 하며 미래에 대해 불안한 마음도 가졌었습니다. 그러나 그때마다 자신을 믿고 참고 견뎌냈지요. 드디어 그녀에게 기회가 왔습니다.

19세 되던 1985년, 바리톤 레오 누치와 함께 텔레비전 쇼에서 노래를 부르게 되었지요. 그녀는 자신의 실력을 유감없이 보여주었습니다. 그것 이 오페라가수로서의 가능성을 인정받는 계기가 되었습니다.

그녀는 오페라 작곡가인 로시니의 〈세비야의 이발사〉의 로시나, 〈라 체네렌톨라〉의 타이틀 롤, 모차르트의 〈피가로의 결혼〉의 케루비노, 〈코 시 판 투테〉의 도라벨라 등의 역을 맡아 열연했습니다.

🌸 성공하고 싶다면 자신을 믿고 끊임없이 실행하세요. 자신을 믿는 것, 그리고 꾸준히 실천하는 것, 이 두 가지 모두 성공의 요건입니다.

시작하기 전부터 성공을 예측하라.
먼저 성공할 것이라는
기대를 갖는 것이 중요하다.

데니스 웨이틀리

일을 시작하기 전부터 승리할 것이라는 잠재의식을 깨우는 것도 중요합니다. 스스로에게 최면을 거는 것이지요.

투자의 천재 조지 소로스!

그는 조국 헝가리가 독일에 점령 당하자 영국으로 갔습니다. 더 이상 조국은 그에게 기대할 곳이 못 되었지요. 영국에 도착한 그는 살기 위해 주린 배를 움켜쥔 채 웨이터로 일했습니다. 목표가 있는 그에게 그 일은 고달픈 게 아니었지요. 그렇게 학비를 모은 그는 런던경제대학에서 공부를 마치자 주식에 매진했습니다.

그는 '게임의 룰이 바뀔 때마다 기회는 온다'는 승자의 법칙으로 일관한 끝에 세계적인 거부가 되었습니다. 그는 훗날, 일을 시작하기 전부터 성공할 수 있다는 신념을 가졌다고 말했습니다. 어떤 게임을 하든 성공할 거라는 기대를 갖고 시작한다는 것이지요.

사람은 누구나 성공하고 싶어 합니다. 성공은 기분 좋고, 행복한 일이기 때문입니다.

일을 시작하기 전부터 성공할 수 있다는 신념을 갖는 것은 좋은 방법입니다. 이기는 사람들은 무엇을 하든 성공할 거라는 기대를 갖고 시작하지요. 마지못해 하는 것은 곧바로 실패입니다. 이기는 마음, 그것이 승자의 법칙입니다.

성공은 마음가짐의 문제다.
성공을 원한다면
먼저 자신을 성공한 인물로 생각하라.

조이스 브러다스

성공은 누구나 갖는 꿈이지요. 그러나 이루는 사람보다 이루지 못하는 사람이 훨씬 더 많습니다. 그만큼 힘들다는 얘기지요.

성공한 여성의 대명사인 미국 최초의 흑인 앵커 오프라 윈프리!

그녀는 자신의 이름을 딴 '오프라 윈프리 쇼'의 진행자로 맹활약하며 인기를 한 몸에 받았습니다. 또한 엄청난 부와 명예를 누리며 젊은 여성들의 존경을 받는 롤모델이지요.

그녀는 '에미상'을 비롯해 영화 〈컬러 퍼플〉에 출연하여 '골든 글러브', '아카데미'에서 여우조연상을 수상했습니다. 그리고 역경을 극복하고 지도자에게 수여하는 '호레쇼 알저 상'도 수상했지요. 뿐만 아니라 1998년에는 힐러리 클린턴에 이어 미국에서 가장 존경받는 여성 2위에 뽑히기도 했습니다.

이처럼 큰 성공을 거둔 오프라 윈프리지만 그녀의 어린 시절은 가난과 고통으로 얼룩졌습니다. 마약을 하고, 미혼모가 되는 등 불우한 청소년 시절을 보냈지요. 그녀가 성공할 수 있었던 것은 성공한 자신의 모습을 꿈꾸며 열정을 쏟아부은 결과였습니다

성공한 자신의 모습을 늘 상상하세요. 생각만으로도 유쾌하지요. 성공한 자신을 암시하다 보면 언젠가는 반드시 현실로 나타난답니다.

중요한 사실

{ 가장 중요한 사실은
당신이 할 수 있다는 것을 아는 것이다. }

로버트 앨런

전설적인 팝그룹 비틀스! 그들은 〈예스터데이〉, 〈렛 잇 비〉, 〈헤이 주드〉 등 주옥같은 곡들을 남긴 전무후무한 팝그룹이지요. 그들의 노래들은 50년이 지난 지금까지도 많은 사람들에게 사랑받고 있습니다.

그들의 노래가 변함없이 사랑받는 이유는 그 당시 음악풍과는 다른 새로운 시도를 했다는 데에 있지요. 그들이 부른 노래들은 정감어린 서정성과 부드럽고 감미로운 목소리가 인상적입니다. 새로운 패션스타일에서 오는 신선함도 팬들을 사로잡았지요.

비틀스가 전 세계인들에게 깊은 인상을 남긴 것은 그들이 열정으로 가득 찬 사람들이기 때문입니다. 그들은 세상을 행복하게 하고, 평화로운 세상으로 만들고 싶어 했습니다. 그리고 무엇보다 중요한 것은 자신들이 하고 싶은 일을 했다는 것이지요. 그랬기에 꿈을 세상으로 끌어낼 수 있었습니다.

삶에서 중요한 것은 무엇일까요? 바로 자신이 할 수 있다는 것을 아는 것입니다.

'나는 할 수 없어, 내가 그것을 어떻게 해' 하고 말하는 습관을 버려야 합니다. 대신 '나는 할 수 있어, 꼭 해내고야 말겠어'라고 말하세요. 말하는 대로 이루어질 테니까요.

성공의 상상력

> 성공을 거둔 위대한 이들은 상상력을 활용한다.
> 그들은 앞서서 생각하고,
> 머릿속에 세밀한 그림을 그리고,
> 그것을 토대로 꾸준히 성공을 쌓아나간다.
>
> 로버트 클리어

아이스크림의 대명사인 배스킨 라빈스의 창업자 어바인 라빈스!

1945년 제2차 세계대전이 끝나고 나서 그는 육군에서 막 제대를 했습니다. 당시에는 아이스크림만 파는 가게는 누구도 상상하지 못했는데, 그는 미국 캘리포니아 글렌데일에서 '스노버드'라는 아이스크림 전문 가게를 냈습니다. 그는 훗날 이에 대해 "나는 정신 나간 일을 벌이고 싶었다"고 말했습니다. 이는 남과 똑같이 하지 않고 개성 있게 시도하고 싶었다는 말이지요.

라빈스는 매부 배스킨과 동업을 하며 31가지 맛의 아이스크림 개발에 열정을 쏟아부었습니다. 그의 톡톡 튀는 아이디어는 부와 명성을 동시에 안겨주었습니다. 그는 결국 30여 개 나라에 5,800개가 넘는 매장을 거느린 아이스크림 거부가 되었습니다.

그는 먼저 생각하고, 그것을 머릿속에 그린 후, 그에 맞춰 꾸준히 노력했습니다. 자신의 상상력을 적극 활용했던 것이지요. 상상력, 그것은 훌륭한 성공조건입니다.

⚡ 꿈을 이루고 싶다면 먼저 그 꿈이 이루어진 결과를 상상하고, 상상한 것을 그대로 실행하십시오. 그렇게 먼저 성공을 체험함으로써 성공에 대한 의지를 강하게 다지면 꿈을 현실로 실현하는 데 도움이 됩니다.

우연한 성공은 없다

{
나는 우연히 성공한 것이 아니라
꾸준한 노력으로 성공한 것이다.
}

어니스트 헤밍웨이

노벨문학상 수상작가 헤밍웨이! 그는 자신의 성공이 우연히 이루어진 것이 아니라 꾸준한 노력으로 얻은 것이라고 했습니다.

사람들은 흔히 괴테나 릴케, 타고르, 세르반테스, 마거릿 미첼, 톨스토이, 셰익스피어, 찰스 디킨스 같은 대가들은 뛰어난 천재성 덕분에 성공했다고 생각합니다. 천재성을 갖지 않고 어떻게 세계적인 인물이 될 수 있느냐는 것이지요. 이런 생각도 무리는 아닙니다. 세계적으로 큰 인물이 된다는 것이 어디 쉬운 일인가요. 하지만 그들은 천재성 덕분이라기보다는 후천적인 노력을 통해 결실을 거두었다고 할 수 있습니다.

대작가 헤밍웨이는 스스로를 노력하는 사람이라고 했지요. 그의 말은 대가의 겸손한 말쯤으로 여길 수도 있습니다. 그런데 그는 당당하게 꾸준한 노력으로 성공했다고 말했던 것입니다.

인생에 한 방은 있을 수 있으나 우연한 성공은 없습니다. 모든 성공은 꾸준한 노력으로 이루어낸 것임을 잊어서는 안되겠습니다.

✤ 어떤 성공도 우연히 이루어진 것은 없습니다. 땀방울을 흘리는 노력이 있어야 하지요. 그런데도 인생은 한 방이라며 헛된 꿈에 빠진 사람들을 볼 수 있습니다. 하루 빨리 헛된 욕망에서 빠져나와야 합니다. 인생에 한 방은 없습니다.

루스벨트의 성공

돌이켜보면 나의 생애는
일곱 번 넘어지고
여덟 번 일어났던 것이다.

루스벨트

"나는 젊었을 때 정치를 목표로 삼고 여러 가지 고충을 겪었을 뿐만 아니라 수많은 실패를 했다. 그러나 나는 실패를 두려워하지 않고 그 원인을 찾아내어 노력한 끝에 대통령이 될 수 있었다. 지금 생각하면 나의 생애는 일곱 번 넘어지고, 여덟 번 일어났던 것이다."

이는 미국 대통령이었던 프랭클린 루스벨트가 한 말입니다.

그는 수많은 실패와 좌절을 겪은 끝에 미국 최초의 4선 대통령이 되어 미국 국민들의 존경과 찬사를 받았습니다.

그의 말처럼 꿈은 일순간에 이루어지지 않습니다.

그런데도 어떤 사람들은 한두 번 해보고 안 되면 이내 포기하고 말지요. 그래놓고 자신은 능력이 없다고 한탄합니다. 자신의 의지가 굳세다면 일곱 번이 아닌 백 번인들 다시 하지 못할 이유가 없겠지요.

진정 인생을 성공으로 이끌고 싶다면 루스벨트의 이 말을 가슴에 꼭꼭 품고 정진하십시오.

⚡ 사람들이 부러워하는 성공 중엔 많은 실패 끝에 이루어낸 경우가 많습니다. 루스벨트도 칠전팔기 끝에 대통령이 되었지요. 실패를 두려워하지 말고 자신의 꿈을 향해 나아가세요. 실패를 거치지 않은 성공은 없습니다.

끊임없이 움직여라

{
성공하는 사람은 쉼 없이 움직인다.
실수를 저지르기도 하지만
목표를 결코 포기하지 않는다.
}

콘래드 힐튼

죽어서도 호텔 왕이라고 불리는 사람 콘래드 힐튼! 그는 가난한 집에서 태어나 호텔의 벨 보이로 삶을 시작하였지요. 하루 종일 가진 자들의 짐을 들어주고, 비위를 맞추고, 잔심부름을 하며 팁을 받아 생활하였습니다.

하지만 그는 언제나 밝게 웃으며 맡은 바 일에 최선을 다했지요. 그의 가슴속에는 언제나 푸른 희망이 자라고 있었습니다. 먼 미래에 성공해 있을 자신의 모습을 상상하며 앞에 놓인 가난한 현실을 극복해나갔지요. 그가 어려운 현실을 개의치 않고 씩씩할 수 있었던 것은 꿈이 있었기 때문입니다.

꿈이 있다는 것은 행복한 일로써 배가 고파도 참아낼 수 있고, 좌절하는 일이 있어도 다시 일어설 수 있는 원동력입니다. 꿈은 행복으로 인도하는 등불이지요.

힐튼은 자신의 꿈을 믿었습니다. 그리고 그 꿈을 실현하기 위해 악전고투하였고 끝내 성공이라는 거대한 빌딩을 세웠습니다. 그의 이 말은 자신의 성공 경험을 근거로 하고 있지요.

🌸 흐르는 물은 생명을 품고 있습니다. 이와 마찬가지로 끊임없이 노력하는 사람은 성공을 품고 있지요. 성공, 그것은 노력에서 오는 기쁨의 열매입니다.

성공의 의미

자주 그리고 많이 웃는 것
현명한 이에게 존경받고 어린아이에게 사랑받는 것
정직한 비평가에게 찬사를 듣고 친구의 배반을 참는 것
아름다운 것을 식별할 줄 알고
다른 사람의 장점을 발견해내는 것
건강한 아이를 하나 낳든
작은 정원을 가꾸든 사회 환경을 개선하든
자기가 태어나기 전보다
조금이라도 살기 좋은 곳으로 만들어놓고 떠나는 것
이 땅에 잠시 머물다 감으로써
단 한 사람의 인생이라도 행복해지는 것
이것이 진정한 성공이다

랠프 왈도 에머슨

이 글은 미국의 시인 랠프 왈도 에머슨의 〈성공〉이라는 시입니다. 성공에 대한 개념이 매우 함축적으로 표현되어 있습니다.

남을 배려하고 아름다운 사랑을 실천하는 것이 성공의 진면목입니다.

대개의 사람들은 성공을 돈을 많이 벌어 부자가 되는 것, 이름을 떨치고 명예를 드높이는 것, 높은 자리에 올라 남을 부리는 것 등 눈에 보이는 것에 국한시킵니다. 이것이 나쁘다는 것은 아니지만 좀 더 인생의 향기를 풍기며 보람 있는 삶을 구가하는 것이 값진 성공 아닐까요?

✴ 진정한 성공은 인간의 향기를 드높이는 것입니다. 고매한 향기가 있는 사람은 옆에 있는 것만으로도 큰 행복감을 줍니다.

자신이 좋아하는 일을 하라.
그러면 성공은 자연히 이루어진다.

워런 버핏

판타지 소설 《해리포터》 시리즈의 성공으로 생활보호대상자에서 일약 10억 달러가 넘는 돈을 거머쥔 조앤 K.롤링! 그녀는 딸 하나를 둔 이혼녀로 한 치 앞이 불투명한 하루하루를 힘들게 살았습니다. 그랬던 그녀가 세계적인 베스트셀러 작가가 된 것입니다.

그녀는 어린 시절부터 상상력이 뛰어났고 이야기하는 것을 매우 좋아했습니다. 그래서 친구들과 주변 사람들에게 자신이 꾸민 이야기를 자주 들려주곤 했답니다. 이야기를 할 때 더욱 자신의 진가를 발휘할 수 있었다고 해요. 그녀는 성인이 되어 글을 쓰기 시작했고, 무명의 어려움을 끈기로 극복한 끝에 드디어 출간의 기쁨을 누렸습니다.

하지만 그녀의 기쁨은 그것이 끝이 아니었습니다. 책은 날개 돋친 듯이 팔렸고, 그녀의 삶을 순식간에 바꾸어놓았지요. 극빈자였던 그녀가 세계에서 최고로 돈 많은 여성이 된 겁니다.

성공하려면 자신이 좋아하는 일에 목숨을 걸어야 합니다.

자신의 전공과목과는 다른 일을 하는 사람이 많습니다. 자신이 하고 싶은 일을 하는 것은 참 감사한 일이지요. 좋아하는 일을 하는 것은 힘이 들어도 보람이 있고, 성취감도 그만큼 크답니다.

기회가 올 때 잡아라

{ 사람들이 성공하지 못하는 이유는
기회가 앞문을 두드릴 때
뒤뜰에 나가 네 잎 클로버를 찾기 때문이다. }

월터 크라이슬러

미국 크라이슬러 자동차 창업주인 월터 크라이슬러! 그는 수많은 사람들이 성공하지 못하는 이유를 기회가 문을 두드릴 때 네 잎 클로버를 찾기 때문이라고 비유적으로 말했습니다. 그의 말의 요지는 행운에만 기대지 말고 기회를 찾아 노력하라는 것이지요. 매우 현실적이면서도 피부에 와 닿는 이야기입니다.

그의 말이 설득력이 있는 것은 월급쟁이였던 그가 일이 끝나도 퇴근하지 않고 밤을 새며 자동차를 분해하고 조립하기를 반복하는 등, 피나는 노력을 했기 때문입니다. 그 결과 자동차에 문외한이었던 그가 자동차 박사가 되었고, 마침내 미국의 자동차 빅 쓰리Big three 중 하나인 크라이슬러 자동차 회사를 세우기에 이르렀습니다. 그 후 승승장구하며 자동차 신화를 써나갔지요. 그의 성공 비결은 자신의 꿈을 성공의 모티브로 삼고 부단히 노력한 것입니다.

🌱 지혜로운 자는 감나무 밑에 누워 감이 떨어지는 행운을 바라는 멍청한 짓 따위는 하지 않습니다. 기회는 기다리면 오지 않습니다. 적극적으로 찾고 구해야 옵니다. 그래도 100퍼센트는 아니지요. 부단히, 그리고 최선을 다해 구하십시오.

주체성의 소중함

{ 나는 남들과 다르고,
나만의 방식을 고집한다는 이유로
비난을 받았는데
생각해보니 그것이 바로 성공의 비결이었다. }

샤니아 트웨인

성공한 사람들이 보통 사람들과 다른 게 있다면 남과 다른 방식으로, 흔들림 없이 자신의 일을 해나갔다는 것입니다. 즉, 일반적인 상식을 뛰어넘는 행동도 불사한다는 것입니다. 남들의 비난이나 힐책 따위엔 눈 하나 깜짝 안 합니다.

영국 웨일스의 한 도시에서 휴대폰 외판원을 하던 폴 포츠!

그는 잘생기지 않은 얼굴에 배도 불룩하게 튀어나왔고 이빨도 뻐드렁니에다 어디 하나 호감 가는 데가 없는 완전 비호감이지요. 못생긴 외모로 어릴 땐 왕따까지 당했다고 합니다. 그는 어눌한 말투에 빚까지 진 아주 평범한 사람이었습니다. 가난한 그에게 하루하루는 힘겹고 고통스러웠지요.

그는 자신의 인생이 너무 불쌍하다는 생각을 하기 시작했습니다. 그래서 변화를 시도했습니다. 아무것도 가진 것이 없는 그는 무엇으로 자신의 인생을 변화시킬 것인지에 대해 곰곰이 생각한 끝에 노래를 하기로 결심을 했답니다. 그러자 그의 가슴 한구석에서 '나도 잘할 수 있어'라는 마음의 소리가 들려왔습니다. 무언가를 하려고 굳은 결심을 하면 일어나는 현상이지요.

그는 용기를 내 영국 I TV 프로그램인 '브리튼스 갓 탤런트'에 출연했습니다. 그러나 심사위원들과 방청객들은 비아냥거리며 그를 조롱했습니다. 하지만 그는 전혀 개의치 않았지요.

그런데 놀라운 일이 벌어졌습니다. 그가 노래를 마치고 나자 그들의 비아냥거림은 찬사로 바뀌었던 겁니다. 그들은 멋지고 감동적인 노래를 부른 폴 포츠에게 기립박수를 보내며 열광했지요.

그는 1,350만 시청자가 지켜보는 가운데 우승을 거머쥐었습니다. 그에게 가장 냉소적이었던 심사위원 사이먼 코웰은 '당신은 우리가 찾아낸 보석'이라고 칭찬을 아끼지 않았지요.

폴 포츠는 상금으로 받은 10만 파운드(1억 8,400만원)로 카드빚을 갚고 교통사고로 삐뚤어진 이를 교정하고 나머지 돈으로 생활의 안정을 찾았습니다. 그는 〈공주는 잠 못 이루고〉, 〈마이 웨이〉를 비롯한 주옥같은 노래를 담아 생애 첫 앨범인 〈One Chance〉를 내고 오페라 가수로 정식으로 데뷔하였지요. 앨범은 발매 3일 만에 8만 장이 팔리며 영국의 UK 차트 1위를 차지했습니다.

폴 포츠는 자신의 성공비결을 이렇게 말했습니다.

"자신이 정한 길을 따라 뒤돌아보지 말고 나아가십시오. 사람 일은 어떻게 될지 모르는 것이니, 매순간마다 최선을 다해 노력하십시오."

가난한 휴대폰 외판원이었던 폴 포츠! 그는 새로운 변화를 시도해서 마침내 당당하게 성공을 거두었지요.

당신이 무언가를 진정으로 하고 싶다면 주변 사람들의 이래라저래라 하는 간섭이나 비난에 결코 주눅 들지 마십시오. 당신이 하는 일은 당신의 것이며 당신 인생의 주체는 당신이니까요.

⚘ 남의 일에 이래라저래라 하는 사람들이 있지요. 외모를 문제 삼는 사람도 있고요. 그러나 그런 것에 신경 쓰지 마세요. 흔들리지 않는 사람이 승리하는 법이니까요.

길이 없으면 길을 찾고,
그래도 없으면
새로 만들며 나가면 된다.

정주영

대한민국 건국 이래 맨주먹으로 경제 역사를 새롭게 쓰며 기적을 일군 위대한 경영인 정주영!

그는 강원도 통천의 가난한 시골에서 태어났습니다. 어렸을 때 가난이 싫어 혈혈단신 객지에 나가 매서운 현실에 맞섰지요. 세상의 어느 것 하나도 그를 위해 준비된 것은 없었습니다. 그러나 그의 가슴속엔 가난을 물리치고 성공하겠다는 강한 의지의 불꽃이 활활 타고 있었습니다.

그는 무엇이든 닥치는 대로 했지요. 그가 처음으로 한 일은 부두의 막노동이었습니다. 어린 시절부터 농사일로 다져진 그에게도 힘든 일이었지요. 하지만 이를 악물고 했습니다. 그에겐 이루고 싶은 꿈이 있었기 때문입니다.

막노동꾼을 벗어난 그는 쌀가게 배달부를 거쳐 쌀가게 주인으로, 자동차 수리업자로, 그리고 건설업을 하며 정직과 신용으로 경제적 발판을 마련하며 우리나라 최대기업인 현대그룹의 CEO가 되었습니다. 그뿐만 아니라 경제계 최고의 수장인 전국경제인연합회 회장을 무려 다섯 번이나 연임한 전무후무한 전설이 되었지요.

🌱 인생을 성공으로 이끌고 싶으면 낙관적으로 생각하고 적극적으로 행동하십시오. 그리고 오직 성공만 생각하십시오.

성공한 인생을 벤치마킹하라

누구나 중요한 사람이 되고 싶은 열망을 가지고 있다.
자신이 중요한 사람이 되고 싶다면
닮고 싶은 성공한 사람을 벤치마킹하라.
그것처럼 확실한 교과서는 없다.

김옥림

사람은 누구나 중요한 사람, 즉 VIP(Very Important Person)가 되고 싶어 합니다. 하지만 그런 사람은 아무나 되는 것은 아닙니다. 그에 맞게 상상하고 행동하는 노력이 따라야 합니다.

인류 역사상 최고의 과학자라는 평가를 받는 아인슈타인!

그가 위대한 과학자가 될 수 있었던 것은 그가 존경한 뉴턴의 영향이 컸습니다. 그는 뉴턴처럼 되고 싶어 노력한 결과 뉴턴을 능가하는 과학자가 되었지요. 또, 루소를 존경했던 톨스토이는 루소를 능가하는 위대한 작가가 되었습니다.

인류 역사에서 성공한 사람들은 대개 자신이 존경하는 인물을 벤치마킹하고, 뜨거운 열정으로 노력한 결과 자신의 롤모델을 능가하는 위대한 인물이 되었던 겁니다.

어느 것 하나라도 노력 없이 되는 것은 없습니다. 중요한 사람이 되고 싶으면 닮고 싶은 성공한 사람을 벤치마킹하십시오. 그것처럼 확실한 교과서는 없으니까요.

🌱 닮고 싶은 성공한 사람을 롤모델로 삼으세요. 그들의 삶은 이미 검증받았으므로 당신의 인생 교과서로 부족함이 없습니다. 따라하는 것만으로도 많은 유익함을 얻을 것입니다.

승자와 패자

{ 승자는 눈을 밟아 길을 만들지만
패자는 눈이 녹기만을 기다린다.

탈무드 }

승자와 패자에겐 몇 가지 대비되는 특징이 있습니다. 승자는 첫째, 무슨 일이든 낙관적이고 긍정적으로 생각합니다. 둘째, 성공을 예감하고 일을 시작합니다. 셋째, 길이 없으면 만들어서 갑니다. 넷째, 창의적인 상상력을 가졌습니다.

패자는 첫째, 무슨 일이든 비관적이고 부정적으로 생각하지요. 둘째, 성공을 예감하기보단 되는 대로 일을 시작합니다. 셋째, 길이 없으면 아예 갈 생각을 하지 않습니다. 넷째, 고정관념에 사로잡혀 변화를 두려워합니다.

'승자는 스스로 눈을 밟아 길을 만들지만 패자는 눈이 녹기만을 하염없이 기다린다'는 말을 당신은 어떻게 생각하는지요?

탈무드에 나오는 이 말은 능동적이고 적극적인 생각과 부정적이고 소극적인 생각의 차이를 확실하게 보여주는군요.

⚡ 승자는 어떤 환경에서도 불만을 말하지 않습니다. 오히려 그것을 긍정적인 에너지로 삼지요. 그러나 패자는 좋은 환경 속에서도 부정적으로 생각하지요. 승자와 패자, 그것은 이미 마음가짐에서 결정됩니다.

결코 포기하지 마라

> 나는 성공에 대해 일찍 깨달았다.
> 그 비법은
> 포기하지 않고 끝까지 추구하는 것이다.

해리슨 포드

성공을 꿈꾼다면 포기하지 않는 법을 배워야 합니다. 아무리 꿈이 원대해도 포기하면 이루어지지 않습니다. 그런데 조금만 힘들고 어렵다고 느끼면 곧바로 포기하는 사람들이 있습니다. 그들을 볼 때마다 매우 안타깝습니다.

힘 들이지 않으면 배추 한 포기, 쌀 한 톨도 수확할 수 없습니다. 끊임없이 몸을 움직이고 땀을 흘려야 자신이 원하는 것을 취할 수 있습니다. 땀 흘리지 않는 사람에겐 어느 것도 손에 잡히지 않는 법이니까요.

계획한 것을 이루려면 포기하지 않아야 합니다. 세상에 쉽게 되는 일은 아무것도 없습니다. 우리가 하찮게 여기는 일도 차근차근 살펴보면 작은 부속이 정교하게 맞물려 있는 기계와 같이 그만 한 노력이 곳곳에 배어 있다는 것을 알 수 있을 겁니다.

포기하지 말고 시도하세요. 이것이 성공의 비법입니다.

성공하고 싶다면 포기하지 말아야 합니다. 대개의 실패자들은 자신의 목표 중 99퍼센트에 이르렀을 때 1퍼센트를 견디지 못하고 포기하고 맙니다. 포기하지 않는 것, 그것이 성공의 비결입니다.

쉬지 말고 가라

> 성공한 사람들은 모두 자신의 뜻을 향해
> 쉬지 않고 부지런히 걸어간 사람들이다.
>
> 노먼 빈센트 필

제2차 세계대전을 승리로 이끌어낸 영국의 영웅 윈스턴 처칠!

그는 부유한 귀족 출신으로 좋은 환경에서 자랐지만 공부를 잘하는 편은 아니었습니다. 귀족들의 자녀가 가는 옥스퍼드나 케임브리지 같은 명문대학과는 거리가 멀었지요. 그는 3수만에 육군사관학교에 간신히 들어갔습니다. 하지만 그에겐 공부 외적으로 뛰어난 것들이 있었습니다. 독서를 좋아했고, 말을 잘했고, 리더십이 뛰어났지요. 이런 장점들은 그가 성공하는 데 결정적인 역할을 했습니다.

그는 자신이 지향하는 목표가 결정되면 쉬지 않고 전심전력했습니다. 그것이야말로 목표를 이루는 길이라고 믿었지요. 그는 자신의 소신대로 하나씩 하나씩 시도해나갔습니다. 그 결과 두 번이나 수상을 역임했고, 《제2차 세계대전 회고록》을 써서 문학가가 아니면서도 노벨문학상을 수상하는 전무후무한 기록을 남겼습니다.

쉬지 말고 걸어가십시오. 그리고 매사에 전심전력하세요. 이것이 처칠식 성공 비결입니다.

인생을 성공적으로 산 사람들의 공통점은 목표를 향해 쉬지 않고 간 것입니다. 가다 보면 포기하고 싶을 때도 있었겠지요. 그러나 그들은 끝까지 참고 계속 나아갔습니다. 성공적인 인생이 되고 싶다면 쉬지 말고 가야 합니다.

꿈꿔라,
무엇이든 꿈을 꿔야 이룰 수 있다.

괴테

동서고금을 막론하고 성공한 사람들의 공통점은 이루고 싶은 꿈을 마음속에 품고, 그 꿈이 이루어질 때까지 꾸준히 노력했다는 것입니다. 한 번도 자신의 꿈을 마음으로부터 떠나보낸 적이 없지요.

아메리카 원주민들은 비가 오지 않으면 기우제를 지냅니다. 그런데 놀랍게도 기우제를 지낸 후 비가 온 확률이 100퍼센트라고 합니다.

왜 그럴까요? 그들이 믿는 신의 능력이 좋아서일까요? 아니면 그들에게 무슨 특별한 기도법이라도 있는 걸까요? 둘 다 아닙니다. 그 비결은 우습게도 비가 내릴 때까지 기우제를 계속하는 거라고 합니다.

어찌 보면 싱겁게 웃어넘길 수도 있지만 그 속엔 깊은 뜻이 담겨 있습니다. 바로 원하는 것을 얻기 위해서는 끝까지 열정을 바쳐야 한다는 것입니다.

괴테의 말의 요점은 꿈을 꾸되, 꿈을 이룰 때까지 계속하라는 것임을 잊지 마십시오.

🏵 사람은 누구나 꿈을 가지고 있지요. 그러나 그 꿈을 이루는 사람은 그다지 많지 않습니다. 꿈을 이루는 것이 그만큼 어렵다는 것이지요. 하지만 괴테의 말처럼, 꿈꾸면 무엇이든 이룰 수 있지요. 단, 철저한 실천이 따라야 합니다.

생생하게 상상하라

스티븐 스필버그는 열두 살 때부터
자신이 아카데미 상을 타고 나서
관객들에게 감사의 말을 전하는 광경을
간절하게 상상했다.
그가 그 광경을 너무도 생생하게 말했음으로
우리는 그의 소망을 잘 알고 있었다.

짐 솔린버거

세계 영화계에서 전설적인 감독으로 통하는 스티븐 스필버그!

그는 〈쥬라기 공원〉, 〈인디아나 존스〉 등 만드는 작품마다 센세이션을 불러일으키며 할리우드의 독보적인 감독이 되었습니다.

그는 영화감독이 되기 위해 할리우드를 줄기차게 찾아다니며 꿈을 키워나갔지요. 그의 마음속엔 할리우드의 거장이 된 미래의 자기 모습이 늘 스크린처럼 펼쳐져 있었습니다. 스필버그의 친구인 짐 솔린버거의 증언으로 알 수 있지요.

스필버그는 자신의 상상대로 할리우드 입성에 성공했고, 창의적인 도전 정신으로 세계 최고의 영화감독이 되었습니다.

꿈은 간절히 이루고자 하는 자에게 반드시 성공이라는 선물을 제공한답니다. 꿈이란 그런 것이니까요.

성공하고 싶다면 꿈을 생생하게 상상하십시오.

꿈을 이루려면 생생하게 상상해야 합니다. 하늘을 날고 싶었던 라이트 형제는 비행기를 조종하는 상상을 했고, 대통령이 되고 싶었던 빌 클린턴은 자신의 롤모델인 존 F. 케네디를 상상하며 노력한 끝에 대통령이 되었답니다.

자신을 이겨라

{

자기 자신을 이겨냈을 때보다
더 신나는 것은 없다.
내면의 적들을 물리치면서
승리를 얻기 위해 노력해야 한다.

}

배시 영

리처드 바크의 소설 《갈매기의 꿈》에는 조나단이라는 갈매기가 나옵니다. 조나단은 동료들이 뭐라 하든 틈만 나면 하늘을 나는 연습을 했습니다. 다른 갈매기들은 조나단을 이상하게 생각했지만, 조나단은 그런 것쯤은 모른 척 넘어갔습니다. 자신의 꿈을 이루는 데 하등의 도움이 되지 않았기 때문이지요. 그렇게 오랜 시간이 지나자 조나단은 가장 높이, 가장 멀리 나는 갈매기가 되었습니다. 마침내 꿈을 이룬 것이지요.

이 작품을 쓴 리처드 바크는 아무도 알아주지 않는 무명작가였습니다. 하지만 자신은 반드시 베스트셀러 작가가 될 것을 굳게 믿었지요. 그는 "나의 작품이 인정받는 날이 반드시 오고야 말 것이다"라며 그날을 향해 꿈의 엔진을 멈추지 않고 가동했습니다.

지성이면 감천이라는 말처럼 그의 노력과 정성은 그를 유명한 작가가 되게 했습니다. 그의 소설 《갈매기의 꿈》이 세계적 고전으로 널리 읽히는 명작이 된 것입니다.

🌱 성공의 최우선 조건은 자신을 이기는 것입니다. 자신을 이기지 못하면 아무리 재능이 뛰어나고 꿈이 좋아도 소용없습니다. 자신을 이기는 능력을 기르세요. 그래야만 성공을 보장받을 수 있습니다.

| Part 04 |

긍정, 성공을 부르는 힘

정상에 올랐을 때를 생각하라

현실이 가파른 오르막처럼 느껴질 때에는
정상에 올랐을 때의 광경을 생각하라.

래리 버드

산에 오르는 사람들에게 왜 힘들게 산에 오르느냐고 묻는 것처럼 멍청한 질문은 없습니다. 땀을 뻘뻘 흘리며 힘들게 산에 오르는 것은 정상에 올랐을 때 느끼는, 그 어느 것에도 견줄 수 없는 뿌듯한 성취감 때문이지요.

생각해보세요! 죽음을 무릅쓰고 험한 산에 오르는 알피니스트들의 마음을.

그들은 죽음 따윈 겁내지 않습니다. 그들도 목숨이 하나뿐이라는 것을 잘 알고 있습니다. 그런데도 그 험한 여정을 선택하는 것은 그것이야말로 최고의 행복이자 보람이기 때문이지요.

일이 제대로 풀리지 않거나 힘겨울 땐 그것을 성취했을 때를 생각하십시오. 그러면 처져 있던 몸과 마음이 새로운 힘을 얻어 씩씩하게 앞을 향해 나아가게 됩니다. 남들이 바라고 부러워하는 것 중에 피나는 노력 없이 이루어지는 것은 단 하나도 없답니다. 그러니 언제나 그것을 잊지 말고 꿈을 향해 나아가세요.

목표를 이루려면 아무리 힘들고 고통스러워도 가야 합니다. 그렇지 않으면 아무것도 이룰 수 없으니까요. 정상으로 가는 비결은 정상에 올랐을 때의 자신의 모습을 상상하는 것입니다.

확실한 것 실천하기

{
우리의 중요한 임무는
멀리 있는 것, 희미한 것을 보는 게 아니라
가까이 있는 분명한 것을 실천하는 것이다.
}

토머스 칼라일

우리 말에 '뜬구름 잡기'라는 말이 있습니다. 허황된 것에 힘을 쏟는 것을 비유한 말이지요.

어떤 젊은이가 있었습니다. 그는 토머스 칼라일의 글을 읽고 뜨거운 열망을 느꼈습니다. 그래서 자신으로부터 가까이 있는 것을 소중히 여기게 되었고, 꿈을 이루기 위해 피나는 노력을 했습니다. 그는 힘에 부치고 어려운 일이 있을 때마다 이 글귀를 떠올리며 이겨나갔지요. 그래서 마침내 자신이 꿈꾸던 것을 이루어냈습니다. 바로 세계 최고의 존스홉킨스 의과대학을 세운 윌리엄 오슬러의 이야기입니다.

영국의 대표적 사상가인 토머스 칼라일!

평범했던 청년 오슬러를 열정적이게 만든 토머스 칼라일의 말은 보석이었습니다. 이처럼 성공한 사람의 말 한마디는 매우 중요하지요.

꿈을 이루고 싶다면 확실한 것을 정해 끝까지 실천하세요. 포기하고 싶을 때도 있고, 현실로부터 도망치고 싶을 때도 많을 것입니다. 하지만 그럴 때일수록 더욱 노력하십시오. 그러면 당신 또한 멋진 인생의 주인공이 될 수 있습니다.

🌱 꿈을 이루는 방법은 가장 확실한 것을 실천하는 것입니다. 아무리 꿈의 계획이 멋지고 도드라져도 실천이 따르지 않으면 무용지물이지요.

> 희망으로 가득 찬 사람과 교류하라.
> 창조적이고 낙관적인 사람과 소통하라.
> 긍정적이고 능동적으로 행동하라.
> 그리고 그런 사람을 자신의 주변에 배치하라.
>
> 노먼 빈센트 필

유유상종類類相從이라는 말이 있습니다. 끼리끼리 어울린다는 뜻이지요. 사람들은 자신과 비슷한 사람을 좋아하고, 친구로 사귀길 원합니다. 그래서 그 사람의 친구를 보면 그 사람의 됨됨이를 알 수 있다고 하는 것이지요.

근묵자흑近墨者黑, 근주자적近朱者赤이라는 말도 있습니다. 검은 것을 가까이하면 검게 되고, 붉은 것을 가까이하면 붉게 된다는 뜻입니다. 환경과 주변 사람들이 중요합니다. 자주 어울리다 보면 닮게 되기 때문이지요.

맹자의 어머니가 맹자를 잘 가르치기 위해 세 번이나 이사를 했다는 것은 유명한 얘기지요. 그래서 생겨난 말이 맹모삼천지교孟母三遷之敎입니다. 노먼 빈센트 필 박사 역시 이를 잘 간파하고 이처럼 말하고 있습니다.

당신도 성공하고 싶다면 긍정적이고 창의적이고 낙관적인 사람과 교류하십시오.

긍정적인 사람과 교류해야 긍정적으로 생각하고, 긍정적으로 행동하게 됩니다. 부정적인 사람과 교류하면 자신 역시 부정적인 사람이 될 수 있다는 이야기입니다.

자신을 사랑하라

> 자신에게 가장 훌륭한 스승은 자기 자신이다.
> 자신이야말로 자신을 가장 잘 알고 있고,
> 자신만큼 자신을 격려해주고
> 존중해주는 스승은 없다.
>
> 탈무드

진실로 자신을 사랑하는 사람은 과연 얼마나 될까요? 긍정적인 사람들보다는 부정적인 사람들이 더 많을 거라는 생각이 듭니다.

내가 언젠가 강의를 하며 이 질문을 던진 적이 있는데 자신을 사랑한다는 사람들보다 그렇지 않다는 사람들이 훨씬 더 많았습니다.

그 이유를 보면 다음과 같습니다. 첫째, 외모가 맘에 들지 않는다. 둘째, 환경이 초라하다. 셋째, 능력이 부족하다. 이외에도 구구했지만 이 세 가지가 가장 많았습니다.

이런 생각은 자신을 좌절시키는 치명적인 독소입니다. 성공적인 삶을 사는 사람은 자신을 아끼고 사랑합니다. 자신을 사랑하는 그 양만큼 잘 살겠다는 의지 또한 강하지요. 반면에 문제가 있는 사람은 하나같이 되는대로 삽니다. 자신이 스스로 자신을 홀대하는데 누가 어떻게 당신을 사랑해줄 것이며, 성공할 수 있을까요.

성공도, 행복도 스스로 사랑하는 딱 고만큼만 주어진다는 사실을 잊지 마십시오.

자신을 사랑하는 사람은 성공할 확률이 높습니다. 그만큼 에너지가 끓어오르니까요. 자신을 사랑하지 않는 사람은 성공할 확률이 낮습니다. 그만큼 의욕이 없으니까요.

희망과 행복

> 대충대충 말하거나 일하지 마라.
> 비판적인 말이나 행동을 하지 마라.
> 압박감을 주는 분위기를 조성하지 말고
> 희망과 행복을 느끼도록 말하고 행동하라.
>
> 노먼 빈센트 필

일을 할 때 대충대충 하는 것처럼 성의 없는 행동은 없습니다. 그런 사람에게 믿음을 갖고 좋아할 사람은 없을 것입니다. 주변 사람들에게 믿음을 주기 위해서는 최선을 다하는 모습을 보여주어야 합니다.

그리고 비판적인 말이나 행동을 삼가야 합니다. 누구도 비판적인 사람을 그다지 신뢰하지 않는답니다. 언젠가 자신에게도 비판적인 화살을 날릴 것이라고 생각하기 때문이지요. 비판보다는 화합적인 사람이 되어야 합니다.

순리적이고 편안한 마음을 갖게 하는 사람을 좋아하고, 강압적이고 불안한 마음을 주는 사람을 멀리하는 것은 당연하지요. 직장에서나 조직에서 성과를 내기 위해서는 실력을 갖추는 것 외에도 합리적이고 화합적인 사람이 되어야 합니다. 그리고 희망과 행복을 주는 말과 행동을 해야 합니다.

꿈을 이루는 사람은 실력 외에도 이런 외적인 조건을 갖춘 사람입니다.

🌟 희망과 행복은 땀 흘리는 사람을 좋아합니다. 대충대충, 건성건성 하는 사람을 좋아하는 것을 아마 악마밖에 없을 것입니다.

인생의 자본금

> 시간은 누구에게나 평등하게 주어진
> 인생의 자본금이다.
> 이 자본금을 잘 이용한 사람이
> 승리자가 된다.

아뷰난드

시간을 잘 쓰는 자는 인생이 즐겁지만 허비하는 자는 쓴맛을 보게 됩니다. 성공적인 삶을 사는 자는 시간을 잘 쓴 결과이고, 그렇지 못한 자들은 시간을 헛되이 소비한 결과이지요. 물론 여기에는 운도 따릅니다. 사람에게는 그 사람에게만 주어진 운이라는 것이 있으니까요.

하지만 운도 시간을 잘 쓰는 사람에겐 어쩌지 못합니다. 노력이 운의 기운을 넘어서기 때문이지요.

시간은 누구에게나 공평하고 똑같은 기회를 줍니다. 또 편견을 가지지 않습니다.

시간은 자산이고 돈입니다. 따라서 시간을 낭비하는 어리석은 사람이 되지 말아야 합니다. 낭비하는 만큼 그 삶도 허비되고 마니까요.

✤ 시간은 돈으로도, 권력으로도 살 수 없지요. 시간은 부지런한 사람만이 살 수 있고, 효율적으로 보낼 수 있습니다. 시간을 잘 쓰는 사람이 되십시오. 시간은 그런 사람을 좋아합니다.

낙심하지 마라

{
나는 낙심하지 않는다.
모든 잘못된 시도는 전진을 위한
또 다른 발걸음이므로.
}

토머스 에디슨

전 인류가 오늘날과 같은 문명의 혜택을 누리며 살 수 있는 원천을 마련해준 영원한 꿈의 빛 에디슨! 지금 우리가 사용하는 것 중 대부분은 그가 발명한 것을 새롭게 개선하고 발전시킨 것들입니다. 그가 인류의 삶에 끼친 영향은 그만큼 지대하지요.

그런 그도 어린 시절에는 담임선생님에게 문제아로 낙인찍혔고, 주변 사람들에게는 바보 취급을 당했지요. 보통 사람들이라면 도저히 생각해 낼 수 없는 아이디어를 창출해냈기 때문에 엉뚱한 생각이나 하는 괴짜로 보였던 것입니다. 그러나 그는 자신의 말대로 낙심하지 않았습니다. 언젠가 자신의 진심을 알아줄 것이라고 믿었지요.

에디슨은 누가 뭐라 하든 신념을 더욱 굳게 가진 끝에 상상을 초월하는 기적 같은 일들을 해냈습니다. 낙심하지 않는 정신, 달리 말하면 불굴의 의지라고 하겠습니다.

낙심하는 마음은 사람을 낙오자로 만듭니다. 실패는 어디에나 있고, 어려움 없는 일은 없지요. 그러나 낙심하지 말고 긍정하십시오.

확신하라

> 할 수 있다는 믿음을 가지면
> 그런 능력이 없을지라도
> 결국에는 할 수 있는 능력을 갖게 된다.
>
> 간디

자유를 잃고 평화를 빼앗긴 조국을 위해 자신의 인생을 초개같이 바친 인도 독립의 아버지 마하트마 간디! 그는 부유한 귀족 가문의 아들로 태어나 부족함 없이 자랐습니다. 영국에 유학하여 변호사가 된 엘리트이죠. 그런 그가 부유한 삶을 버리고 스스로를 낮추고 험난한 독립운동의 길로 뛰어든 것은 자유와 평화의 가치를 알았기 때문입니다. 그 소중한 가치를 누리기 위해서는 빼앗긴 주권을 되찾아야 한다고 생각했던 것이지요.

그는 병약한 어린 시절을 보냈고 연약한 성격이었지만 결심을 굳히는 순간 완전히 다른 사람으로 변했습니다. 총칼도 두려워하지 않았고, 어떤 억압과 엄포에도 기가 꺾이지 않았습니다. 그는 평화주의자답게 비폭력·무저항주의로 일관한 끝에 조국이 지긋지긋한 식민지 생활을 청산하고 주권을 되찾아 새롭게 탄생하는 데 일조하였습니다. 간디가 그런 엄청난 일을 해낼 수 있었던 것은 할 수 있다는 믿음을 가지면 결국에는 해내는 능력을 갖게 된다는 신념 덕분이었지요. 무슨 일을 할 때 확신하는 자세야말로 최상의 능력임을 잊지 말아야겠습니다.

🌿 어떤 일을 시작할 땐 확신을 갖는 것이 중요합니다. 모든 것은 마음이 문제지요. 마음이 가능하다면 가하고 마음이 불가능하다면 불가하지요. 일을 시작할 땐 성공할 수 있다는 마음을 굳건히 가지십시오.

인간의 위대함

인간이 위대한 것은
자기 자신과 환경을 뛰어넘어
꿈을 이뤄내는 능력이 있기 때문이다.

툴리 C.놀즈

인간은 무엇이든 할 수 있고, 그 어떤 난관도 극복할 수 있는 능력을 갖고 있습니다. 이것이 인간의 위대한 점이지요.

자신의 분야에서 나름대로 성과를 쌓고 성공한 사람들은 무엇이든 적응하고 무엇이든 해낸 끝에 좋은 결과를 얻었습니다. 아무리 인간이 훌륭한 능력과 재능을 가지고 있더라도 자신에게 처한 환경을 극복할 수 없다면 그것은 빈껍데기일 뿐 아무것도 아닙니다.

빛 좋은 개살구라는 말이 있습니다. 겉모습은 그럴듯한데 속이 차지 않아 실속이 없다는 말이지요. 성공하기 위해서는 적어도 빛 좋은 개살구가 되어서는 안 됩니다. 속이 꽉 찬 능력자가 되어야 하지요. 그런 의미에서 놀즈의 이 말은 매우 타당성이 있습니다.

주어진 능력을 발휘하여 인간의 위대함을 증명해 보이고, 행복한 인생이 되십시오.

🌱 인간은 살아 있는 모든 것 중 가장 위대한 존재이지요. 상상력이 뛰어나고, 창의적이며, 도전적인 마인드를 갖고 있습니다. 인간은 어떤 고난도 뛰어넘을 수 있는, 하나님의 가장 위대한 창조물이지요.

강력한 힘

긍정적인 태도는 강력한 힘을 갖는다.
그 어느 것도 그것을 막을 수 없다.

매들린 랭글

나폴레옹이 유럽을 정복하고 영웅이 될 수 있었던 것은 '불가능은 없다'는 강한 신념을 가지고 있었기 때문입니다. 그의 신념은 긍정적인 생각과 태도에서 나왔지요. 그의 긍정적인 생각은 조그만 섬 출신인 자신에게 황제라는 영광스러운 면류관을 씌워주었습니다.

성공을 위해서는 그에 맞는 노력이 있어야 합니다. 노력과 열정과 꿈이 보태져야만 작은 결과물이라도 얻을 수 있는 것이지요. 삶의 법칙은 꿈을 이루기 위해 수고하는 이들에겐 관대하지만, 요행을 바라고 공짜를 바라는 이들에겐 냉혹합니다.

벨 보이로 시작해서 온갖 허드렛일을 마다하지 않고 열심히 일하며 꿈을 키운 끝에 전 세계에 자신의 이름을 브랜드로 내걸어 호텔 왕국을 이루어낸 콘래드 힐튼! 초라한 벨 보이였던 그가 최고의 호텔 경영자가 될 수 있었던 이유는 긍정적인 마인드로 강력한 실천력을 발휘했기 때문입니다. 긍정적인 마인드는 그 어느 것도 막을 수 없는 강력한 에너지를 만들어냅니다.

🌱 강한 마음이 강력한 힘을 발생시키지요. 그리고 강한 마음은 긍정적인 마음에서 옵니다. 성공한 사람들은 긍정적인 마음에서 오는 강력한 힘으로 자신의 길을 갔고, 결국 승리의 깃발을 꽂을 수 있었습니다.

미래는 확실하지 않은 가능성을 찾아내는 사람들의 것이다.

괴테

미래는 미래를 꿈꾸는 자들의 것이라는 말이 있습니다. 미래를 준비하고 노력하는 이들에게 성공을 보장해준다는 뜻입니다. 하지만 가만히 있으면 떡 하나라도 줄 사람은 없습니다.

사람은 누구나 노력하고 애쓰는 사람을 도와주고 싶어 합니다. 마냥 놀면서 잘 되기를 바라는 사람에겐 눈길조차 주지 않지요.

《크리스마스 캐럴》, 《올리버 트위스트》, 《위대한 유산》 등 수많은 작품으로 영국의 대문호가 된 찰스 디킨스!

그는 학교라고는 4년밖에 다니지 못하고 상표 붙이는 힘든 일을 했습니다. 하지만 그는 꿈을 이루기 위해 피곤한 몸을 이끌고 글을 썼습니다. 무명인 자신의 글을 반겨주는 출판사가 없어도 실망하지 않았습니다. 언젠가는 책을 내줄 출판사를 만나게 될 거라는 꿈을 잃지 않았고, 줄기차게 노력해나간 끝에 결국 영국 최고의 작가가 되었습니다. 한 출판사 편집장이 그의 능력을 알아보고 꿈과 미래를 선물했던 것이지요.

미래를 보는 눈을 길러야 합니다. 미래를 정확히 보는 눈을 가져야 성공할 수 있지요. 실패한 사람들은 미래를 보는 눈이 어둡지만, 성공한 사람들은 미래를 보는 눈이 밝고 맑습니다.

현실을 넘어서라

성공하려면
세상을 있는 그대로 받아들인 후
그것을 뛰어넘어야 한다.

마이클 코다

주어진 현실을 극복하는 사람과 현실의 노예가 되는 사람의 차이는 어디에 있는 걸까요.

주어진 현실을 극복하는 이들에겐 자신을 뛰어넘으려는 강한 의지가 밤하늘의 별처럼 번뜩입니다. 그리고 한 치의 소홀함도 없이 자신을 넘어서기 위해 철저하게 노력하지요.

하지만 현실에 잡힌 채 노예가 되어 이러지도 저러지도 못하는 이들은 될 대로 되라는 식으로 자포자기해버리지요. 이런 사람들이 꿈을 이루는 기적은 천지가 개벽을 해도 절대 일어날 수 없습니다.

그렇다면 당신은 어떤 선택을 하겠습니까? 답은 간단하지요.

"세상의 일을 있는 그대로 받아들인 후 그것을 뛰어넘어야 한다"는 마이클 코다의 말을 가슴에 새겨 자신을 뛰어넘는 사람이 되면 됩니다.

현실을 뛰어넘어야 합니다. 현실에 묶여 있으면 앞으로 나아갈 수가 없지요. 현실을 뛰어넘으려면 강한 의지력이 필요합니다. 현실에 밀리는 순간 미래는 와르르 무너집니다.

열정의 에너지

{
열정을 불러일으키는 평범한 생각은
아무런 영감을 주지 못하는 훌륭한 생각보다
더 많은 것을 이루게 한다.
}

메리 케이 애시

나는 열정이라는 말을 참 좋아하고 즐겨 씁니다. 뜨거운 마음으로 행하는 모든 것, 이것이 열정의 개념이지요. 열정적인 사랑, 열정적인 글쓰기, 열정적인 노래, 열정적인 호응 등 열정은 어떤 낱말 앞에 오든 뜨거운 에너지를 느끼게 합니다.

영화 〈보디가드〉의 주제곡을 부른 휘트니 휴스턴! 그녀가 주제곡 'I will always love you'를 열창하는 모습을 보면 열정이 그대로 배어나 감동으로 다가오지요. 또한 영화 터미네이터에서 강렬한 열기를 뿜어내는 아놀드 슈워제네거의 연기도 열정 그 자체입니다.

나는 어린 시절 미국 인권 운동가인 마틴 루서 킹의 열정적인 연설을 듣고 큰 감명을 받은 적이 있습니다. 그때 느낀 '열정의 힘'은 나에게 평생 사그라지지 않는 에너지를 줍니다.

열정은 혼과 같은 것입니다. 인생을 성공적으로 살고 싶다면 열정을 가지세요.

열정은 꿈을 가진 사람이 반드시 가져야 할 에너지입니다. 열정이 없으면 아무리 좋은 일도 그냥 끝나고 말지요. 열정은 자신을 다 바쳐서라도 피워야 할 인생의 꽃입니다.

다이아몬드

아이디어는 다이아몬드와 같다.
세공 과정을 거치지 않으면 거친 돌일 뿐이지만
불순물을 정제하면 보석이 된다.

폴 컬리

창의적 아이디어는 수백만, 수천만 사람을 먹여 살립니다. 새로운 것을 만들어내는 원천이지요. 이 세상에 쏟아져 나오는 모든 것들은 창의적인 아이디어의 산물입니다.

마이크로소프트의 빌 게이츠!

그는 하버드대학 법학과를 중퇴하고 컴퓨터 산업에 자신의 아이디어를 총결집시켰지요. 그렇게 자신의 아이디어를 십분 발휘한 결과 컴퓨터계의 신화로 거듭났습니다. 그의 창의적 아이디어는 그에게 세계 최고의 부자라는 타이틀을 안겨주었고, 세계적인 인물의 대열에 들게 하였습니다. 전 세계 수많은 어린이와 청소년들은 물론 젊은이들이 그에게 열광했고, 그를 성공 모델로 삼아 미래를 향해 나아가고 있습니다.

아이디어는 다이아몬드와 같다는 폴 컬리의 말은 매우 적절한 표현입니다. 그만큼 아이디어는 귀한 것이어서 잘 활용하면 기쁨의 열매를 거둘 수 있습니다.

창의적인 아이디어로 인생에 올인 하세요.

🔦 사람은 누구나 세공되지 않은 다이아몬드입니다. 어떻게 세공하느냐에 따라 가치가 달라지는 다이아몬드처럼 인생 또한 어떻게 연마하느냐에 따라 품격이 달라지지요.

한 걸음 한 걸음 단계를 밟아 나아가라.
그것이 무언가를 성취할 수 있는
내가 아는 유일한 방법이다.

마이클 조던

세계에서 농구를 가장 잘하는 사나이 마이클 조던!

농구 황제, 농구계의 신사 등 그에 대한 수식어는 그를 더 위대한 선수로 높여줍니다. 그의 현란한 드리블은 예술적 경지에 이르렀고, 농구 선수로는 비교적 작은 198센티미터인데도 돌고래처럼 솟구쳐 오르며 내리꽂는 덩크슛은 보는 이들에게 탄성을 쏟아내게 합니다.

그는 천부적으로 뛰어난 재능에도 불구하고 최고의 선수가 되기 위해 피나는 노력을 다했지요. 그의 장기 중 점프력은 타의 추종을 불허합니다. 그가 덩크슛의 귀재가 된 것은 작은 키에서 오는 핸디캡을 극복하기 위해 피나는 점프 연습을 한 덕분이었습니다.

어느 분야에서건 최고가 된다는 것은 낙타가 바늘구멍으로 들어가는 것만큼이나 힘이 듭니다. 그만큼 경쟁력이 치열하다는 의미이지요.

어떤 길을 가든 시작은 한 걸음부터이지요. 목표를 향해 갈 때 무리하지 말고 한 걸음 한 걸음 신중하게 시작하십시오.

계속 열심히 노력하면
성공은 저절로 따라온다.

아놀드 슈워제네거

이글거리는 눈, 같은 남자가 봐도 탄성이 절로 나는 멋진 근육질 몸매, 그 어떤 위험한 상황에서도 우리를 구해줄 것처럼 느껴지는 믿음직함 등이 그에 대한 느낌입니다.

터미네이터에서 보여주는, 절제된 감정에서 우러나오는 휴머니즘은 또 다른 감동을 주기에 조금도 부족함이 없습니다.

그는 아메리칸드림의 꿈을 안고 조국 오스트리아를 떠나 미국 땅을 밟은 이민자입니다.

그에게는 세 가지 꿈이 있었습니다. 첫째는 할리우드 배우가 되는 것이고, 둘째는 미 명문가인 케네디가의 여인과 결혼하는 것, 셋째는 정치가가 되는 것이었습니다. 세 가지 중 이민인 그에게 만만한 것은 하나도 없었지요. 하지만 그는 피나는 노력 끝에 세 가지를 모두 이루고 이민자 미국인들은 물론 전 세계인에게 희망의 아이콘이 되었습니다.

꿈을 이루고 싶다면 아놀드 슈워제네거처럼 구체적으로 계획을 세우고 게으름 없이 실천해나가야 합니다.

※ 노력과 성공은 부부와 같습니다. 노력은 성공을 향해 다가가고 성공은 노력을 향해 다가가지요. 노력 없는 성공이란 없습니다. 성공은 반드시 노력이 따라야 합니다. 노력과 성공은 아름다운 관계이지요.

승리는 언제나
싸움에서 물러서지 않는 자에게 돌아간다.

나폴레온 힐

승자는 지는 법을 모릅니다. 이기는 법을 알 뿐이지요. 그러나 패자는 이기는 법을 모릅니다. 지는 법만 알 뿐이지요.

중국의 병법가 손자는 "이기는 군대는 우선 이겨놓고 싸운다. 하지만 패하는 군대는 먼저 싸움을 시작해놓고 이기려고 한다"고 했습니다. 승자의 법칙을 참으로 간결하게 보여줍니다.

한 가지 질문을 하지요. 사자와 호랑이가 싸우면 누가 이길까요?

답은 사자입니다. 사자는 파워 면에서 호랑이보다 월등하지요. 또 정면 승부를 하되 절대 뒤로 물러서는 법이 없습니다. 그리고 지구력이 강합니다. 즉, 사자는 싸움에서 이기는 법을 확실히 알고 있는 것입니다.

하지만 호랑이는 야비합니다. 숨어서 공격하거나 뒤에서 공격하지요. 그리고 초반 공격이 강해서 초반에 승부를 내지 못하면 백이면 백, 다 패하고 맙니다.

⚜ 승자는 이기는 원칙만 갖고 있습니다. 지는 것은 생각하지 않습니다. 이기는 것만 생각하기에도 머리와 마음은 늘 소용돌이치고 있으니까요.

불굴의 노력

{
끊임없이 노력하고
간절하게 원하면 반드시 이겨낼 수 있다.
그것을 불굴의 노력이라 말한다.
}

리 아이아코카

40대에 미국 포드자동차의 사장이 되어 8년 동안 최고의 자리를 지킨 리 아이아코카! 그는 사업의 흐름을 정확히 꿰뚫는 탁월한 감각과 창의력 넘치는 아이디어로 정평이 난 인물입니다.

그런 그도 별다른 이유 없이 포드로부터 해고되어 시련의 나날을 보낸 적이 있습니다. 하지만 그는 꿈을 잃지 않았지요. 재기를 꿈꾸던 중 미국 자동차 회사의 빅 쓰리 중 하나인 크라이슬러로부터 러브콜을 받았습니다. 크라이슬러가 방만한 운영과 비효율적인 인사관리로 위기에 내몰린 것을 알고도 리 아이아코카는 제안을 받아들여 사장이 되었지요.

그는 신속하게 크라이슬러의 문제점을 찾아내 해결해나감과 동시에, 신제품 개발에 전심전력을 다한 끝에 빚을 청산하고 흑자 회사로 만들어 놓았습니다. 자신의 진가를 보여줌으로써 능력이 여전히 녹슬지 않았다는 것을 당당히 확인시켜주었지요.

미국 국민들은 그의 탁월한 능력에 감탄했고, 그는 경영의 귀재라는 칭호와 함께 화려하게 부활하였습니다.

❀ 불굴의 의지는 어떤 것에도 무너지지 않는 용기와 투지를 말하지요. 극한 상황을 극복할 수 있는 힘은 불굴의 의지에 있습니다.

불가능이라는 말은 버려라

{
불가능이라는 말을 절대 말하지 마라.
그냥 쓰레기통에 던져버려라.

괴테
}

말이 씨가 된다는 말이 있습니다. 말을 함부로 해서는 안 된다는 의미이지요. 평소에 하는 말의 습관이 대단히 중요합니다. 성공할 사람은 긍정적이고 희망적인 말을 합니다. 하지만 그저 그렇고 그런 삶을 살 사람은 부정적이고 비관적인 말을 합니다.

모든 일은 생각하고 말하는 대로 됩니다. 자신이 원하는 것에 대해 암시를 줌으로써 목표를 이루려는 욕망을 강하게 자극시키기 때문에 일어나는 현상입니다. 욕망은 강하게 자극받으면 열정을 쏟게 되어 나태해지는 것을 용납하지 않게 됩니다. 그렇게 열정을 바치다 보면 자신의 목표가 이루어졌다는 사실을 알고 기뻐하게 됩니다.

꿈을 이루고 싶다면 불가능할 것이라는 부정적인 생각을 버리세요. 불가능이라는 말은 성공하고자 하는 의지가 약할 때 생기는 쓰레기입니다.

⊛ '난 못해, 내가 그걸 어떻게 해' 하는 말을 마음에서 버리십시오. 대신 '나는 할 수 있어, 나는 해야 해'라는 말을 가슴에 가득 채우십시오. 모든 것은 말하는 대로 됩니다.

{ 나는 밤에만 꿈을 꾸는 게 아니라
하루 종일 꾼다.
먹고살기 위해 꿈을 꾼다. }

스티븐 스필버그

먹고살기 위해서 일한다고 하면 슬픈 마음이 듭니다. 오로지 먹기 위해 태어난 하찮은 존재처럼 생각되기 때문이지요. 하지만 무언가를 이루기 위해서 일한다고 하면 의연한 마음이 듭니다. 생각의 차이에서 오는 일에 대한 개념이지요.

일은 해냈다는 자부심을 가질 만한 가치 있는 일을 해야 합니다. 그래야 사명감이 생깁니다.

세계 영화계의 마에스트로, 스티븐 스필버그! 그는 밤뿐만 아니라 하루 종일 꿈을 꾼다고 했습니다. 과연 그다운 말이 아닐 수 없습니다.

처음엔 별다른 의미 없이 먹고살기 위해서 영화판에 뛰어들었지만 영화의 의미와 가치를 알고부터는 좋은 작품을 만들기 위해 노력했지요. 여기에서 노력이란 좋은 작품에 대한 구상, 그의 표현대로 하면 꿈을 꾸는 것이었습니다.

꿈을 꾸세요. 꿈꾸는 데는 돈이 들지 않습니다. 이제 꿈꾸는 대로 이루어지는 신비한 마술이 시작됩니다.

✴ 성공하는 사람은 언제나 꿈을 꿉니다. 잘 때도, 일할 때도 늘 꿈을 꾸지요. 꿈꾸는 자가 성공하는 것은 늘 꿈을 꾸기 때문입니다.

아무것도 할 수 없는 사람

{

할 수 있는 게 없다고 말하는 사람은
아무것도
실행하지 않는 사람일 가능성이 높다.

마담 드 스탈

}

✻

무슨 일을 시키면 잘 해내는 사람과 잘 해내지 못하는 사람이 있습니다. 잘 해내는 사람은 일에 대한 자신감이 넘치고 끈기가 좋습니다. 반면에 잘 해내지 못하는 사람은 자신감이 떨어지고 성취욕 또한 낮습니다.

맡겨진 일을 잘 해낼 수 없는 사람은 경쟁에서 도태될 수밖에 없습니다. 그런 사람을 받아줄 직장도 없지요.

아무것도 할 수 없는 사람은 어떤 사람인가요? 지적 능력이 심하게 떨어지거나 사물에 대한 분별력이 없는 사람입니다. 하지만 이런 경우를 제외한 모든 사람은 독하게 마음먹으면 무엇이든 다 할 수 있는 창의적인 존재입니다. 주어진 일을 행하기 위해서는 잠재력을 높여야 합니다. 그리고 모든 것을 할 수 있다는 믿음을 가져야 합니다. 마음에서 이기면 충분히 해낼 수 있는 자신감이 생기지요.

생각을 어느 쪽에 두느냐에 따라 일을 수행해내는 능력은 천차만별입니다. 그렇다면 당신이 무엇을 선택해야 할지는 당신이 잘 알 것입니다. 그것을 잊는 순간 당신은 그 무엇도 하지 못한 채 도태된다는 사실을 기억해야 할 것입니다.

🏃 아무것도 할 수 없다는 것은 아무것도 실행하지 않는다는 이야기이지요. 그런 사람처럼 불쌍한 사람도 없을 겁니다. 당장 실행하십시오.

가치 있는 사람

{

단지 성공하는 사람이 아니라
가치 있는 사람이 되라.

아인슈타인

}

성공만을 위한 성공과 성공을 통해 해야 할 일을 생각하는 성공은 큰 차이가 있습니다. 성공만을 위한 성공은 오직 자신만을 위한 것이지만, 성공을 통해 해야 할 일을 생각하는 성공은 모든 사람들에게 그 영향이 미치는 가치를 지닙니다.

성공한 우리나라 사람이 선진국의 성공한 사람들에 비해 뒤떨어지는 게 있는데, 바로 기부 정신입니다. 이것은 기부에 대한 인식 부족에서 오는 것입니다.

우리나라 사람들은 내가 피땀 흘려 번 돈이라는 인식이 매우 강합니다. 그러다 보니 불우이웃이나 사회단체에 기부하는 것을 아까워합니다. 하지만 선진국 사람들은 자신이 돈을 벌 수 있었던 것은 사회와 주변 사람들 덕분이라고 여깁니다. 자신이 번 돈이 온전히 자신만의 것이 아니라는 것이지요. 그래서 그들은 많은 후원금을 아낌없이 내놓습니다.

이처럼 인식의 차이에서 오는 성공의 가치는 매우 큽니다. 당신이 가치 있는 성공을 꿈꾼다면 돈만 아는 수전노는 절대 되지 마십시오. 수전노는 단지 돈만 아는 돈벌레이니까요.

🌱 돈을 좇는 사람과 가치를 추구하는 사람은 어떤 차이가 있을까요. 돈을 좇는 사람은 돈만 생각하지만, 가치를 추구하는 사람은 인간다움을 생각합니다. 돈과 가치를 모두 추구하는 사람이 되십시오.

낙관론자가 되라

{ 낙관론자는 꿈이 이뤄질 거라고 믿고,
비관론자는
꿈은 그냥 꿈일 뿐이라고 생각한다. }

마이클 J.겔브

어떤 일에 대해 낙관하는 것은 좋은 자세입니다. 낙관하지 못하고 지레 비관하면 이루어지지 않습니다.

낙관론자들은 몇 가지 특징을 갖고 있습니다. 첫째, 일을 긍정적으로 생각합니다. 둘째, 할 수 있다는 자신감이 넘칩니다. 셋째, 즐거운 마음으로 행합니다. 넷째, 실패를 해도 툭툭 털고 일어나 다시 시작합니다. 다섯째, 성공에 대한 집념이 강합니다.

비관론자들 역시 몇 가지 특징을 가지고 있습니다. 첫째, 일에 대한 의구심을 먼저 갖습니다. 둘째, 일을 추진함에 자신감이 결여되어 있습니다. 셋째, 마지못해 하는 소극적인 자세로 일관합니다. 넷째, 실패의 두려움에 빠져 있습니다. 다섯째, 성공에 대한 기대치가 크지 않습니다.

낙관론자와 비관론자는 단 한 글자 차이지만 결과는 상상을 초월하는 차이입니다. 성공한 사람들은 모두 낙관론자입니다. 당신 역시 낙관론자가 되어야 합니다.

낙관적인 마음을 가지려면 실패도 인정하는 아량이 필요합니다. 성공은 실패를 딛고 이루어지고, 많은 장애물을 넘어왔습니다. 모든 것을 받아들이는 대범함이 필요하지요.

날마다 새로운 오늘

{
날마다 오늘이 마지막 날이라고 생각하라.
날마다 오늘이 첫날이라고 생각하라.

탈무드
}

날마다 오늘을 마지막이라고 생각하라는 것은 극단적인 표현이지만 이 글이 주는 메시지는 매우 능동적입니다. 마지막이라는 말 속엔 마음과 자세를 반듯이 하라는 무언의 권면이 있습니다.

사람들은 마지막일 때 마음이 진술해져 용서하고, 더 용기를 내고, 자신에게 있는 능력을 최대한 끌어올리지요.

날마다 오늘이 마지막이고 첫날이라고 생각하라는 것은 그만큼 최선의 노력을 하라는 의미입니다.

시간을 잘 쓰는 사람은 오늘이 새롭지만 시간을 잘 쓰지 못하는 사람은 오늘이 무의미합니다. 또한 행복한 사람에겐 시간이 짧지만 불행한 사람에겐 지루하지요. 시간을 잘 쓰는 사람이 성공할 확률이 높다는 것은 말할 필요가 없이 지극히 당연한 이야기입니다.

시간을 잘 관리하세요. 시간을 낭비하는 것처럼 멍청한 짓은 없습니다.

🌱 오늘이 마지막 날이라고 생각하면 긴장감이 생겨 하는 일에 최선을 다하게 됩니다. 생각에 따라 일에 임하는 자세가 달라지는 것이지요.

가장 큰 고난

인생에서 가장 큰 고난은
얻고자 하는 노력을 하지 않는 것이다.
희망을 가로막는 장애물이 큰 것이 아니라
실현하려는 의지가 약한 것이다.
약한 의지력, 이것이 가장 큰 장애물이다.

괴테

세상은 노력하지 않는 자를 좋아하지 않습니다. 어떤 사람이든 그런 사람과는 교류하지 않으려고 합니다. 교류해봤자 좋을 게 없다고 생각하기 때문이지요. 노력하지 않으면서 성공을 꿈꾸고 요행이나 바란다면 그것은 자신의 능력을 말살시키는 것과 같습니다.

카지노에는 '인생은 한 방이야'라며 한 방을 꿈꾸는 사람들로 넘쳐납니다. 그들 중 한 방을 꿈꾸다 한 방에 간 사람들이 많습니다. 가족과 헤어진 사람들도 있고, 노숙자가 되어 낙엽처럼 떠도는 사람들도 넘쳐난다고 합니다. 복권 가게는 문지방이 닳도록 수많은 사람들로 북적입니다.

인생을 한 방이라고 생각하는 사람들은 마음을 새롭게 가다듬어야 합니다. 세상은 그리 호락호락하지 않습니다. 세상을 얕잡아보는 사람은 세상도 그 사람을 미련 없이 버립니다.

꿈과 희망을 가로막는 모든 장애물을 버리세요. 오직 굳은 의지와 신념만으로 가슴을 채워 실천하고, 또 실천하십시오.

가능성을 두고도 노력하지 않는 것과 알고도 행하지 않는 것처럼 답답하고 어리석은 것은 없습니다. 어려움에서 벗어나기 위해서는 노력과 실천이 최고의 명약입니다.

꾸준히 하라

성공한 사람들이 도달한 높은 봉우리는
단숨에 올라간 것이 아니라
다른 사람들이 자고 있는 동안
한 걸음 한 걸음 힘들여 올라간 것이다.

R.브라우닝

큰 산이나 작은 산이나 오르는 법은 간단명료합니다. 한 걸음 한 걸음 걸어서 올라가는 것이지요. 빨리 가려고 욕심을 부려 두 걸음 세 걸음으로 오르면 금방 지쳐 주저앉게 됩니다.

산을 단숨에 오른 사람은 없습니다. 아무리 유능한 산악인이라고 해도 마찬가지지요.

성공도 그렇습니다. 큰 성공이든 작은 성공이든 단숨에 이루어진 것은 없지요. 땀을 흘리고 몸을 움직이며 꾸준히 노력한 끝에 이룬 결과입니다. 이치가 이런데도 어떤 이들은 노력의 과정 없이 목적을 이루려고 편법을 씁니다. 하지만 그렇게 해서 이루어진 성공은 별로 없습니다. 설령 그렇게 해서 성공을 이루었다고 해도 그것은 모래 위에 집을 지은 것과 같아 쉽게 무너져 내리게 되어 있습니다.

단숨에 무언가를 이루려고 생각한다면 생각을 바꾸십시오. 성공을 위해서는 하는 일을 꾸준히 해야 합니다.

✦ 계단의 높이를 사람의 보폭에 맞게 만들어놓는 것은 꾸준히 계속해서 오르라는 무언의 교훈입니다. 빨리 오르라고 높이를 크게 해놓으면 오히려 금방 지쳐 중도에 포기하게 될 것입니다.

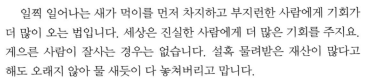

근면의 힘

> 근면은 빚을 갚고 자포자기는
> 빚을 늘린다.
>
> 벤저민 프랭클린

일찍 일어나는 새가 먹이를 먼저 차지하고 부지런한 사람에게 기회가 더 많이 오는 법입니다. 세상은 진실한 사람에게 더 많은 기회를 주지요. 게으른 사람이 잘사는 경우는 없습니다. 설혹 물려받은 재산이 많다고 해도 오래지 않아 물 새듯이 다 놓쳐버리고 맙니다.

하지만 근면한 사람에겐 멀리 있던 행복이 날개를 퍼덕이며 날아옵니다. 행복은 근면한 사람을 좋아합니다.

미국인들이 존경하는 벤저민 프랭클린은 초등학교도 졸업하지 못할 만큼 가난한 어린 시절을 보냈지요. 그러나 그에게는 꿈이 있었습니다. 꿈을 위해 많은 책을 읽었고, 근면하고 성실한 자세로 노력했습니다. 그 결과 성공한 정치가, 과학자가 되어 조국과 민족 앞에 자랑스러운 인물이 되었습니다.

거저 오는 성공이나 행복은 없습니다. 요행을 바라지 마세요. 세상에서 가장 어리석은 사람은 손발 붙들어 매고 편안히 앉은 채 성공과 행복이 찾아오기를 기다리는 자입니다.

🌸 근면은 동서고금을 막론하고 사라지지 않는 단어입니다. 과거에도 근면한 사람이 성공했고, 지금도 근면한 사람이 성공할 확률이 높습니다.

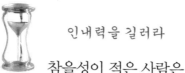
인내력을 길러라

참을성이 적은 사람은
그만큼 삶에 약한 사람이다.
겨울을 참고 기다린 나무가 봄에 새순을 틔우듯
참고 기다리는 힘이 없으면 광명을 얻기 힘들다.

러셀

성공에서 중요한 요소는 재능, 열정, 인내력, 창의성 등입니다. 그중에서도 가장 중요한 것은 인내력이지요.

재능이 아무리 뛰어나도 노력하는 사람을 넘어설 수는 없습니다. 또한 열정과 창의성이 아무리 뛰어난들 인내력이 약하다면 성공적인 결과를 얻는 것이 어렵습니다. 인내력이 얼마나 중요한가를 알 수 있게 해주는 예입니다.

인내력이 강한 사람은 무얼 하든 꾸준하고 끈질기게 하지요. 아무리 힘들고 어려워도 물러서지 않습니다. 물러서는 순간 일을 해내지 못한다는 것을 잘 알기 때문이지요.

토끼와 거북이의 우화는 인내력이 재능을 이긴다는 것을 가르쳐줍니다. 당신의 재능이 조금 부족해도 염려하지 마세요. 꾸준한 노력으로 얼마든지 채울 수 있습니다.

성공의 바탕은 인내랍니다.

✦ 인내력, 그것은 대단한 축복입니다. 아무리 머리가 우수하고 좋은 계획을 갖고 있다 해도, 인내력이 없으면 소용없지요. 인내력은 성공의 자원입니다.

❄

|Part 05|

{ 변화와 혁신,
꿈을
이루는
길 }

새롭게 하라

매일 자신을 새롭게 하라.
마음이 새롭지 않고서는
어떤 것도 이룰 수 없다.

동양 명언

새로운 것을 좋아하는 사람은 창조적 도전 정신을 가진 사람입니다. 이런 사람은 꿈을 이루어 즐거움을 누리며 살지요. 그러나 늘 그 자리에 머무르는 사람은 고정관념에 뿌리박힌 사람이지요. 이런 사람은 어둠에 갇혀 있기에 밝은 것을 보아도 좋은 줄을 모릅니다. 고정관념은 고리타 분하고 퇴보적이며 비생산적이기 때문이지요.

새 술은 새 부대에 담으라는 말이 있습니다. 새로운 술을 낡은 부대에 담는다고 생각해보세요. 술맛이 제대로 나겠습니까?

새로운 생각, 새로운 마음, 새로운 자세는 새로운 변화를 꿈꾸는 사람 들이 가진 마인드입니다. 낡은 생각, 낡은 마음, 낡은 자세로는 발전할 수 없습니다.

새로운 것은 희망이고 미래이고 발전이지요. 즐겁게 살기를 원한다면 새롭게 꿈꾸고 새롭게 변해야 합니다.

발전적인 사람이 되기 위해서는 마음을 새롭게 하고, 자신을 돌아봄으로써 단점은 고 치고 장점은 더욱 살려나가야 합니다. 새롭게 하는 자세가 새로운 생각을 만들고 새로 운 사람이 되게 한답니다.

이기는 자세

> 이기는 군대는
> 정신적으로 이긴 후 싸운다.
> 패하는 군대는
> 싸움을 시작하고 이기려고 한다.

손자

　자신만의 병법을 창안해낸 손자는 싸움에서 이기려면 정신적으로 먼저 이기라고 말합니다. 이는 마음의 자세가 중요하다는 것을 강조한 말입니다.

　반대로 싸움에서 지는 사람은 싸우고 나서 이기려고 하는데 이는 잘못이라는 것이지요. 생각해보세요. 상대는 마음에서 먼저 이기고 공격해오는데 아무런 마음의 준비 없이 싸우면 어떻게 이길 수 있을까요?

　손자의 말은 비단 전쟁에서만 통용되는 말이 아니지요. 인생을 살아가는 데 있어서 깊이 새겨볼 말입니다. 공부를 하든 사업을 하든 이기는 것은 중요합니다. 이겨야 새로운 것을 시도할 수 있고 더 나은 길로 나아갈 수 있기 때문이지요.

　삶을 낭비하는 것은 인생의 패배자가 되는 것입니다.

　🌱 이기는 사람은 언제나 이기는 생각을 하지요. 이기는 것도 습관이므로 이기는 생각으로 무장하세요.

배타적인 생각

{
배타적인 생각을 버려라.
변화의 걸림돌은 고정관념에도 있지만
배타적인 생각도 위험한 원인이 된다.
배타적인 생각은 적을 만들 수 있기 때문이다.
}

F.베이컨

변화를 싫어하는 사람들은 대단히 배타적이고 자기모순에 사로잡혀 있습니다. 이들은 변화를 두려워하고 거부합니다. 자신의 생각과 행동만 인정합니다. 참 답답하고 식상한 낡은 마인드이지요.

배타적인 생각이 갖는 모순으로는 첫째, 고정관념에 사로잡혀 있다는 겁니다. 둘째, 상대를 적으로 만드는 위험을 안고 있습니다. 셋째, 낡은 사고에 사로잡혀 새로운 것을 보지 못합니다. 넷째, 무사안일로 일관합니다. 다섯째, 과거지향의 늪에 빠져 있습니다.

이상에서 보듯 배타적인 생각은 모순으로 가득 차 있는, 낡은 마인드라는 것을 잘 알 수 있습니다.

성공한 사람은 오픈 마인드를 갖고 있어 모든 것을 받아들이되 취할 것은 취하고 버릴 것은 버리지요. 그리고 취한 것을 다시 새로운 것으로 발전시켜 성공의 디딤돌로 삼습니다.

배타적인 생각을 갖고 있다면 당장 버려야 합니다. 그것은 타인과의 관계를 단절시키는 녹슨 생각에 불과할 뿐입니다.

🌱 배타적인 생각은 발전을 가로막는 독소이지요. 아무리 뜻이 좋고 목표가 분명해도 배타적인 생각을 품고 있는 한 발전할 수 없습니다. 발전을 위해서 배타적인 생각은 싹 날려버려야 합니다.

경쟁력을 갖춰라

우리는 새로운 창조적 혁신의 물결을 맞이하고 있다.
영원한 1등은 존재하지 않고,
삼성도 예외일 수는 없다.
우리만의 경쟁력을 갖추지 못하면
정상의 발치에서 주저앉을 것이다.

이건희

　개인과 기업, 사회와 국가를 막론하고 경쟁력을 갖추어야 합니다. 그렇지 못하면 퇴보하고, 뒷자리에서만 맴돌지요. 경쟁력은 경쟁사회에서 승리의 아이콘이자 키워드입니다.

　시시각각 변하는 시대에서 경쟁력을 갖추기 위해서는 첫째, 지금보다 새로운 가치를 추구해야 합니다. 둘째, 다양한 책을 읽고 폭넓은 상식을 길러야 합니다. 셋째, 배울 수 있는 것은 전부 다 배워야 합니다. 넷째, 경쟁을 두려워하지 말고 즐겨야 합니다. 다섯째, 창의적이고 진취적인 사고방식을 길러야 합니다.

　경쟁력이 없으면 더 이상 발전할 수 없고, 대오에서 밀릴 수밖에 없습니다. 이건희 회장은 이에 대해 "영원한 1등은 존재하지 않고, 삼성도 예외일 수는 없다"고 말하며 경쟁력의 중요성을 강조하였습니다.

　경쟁력을 길러야 합니다. 경쟁력이 성공 요소입니다.

  🏵 경쟁사회에서 살아남아 자신의 뜻을 펼치기 위해서는 힘을 길러야 합니다. 그러려면 다양한 분야의 책을 읽어 깊은 내공을 쌓아야 합니다.

새로운 눈을 가져라

{ 여행에서 무엇인가를 얻으려 한다면
새로운 풍경을 바라보는 것이 아니라
새로운 눈을 가져야 한다. }

마르셀 프루스트

새로운 눈을 가져야 한다는 것은 새로운 생각, 새로운 마인드를 가지라는 말입니다. 시시각각 변화하는 현대사회에서 도태되지 않고 살아남을 수 있는 방법은 늘 새로운 눈으로 새로운 것을 바라보고 생각하는 데 있습니다.

현실은 디지털 인간형을 요구하는데 아날로그 인간형에 머물러 있다면 자신을 빨리 디지털 모드로 전환시켜야 합니다.

관광을 즐기는 사람들은 크게 두 가지 형태로 나눌 수 있는데 첫째는 풍경을 바라보며 즐기는 것이고, 둘째는 즐기는 것에 그치지 않고 본 것을 통해 새로운 생각을 하는 것입니다.

첫째에 해당하는 사람은 그저 보고 즐기는 유희적인 관광에 머무는데 비해 둘째에 해당하는 사람은 새로운 의미를 발견함으로써 자신을 보다 새롭게 가꾸는 창조적 관광이라고 하겠습니다.

그렇다면 당신은 어떤 유형의 사람이길 원하는지요? 마르셀 프루스트의 말처럼 새로운 눈을 갖는 인생의 여행자가 되어야 합니다.

🌸 새로운 눈을 갖는 것은 시시각각 변화하는 사회에서 반드시 필요한 자세이지요. 모든 것이 다 변하는데 고정관념에 빠져 있다면 퇴보적인 인생이 될 수밖에 없지요. 퇴보하지 않으려면 반드시 새로운 눈을 길러야 합니다.

변화와 리더

{
변화를 유도하면 리더가 되고
변화를 받아들이면 생존자가 되지만,
변화를 거부하면 죽음을 맞게 된다.
}

레이노

　매일 새로워야 합니다. 어제와 같은 오늘, 오늘과 같은 내일을 사는 것은 사는 것이 아니라 죽어가는 것입니다. 그렇습니다. 변화가 없는 삶은 죽은 삶이지요. 이런 삶은 어떤 것도 새롭게 창조해낼 수 없습니다.

　무언가를 끊임없이 시도하는 사람은 변화의 필요성을 잘 알고 그것을 즐기지요. 그래서 항상 새로운 마인드를 갖고 사람이든 사물이든 세상 모두를 대합니다. 그러다 보면 미처 발견하지 못했던 아이템을 발견하기도 하고, 자신이 꿈꿔왔던 이상을 실현시키기도 합니다.

　환경에 적응하는 것들은 살아남지만 적응하지 못하는 것은 자연히 도태된다는 다윈의 진화론은 그래서 더욱 공감을 줍니다.

　변화란 모든 분야에서 필요로 하는 성공의 필수 조건입니다. 당신이 성공적인 삶을 이끌어내고 싶다면 변화를 두려워하지 말고, 그 어떤 변화도 받아들여야 합니다.

　변화를 거부하면 남는 것은 퇴보일 뿐이니까요.

🌱 리더는 변화에 적응하는 능력이 뛰어나야 합니다. 한 직장, 한 단체를 이끌어가는 리더가 변화에 둔하다면 그 직장과 단체는 자멸할 수밖에 없지요. 훌륭한 리더가 되려면 변화에 대한 적응력을 길러야 합니다.

언제 어디서든 시작하라.
의도만으로는 당신의 명성을 쌓을 수 없다.

리즈 스미스

용기 있는 사람은 언제, 어디서, 누구를 만나든 기가 꺾이지 않습니다. 또한 무슨 일을 시작할 때도 두려워하지 않고 적극적으로 시도합니다. 하지만 나약한 사람은 새로운 무엇을 한다든지 누구를 만나는 일에 두려움을 갖고 시도조차 못합니다. 이렇듯 용기가 있고 없고는 많은 차이가 있습니다.

용기란 강인한 마음에서 오는 것이므로 자신이 나약한 성격의 소유자라면 그 성격을 바꿔야 합니다. 강한 마음이 될 때 용기도 생기고, 의지도 생기고, 불같은 신념이 타올라 무슨 일이든 시도할 수 있으며, 누구를 만나든 주눅 들지 않습니다.

마음에서 지면 모든 게 끝입니다. 그런 마음으로는 아무것도 할 수 없으니까요.

성공하고 싶다면 강한 마인드를 길러야 합니다. 그리고 언제 어디서든 시작하세요. 시작이 있어야 끝이 있는 법이니까요.

🌱 자신에게 주어진 일은 어디서든 시작하는 태도를 가져야 합니다. 이런 태도를 갖기 위해서는 멀티적 마인드, 즉 21세기 마인드를 갖춰야 해요.

불가능한 것은 없다

{ 불가능한 것을 성취하려면
불가능한 것도 실행해야 한다. }

세르반테스

세계적 고전 《돈키호테》의 작가 세르반테스!

56세 때 집필을 시작하여 2년 후인 58세에 탈고한 《돈키호테》는 많이 읽히며 대표적인 고전으로 확실한 자리매김을 하였지요. 그의 책은 400년이 지난 지금도 변함없이 독자들의 사랑을 받고 있습니다.

그는 '불가능한 것을 성취하려면 불가능한 것도 실행해야 한다'고 했습니다. 매우 의미 있는 말이지요.

상식을 벗어나는 일을 시도하는 사람을 보면 흔히 '저 사람 정신이 잘못된 거 아냐?' 하고 비아냥댑니다. 그런데 아이러니하게도 그런 말을 듣는 사람들 중 크게 성공한 사람들이 많습니다.

왜 그럴까요? 이유는 간단합니다. 대개의 사람들이 할 수 없다고 생각하는 것을 뛰어넘어 가능으로 이끌어냈기 때문이지요.

불가능한 일을 성취하려는 자세는 매우 중요합니다. 하지만 그것을 실행하는 것은 더욱 중요합니다. 무슨 일이든 실행이 따라야 결과가 있는 법이니까요.

우리가 편리하게 사용하는 문명의 이기들도 처음에는 불가능해 보였던 것들입니다. 비행기, 컴퓨터, 스마트폰 등 수많은 문명의 이기들. 하지만 불가능을 뛰어넘었기에 만들어낼 수 있었지요. 불가능하다는 생각을 버리는 순간, 그것은 가능해집니다.

성공의 길

{
성공하는 자는 길을 찾고
실패하는 자는 변명을 해댈 것이다.
}

레오 아길라

일하는 모습을 보면 그 사람이 어떤 사람인가를 알 수 있습니다. 긍정적인 마인드를 갖고 있는 사람은 일을 할 때 별다른 말을 하지 않습니다. 그저 묵묵히 자신이 하는 일에만 집중하지요.

그런데 실행은 하지 않은 채 무슨 할 말이 그리도 많은지 계속 입을 열어놓는 사람이 있습니다. 그 말은 자신을 합리화하거나 부족함을 감추려는 변명이 대부분입니다. 이것이 성공하는 사람과 성공하지 못하는 사람의 차이이지요. 성공이라는 말은 누구나 좋아하고 자신이 그 주인공이 되길 희망합니다.

말이 많은 사람에게서는 쓸 말이 별로 없습니다. 말이 많다 보면 불필요한 말이 많을 수밖에 없기 때문이지요.

성공은 말로 하는 것이 아닙니다. 그것은 행동으로 하는 것이고 행동은 곧 실천입니다. 성공하고 싶다면 말을 줄이고, 변명을 멀리하고, 행동으로 나아가야 합니다.

성공의 길로 가는 사람은 성공의 길로 가고, 실패의 길을 가는 사람은 실패의 길로 가지요. 성공의 길로 가는 사람은 성공의 길을 알고 가기 때문인데, 성공의 길은 그 길을 가기 위해 애쓰는 자에게 길을 내어줍니다.

> ## 나는 하나님이 그저 평범하게 살아가라고
> ## 우리를 이 세상에 보낸 것은
> ## 아니라고 믿는다.
>
> 루 홀츠

누구나 이 세상에 태어날 때는 꼭 그 사람이 해야 할 일을 부여받고 태어납니다. 사람은 누구든 다 소중한 존재이지요. 하나님은 누구에게나 공평하게 그 사람만 잘할 수 있는 탤런트를 주셨습니다. 그런데 어떤 사람들은 그 사실을 잘 모릅니다. 그래서 조금만 힘이 들어도 쉽게 포기하고 남을 원망하며 불평불만을 늘어놓습니다. 이는 자신에게 생명을 주신 하나님을 모욕하는 오만한 일입니다.

그렇다면 어떻게 살아야 할까요?

첫째, 이 세상에 태어난 것을 감사해야 합니다. 둘째, 자신에게 주어진 인생의 목표를 세우고 실천해야 합니다. 셋째, 누구에게나 꼭 필요한 사람이 되어야 한다는 적극적인 마음으로 살아야 합니다. 넷째, 한 번뿐인 인생을 후회하지 말고 기쁘게 살아야 합니다.

인생을 잘 살기 위해서는 위의 네 가지를 행동 지침으로 삼아 최선을 다해 살아가야 합니다. 그렇게 될 때 자신을 세상에 보내신 하나님의 뜻대로 살게 되어 복되고 아름다운 인생이 될 것입니다.

🌱 하나님께선 우리가 잘 살기를 바랍니다. 그런데 잘 살지 못하고 우왕좌왕한다면 어떻게 될까요. 그것은 하나님과 우리 모두를 슬프게 하는 일이지요. 우리가 기쁘게 사는 일은 사람답게 행복하게 사는 것입니다.

스스로에게 물어보라

> 스스로에게 물어보라.
> 난 지금 무엇을 변화시킬 준비가 되었는가를.
>
> 잭 캔필드

《마음을 열어주는 101가지 이야기》 시리즈 등을 펴낸 자기계발서의 권위자 잭 캔필드! 그는 독자들에게 자아를 계발하는 마인드를 심어주기 위해 끊임없이 자기계발에 대한 연구를 합니다.

그가 쓴 책은 대개 보통 사람들이 겪는 이야기를 바탕으로 하기 때문에 깊은 공감을 줍니다. 마치 내 이야기, 아니면 주변 사람들의 이야기 같다는 착각이 듭니다. 때문에 친근하면서도 쉽게 접근하게 되어 누구나 쉽게 읽을 수 있지요.

'스스로에게 물어보라'는 그의 말은 자기 점검을 촉구하는 말로써, 자신을 곰곰이 들여다보라는 뜻입니다. 쉬운 것 같으면서도 철학적 의미가 담긴 말입니다.

자신에게 묻고 스스로 대답하는 것은 자신의 내면을 바르게 키울 수 있어 매우 요긴한 공부가 됩니다. 소크라테스의 '너 자신을 알라'는 말과 상통하는 말이기도 하지요. 늘 자신에게 묻고 대답하세요. 그렇게 한 만큼 풍요로운 인생이 될 것입니다.

늘 자신에게 말을 걸어야 합니다. '나는 누구인가?', '나는 무엇 때문에 존재하는가?' 라는 물음을 통해 새로운 자아를 깨닫게 되니까요.

가장 중요한 사실

가장 중요한 사실은
당신도 할 수 있다는 것을 아는 것이다.

로버트 앨런

"당신도 할 수 있다.You can do it!"

이 말은 언제 들어도 참 좋습니다. 이 말은 상대방에 대한 찬사이며 아름다운 격려이기 때문이지요.

우리나라 사람들은 칭찬에 대해 조금 인색한 편입니다. 그러나 칭찬은 듣는 사람은 물론 하는 사람도 기분 좋게 해줍니다. 그런데도 칭찬하지 못하는 것은 습관이 되지 않아서입니다.

나도 무엇을 할 수 있다는 것을 안다는 것, 이는 자신감 넘치는 일이며 자신도 성공적인 인생이 될 수 있다는 자기 확신을 주는 말입니다.

무엇을 해도 잘 안 되는 사람들은 자신에 대해 매우 부정적이지요. 그런 사람들은 나는 뭘 해도 안 된다는 자기 비하적인 관념에 꽉 사로잡혀 있습니다. 생각해보세요, 이런 사람이 어떻게 성공할 수 있을지.

모든 것의 출발은 생각에서 오고, 그 생각은 행동을 이끌어냅니다. 성공하고 싶다면 그 일을 할 수 있다고 믿으세요. 그리고 차근차근 실행에 옮기면 됩니다.

⚡ 무엇이든지 할 수 있다고 생각하는 것은 참 좋은 태도이지요. 도전 정신을 갖게 하고, 실행하게 하기 때문입니다. 이런 생각이 떠나지 않게 항상 마음을 단단히 해야 합니다.

성공의 기운

> 성공은 성공하려는 사람에게 자연히 따라온다.
> 성공하고 싶다면 내면의 감정이 어떠하든
> 성공의 기운을 발산해야 한다.
>
> 윌리엄 제임스

"행복해서 웃는 것이 아니라 웃어서 행복한 것이다"라는 유명한 말을 한 미국의 심리학자 윌리엄 제임스!

그는 자신을 혁신하는 자세에 대해 많은 의견과 실례를 남겼습니다.

그가 한 말은 매우 실제적이며 객관성을 띠고 있습니다.

우리는 기氣라는 말을 즐겨 사용하는데 이는 에너지를 이르는 말입니다. '끼'라는 말로 더욱 친근하게 다가오지요. '끼'가 있는 사람이 무엇이든 열정적으로 잘한다는 것입니다. 노래를 하든, 운동을 하든, 그림을 그리든, 그 무엇을 하든 '끼'는 매우 필요한 성공요소입니다. 그러니 '끼'가 있어야 한다는 말은 매우 설득력이 있습니다.

성공하고 싶다면 성공의 기운, 즉 '끼'를 발산하세요. '끼'가 넘치는 만큼 성공을 보장받을 수 있습니다.

⚡ 성공한 사람들을 보면 에너지가 넘쳐흐릅니다. 하는 말과 행동에서 성공의 기운이 흘러나옵니다. 성공하고 싶다면 생각을 성공의 에너지, 즉 끼로 가득 채우십시오.

승리의 필수 요소

이길 수 있다고 생각하면 이길 수 있다.
신념은 승리의 필수 요소이다.

윌리엄 해즐릿

이기는 마음을 갖고 시작하면 승리할 수 있는 확률이 그만큼 크지요. 그런 마음엔 열정의 에너지가 넘치기 때문입니다. 그런데 일을 시작하기도 전에 실패하면 어떡하지, 하는 마음을 갖는다면 그 일은 해보나마나입니다. 마음에서 졌기 때문이지요.

무슨 일이든 생각하는 대로 된다는 말이 있습니다. 어떻게 생각하느냐 하는 것이 중요하기 때문이지요. 생각은 일이든 공부든 무엇이든 방향을 전환시키는 방향키와 같습니다. 그렇다면 생각의 모드를 이길 수 있다는 쪽으로 놓으세요.

'이기는 것도 습관'이라는 말이 있습니다.

그렇습니다. 이기는 마음을 갖는 것도 습관입니다. 항상 이기는 생각을 하다 보면 자연스럽게 습관적 마인드가 되지요.

이길 수 있다는 습관을 신념화해야 합니다. 그렇게 될 때 성공은 당신의 손을 잡아줄 것입니다.

⚡ 이기려면 승리의 필수 요소를 갖춰야 합니다. 신념, 열정, 노력, 실력, 창의적인 상상력 등이지요. 이런 승리 요소를 꾸준히 가동시켜야 기회가 주어집니다.

마음의 창

{
마음의 창을 항상 열어두라.
새로운 아이디어가 들어올 수 있도록.

마크 빅터 한센
}

성공한 사람들에게서 볼 수 있는 여러 특징 가운데 하나는 오픈 마인드입니다. 이는 열린 생각으로, 사람을 대하고 일을 추진하는 데 절대적으로 필요하지요. 오픈 마인드를 갖는다는 것은 매우 중요합니다.

자기계발 권위자인 마크 빅터 한센은 자신의 오랜 경험을 통해 마음의 창을 열어두라고 권유합니다. 그래야 새로운 아이디어가 들어올 수 있기 때문이라지요.

마음의 창을 열어두는 것, 이것이 바로 오픈 마인드입니다.

당신은 어느 쪽인가요? 오픈 마인드를 갖고 있는가요, 아니면 클로즈 마인드인가요?

만일 당신이 평소 클로즈 마인드라면 지금 당장 오픈 마인드로 전환시키세요. 그렇지 않으면 당신이 바라고 원하는 것을 취할 수 없을지도 모릅니다. 오픈 마인드는 성공의 필수조건입니다.

🌱 마음의 창을 닫아두면 새로운 것이 들어올 수 없지요. 정보, 사람, 지식, 소식, 환경 등 모든 새로운 것은 발전에 긍정적인 영향을 주는 필수 조건입니다.

현명한 선택

인생은 변화하고 성장은 선택 사항이다.
현명하게 선택해야 한다.

카렌 카이저 클락

어떤 일을 결정하는 데 중요한 것은 현명한 선택입니다. 지휘관은 최선의 선택을 함으로써 전략적 우위를 지켜 전쟁을 승리로 이끌고, CEO는 최선의 선택을 함으로써 기업을 성장시킵니다.

마찬가지로 개인 역시 선택 여부에 따라 성공의 길을 가거나 실패의 눈물을 흘리게 됩니다.

발해를 세운 대조영은 나라를 잃은 유민으로서의 고통을 감내하며 위기 때마다 현명한 선택을 했습니다. 그의 선택에 따라 그가 세우려는 새로운 나라에 대한 꿈은 나날이 윤곽을 잡아갔지요. 그리고 마침내 그는 발해를 세웠습니다. 즉, 치밀한 계획과 현명한 선택에 의해 최악의 조건을 극복하고 나라를 세운 것입니다.

이처럼 한 사람의 현명한 선택은 수백수천의 평범한 선택보다도 놀라운 성과를 이루어냅니다.

어려운 결정을 내려야 할 경우 현명한 선택을 하도록 최선을 다하세요. 당연한 말이지만 그것이야말로 잘될 수 있는 길입니다.

🌱 선택은 매우 중요합니다. 그에 따라 일의 성패가 갈리기 때문이지요. 현명한 선택을 하기 위해 최선을 다하십시오.

인간의 목적

{

위대한 사람은 목적을 갖지만
대개의 사람은 소망만 갖는다.

워싱턴 어빙

}

20세기 최고의 정신분석학자 프로이트는 인간에게는 한 가지 공통점이 있는데 그것은 '위대한 사람이 되려는 욕망desire to be great'이라고 했습니다. 또 교육철학자 존 듀이는 '중요한 사람이 되려는 욕망desire to be important'이라고 했습니다.

이 둘을 함께 묶으면 VIP very important person가 됩니다.

사람은 누구나 대접받기를 원합니다. 그곳이 어디이든 남보다 특별한 위치에 있기를 원합니다. 이런 욕망을 나쁘다고는 할 수 없습니다. 인간에게는 지극히 당연한 욕망이니까요.

하지만 VIP는 아무나 되는 게 아닙니다. 그렇게 될 수 있도록 여건을 갖추어야 합니다. 그 여건을 갖추기 위해서는 부지런히 노력하고 남다른 노하우를 가져야 합니다. 그럴 만한 자격이 되어야 된다는 것입니다.

누구나 인생을 폼나게 살고 싶을 겁니다. 그렇다면 특별한 사람이 되어야 합니다.

🌸 삶의 목적은 사람에 따라 다르지만 결과에 대한 마음은 똑같습니다. 바로 행복입니다. 행복해지기 위해 목적을 세우고 그 길을 가지요. 큰 행복을 갖고 싶다면 큰 목적을 세우고 나아가십시오.

목적과 계획

> 목적과 그에 따른 계획이 없다면
> 목적지 없이 항해하는 배와 같다.

피츠휴 닷슨

배가 망망대해의 거센 풍랑을 헤치고 목적지에 다다를 수 있는 건 항해도와 나침반 등의 장비를 갖추었기 때문에 가능합니다. 이런 요건 없이 항해를 하다간 표류하다 침몰할 수도 있습니다.

인생 역시 이와 같습니다. 인생의 넓고 긴 바다를 가다 보면 많은 일들을 만나게 되기 때문이지요.

그런데 그 일들이 모두 기쁨을 주고 행복을 주면 좋겠지만 고난과 역경을 만나기도 합니다. 이럴 때 바로잡아주는 나침반이 있다면 많은 도움이 되겠지요.

누구나 자신의 인생을 멋지게 살고 싶을 것입니다. 그러려면 가고자 하는 목적지를 정하고, 그에 대한 계획을 세워야 합니다. 이 두 가지가 정해졌다면 거침없이 나아가도 되겠지요.

인생을 즐기며 열심히 사는 자에게 행복이 주어집니다.

🌸 목적 없는 여행은 없습니다. 하지만 목적을 이뤄내는 사람은 많지 않습니다. 계획이 미비하고, 노력이 부족하기 때문이지요. 목적과 계획을 분명히 하고 실행하기 바랍니다.

꼭 필요한 사람

상대가 필요로 하는 것을 주거나
마음의 만족을 충족시켜줄 수 있는 사람은
어디를 가든 여유롭게 살 수 있다.
그러나 필요를 충족시킬 줄 모르는 사람은
고독하게 살게 된다.

오버스트리트

누구에게든, 또는 어디서든 꼭 필요한 사람이 되는 것처럼 기분좋게 하고 자부심을 갖게 하는 것은 없습니다.

'나는 당신이 꼭 필요합니다' 혹은 '우리는 당신을 필요로 합니다' 하는 말은 자신을 분발하게 만드는 원동력이 되니까요.

이런 말을 듣기 위해선 상대를 충족시켜줄 수 있어야 합니다. 그러려면 부단한 노력이 필요하지요. 그렇게 해서 조건이 갖추어졌을 때 비로소 러브콜을 받게 되지요. 하지만 조건을 갖추지 못한 사람을 필요로 하는 곳은 없습니다. 충분조건을 갖춘 사람만이 러브콜을 받을 수 있고, 특별대우를 받게 됩니다.

인생이란 멈추지 않고 달리는 시간과 같습니다. 하지만 어느 순간에는 서게 됩니다. 인간은 유한한 존재이기 때문이지요.

누군가에게 필요한 존재로 사느냐, 아니면 있으나마나 한 존재로 사느냐 하는 것은 오직 자신에게 달렸습니다.

🌼 누군가에게 꼭 필요한 사람이 된다는 것은 감사한 일이지요. 하지만 누구도 거들떠보지 않는다면 슬픈 일이지요. 누군가에게 꼭 필요한 사람이 되어야 합니다.

공기 인간

**우리는 여러 가치관이 병존하는 시대에 살고 있다.
자신의 가치관을 살리기 위해서는
공기 인간이 되어야 한다.
공기처럼 가볍고 어떤 곳도 파고들 수 있는,
누구에게나 꼭 필요한 것을 갖추고 있는
사람이 되어야 한다.**

마빈 토케이어

유대인들을 공기 인간(루프트 멘슈)이라고 합니다. 공기는 바늘구멍보다 작은 틈만 있어도 비집고 들어가는 속성이 있습니다. 그리고 사람이나 동식물 모두에게 반드시 필요하지요. 공기 인간이란 공기처럼 어디에서든 적응할 수 있고, 누구든 필요로 하는 사람을 말합니다.

유대인들이 공기 인간이 되어 전 세계 어디서든지 성공할 수 있었던 원천은 그들의 강인한 정신입니다. 그들은 로마제국의 공격으로 나라를 잃고 이천 년이 넘는 세월을 세계 도처를 떠돌며 온갖 박해를 받으며 살아왔습니다. 그들은 살아남기 위해 강해져야만 했고, 어디서든지 자신들을 필요로 하도록 만들기 위해 노력해야 했습니다. 그 결과 자타가 인정하는 세계 최고의 민족이 되어 어디서나 진가를 발휘하며 행복하게 살고 있습니다.

우리는 여러 가치관이 병존하는 시대에 살고 있습니다. 자신의 가치관을 살리기 위해서는 반드시 공기 인간이 되어야 합니다. 그렇게 될 때 어디서든 자신의 능력을 맘껏 펼치며 행복한 인생으로 살게 될 것입니다.

누구에게나 필요한 사람은 성공할 준비가 되어 있는 사람입니다. 이런 사람은 자신이 무엇을 해야 하는지를 잘 알지요. 어디서나 누구와도 잘 적응하는 사람이 되십시오. 그게 성공으로 가는 길이지요.

Part 06

도전,
실패를
두려워하지 않는
정직한 땀방울

행복한 사람

인생은 행복한 사람에게는 짧고 불행한 사람에게는 지루하다.

그리스 격언

　행복한 사람으로 산다는 것은 참 감사한 일입니다. 행복한 것보다 더 좋은 것은 없으니까요. 하지만 아쉽게도 그냥 오는 행복은 없지요. 행복해지기 위해서는 행복할 수 있는 조건을 만들어야 합니다. 남이 나를 행복하게 해줄 것을 바란다면 그 생각을 버려야 합니다. 남이 주는 행복은 오래가지 않습니다. 내가 만들어내는 행복이야말로 오래가는 행복이지요.

　행복한 사람에게 인생이 짧게 느껴지는 것은 행복은 아무리 더해도 부족하다고 생각되기 때문입니다. 그리고 행복한 사람은 시계를 보지 않는다,라는 말 역시 행복하기 때문에 삶이 지루하지 않다는 것입니다. 그러나 불행한 사람에게 인생은 머나먼 쏭바 강과 같습니다. 즐거움이 없으니 지루하게 여겨지는 것은 당연하겠지요.

　사람들은 행복한 사람을 좋아합니다. 행복한 사람과 가까이하면 자신도 행복해지기 때문입니다.

─────────────────

하루하루가 짧게 여겨지면 행복한 사람이고, 길게 여겨지면 불행한 사람입니다. 왜냐하면 행복한 마음은 너무 즐거워 시간이 금방 지나가지만, 불행한 마음은 너무 지루해 시간이 느릿느릿 지나가기 때문이지요.

낭비하는 인생

인생은
시간의 낭비에 의해 더욱 짧아진다.

새뮤얼 존슨

훌륭한 건축물을 짓거나 멋진 차를 만들기 위해서는 디자인을 잘해야 합니다. 마찬가지로 멋지고 행복한 인생을 살기 위해서는 디자인을 잘해야 합니다.

하루하루를 잘 산다는 것은 참 감사하고 행복한 일입니다. 그런데 그런 행복한 삶은 갑자기 오거나 저절로 오지 않는답니다. 어떤 것이든 값진 것은 그만 한 대가를 치러야 하는 법이지요.

가만히 앉아서 백년이고 천년이고 기다려보세요. 나 좋다고 찾아오는 행복이 있는지.

이치가 이런데도 어떤 사람은 자신을 낭비하는 일에 몰두합니다. 하는 일마다 비생산적이고 눈살을 찌푸리게 하지요. 그러면서도 인생이 억울하고 허무하다며 불평을 해댑니다.

인생이 억울하고 허무하다고 느낀다면 지금 즉시 자신을 변화시켜야 합니다. 알고도 방치한다면 소중한 인생은 더욱 초라해질 것입니다.

시간을 낭비하는 인생은 소모적인 사람이고, 시간을 잘 쓰는 인생은 발전적인 사람이지요. 시간을 낭비하는 사람은 자신의 삶을 갉아먹지만, 시간을 잘 쓰는 사람은 자신의 인생을 풍족하게 한답니다.

치열한 전투

{
산다는 것,
그것은 치열한 전투이다.

로맹 롤랑
}

삶은 한마디로 전쟁과 같습니다. 서로 다른 목적을 가진 수많은 사람들이 승리하기 위해 치열하게 노력합니다. 하루가 어떻게 왔다 어떻게 가는지 모를 정도로.

지금은 십 년이 되어야 강산이 변하는 게 아니고 일 년도 안 돼 변합니다. 정신 차리지 않으면 제대로 살 수 없습니다. 그래서 어떤 이들은 각박하고 냉정한 시대라고 비판의 화살을 쏘아대고, 또 어떤 이들은 될 대로 되라고 자조 섞인 말을 쏟아냅니다.

어떻게 보면 틀린 말은 아니지요. 하지만 지금이라는 현실은 이들의 하소연을 도무지 받아줄 생각을 안 합니다. 오히려 어리석은 자들의 싱거운 푸념이라며 힐책하고 업신여기지요.

이에 대한 당신의 생각은 어떠한가요?

⚘ 하루하루가 치열한 전쟁을 치르는 것과 같다는 것은 그만큼 살기가 빡빡하다는 의미지요. 이런 사회에서 잘 살기 위해서는 자신만의 적응력을 키워야 합니다. 그것이 곧 무기입니다.

인생의 의미

> # 인생의 봄은
> # 오직 한 번밖에 꽃을 피우지 않는다.
>
> 셀리

지나간 인생을 되돌려 다시 살 수 있다면 얼마나 좋을까요. 하지만 하나님은 인간에게 이 땅에서 살 수 있는 기회를 단 한 번만 주셨습니다. 인간의 한계이지요. 그런데도 어리석은 사람들은 마치 인생을 두 번 세 번 다시 살 수 있을 것처럼 행동합니다.

인생의 봄은 오직 한 번밖에 꽃을 피우지 않는다,라는 영국의 시인 셀리의 말을 가슴에 담아둘 필요가 있습니다. 인생의 지침으로 삼아도 될 만큼 진정성이 느껴지지요.

삶을 실패하는 사람들의 공통점은 첫째, 시간을 함부로 낭비하며 산다는 것입니다. 둘째, 오만에 빠져 충고를 받아들이지 않아 자신의 과오를 회복시킬 기회를 놓치는 것입니다. 셋째, 미래를 내다보는 눈이 어둡다는 것입니다. 넷째, 실패를 두려워하여 항상 현실에 안주한다는 것입니다.

그러나 성공한 인생은 이와 반대되게 살았고, 그랬기에 빛나는 인생이 될 수 있었습니다. 같은 상황에서 어떤 자세를 갖고 사느냐에 따라 성공할 수도 있고 실패할 수도 있습니다. 한 번뿐인 인생, 값지게 살아야 합니다.

✤ 인생의 의미를 알고 살면 하루하루가 매우 소중하지요. 하지만 모르면 무의미합니다. 인생의 의미를 알기 위해 노력하세요. 그러면 인생이 한층 소중하게 느껴질 것입니다.

한 권 의 책

{
인생은 한 권의 책과 같다.
어리석은 사람은 아무렇게나 책장만 넘기지만
현명한 사람은 공들여 읽는다.

장 파울
}

인생이 한 권의 책이라면 당신은 어떤 책이 되고 싶은가요? 당연히 베스트셀러가 되고 싶을 것입니다. 누구나 이루고 싶은 간절한 염원이지요.

책 읽는 모습을 보면 그 사람의 성격이 나타납니다. 어떤 이는 목차를 훑어본 후 대충 몇 군데만 골라 읽고, 어떤 이는 처음부터 꼼꼼히 전체를 다 읽어나갑니다.

책 읽는 목적에 따라 다르겠지만 후자의 경우가 바람직한 태도이겠지요. 책은 정성 들여 읽어야 합니다. 대충대충 읽으면 깊은 의미를 제대로 알 수 없습니다.

인생도 이와 같습니다. 방탕하며 사는 사람은 책을 대충 읽는 사람과 같고, 진지하게 사는 사람은 책을 공들여 읽는 사람과 같습니다. 누가 잘하고 있는지 설명하는 것은 바보짓이겠네요.

⊛ 인생을 함부로 사는 것은 자신에 대한 모독이며 배신이지요. 어떻게 한 번뿐인 인생을 함부로 살 수 있단 말인가요. 인생은 아주 귀중한 것입니다. 멋진 인생으로 살아가십시오.

인생과 바느질

{
인생은 바느질과 같아서
한 바늘 한 바늘 꼼꼼하게 꿰매가야 한다.

생트뵈브
}

명품 옷이나 시계, 구두, 액세서리 등은 대개가 수작업으로 만든 것입니다. 왜 수제품이 많을까요? 한 땀 한 땀 정성들여 만들기 때문에 명품이 되는 것입니다. 그래서 명품에는 장인의 정성과 숨결이 그대로 담겨있습니다.

인생도 마찬가지입니다. 사람은 누구나 명품 인생이 되고 싶어 합니다. 그런데 누구는 명품 인생으로 살아가고 누구는 짝퉁 인생으로, 또 다른 누구는 싸구려 인생으로 살아갑니다.

여기서 마음에 새겨야 할 분명한 것이 있습니다. 명품 인생은 아무나 될 수 없다는 것입니다. 명품 인생이 되기 위해서는 그럴 만한 가치를 지녀야 합니다.

명품 인생이 되고 싶다면 끝없이 자신을 갈고닦아야 합니다. 자신이 좋아하는 것, 자신이 가장 잘할 수 있는 것에 땀방울을 쏟아야 합니다. 땀방울 없이 어찌 명품 인생을 꿈꾸겠는지요. 그런 마음으로 명품 인생을 기대한다는 것은 자신을 기만하는 일입니다.

⚡ 인생을 대충 살면 대충 인생이 됩니다. 바느질도 대충하면 제대로 된 옷이 될 수 없지요. 촘촘하게 잘 기운 옷 같은 그런 인생이 좋은 인생이지요.

자신을 알라

{

자기를 알고자 하거든
남을 주의해 보라.
반대로 남을 알고자 하거든
자기 마음을 들여다보라.

}

실러

자신을 아는 방법으로 상대방을 통하는 것도 좋은 방법입니다. 상대방과 자신을 비교해보면 자신이 어떤 사람인가를 알 수 있습니다. 서로의 비교를 통해 자신의 모순과 장점을 알 수 있게 되는 것이지요.

소크라테스의 '너 자신을 알라'는 말에는 두 가지 의미가 담겨 있습니다. 분수를 지키라는 뜻과 자기의 능력을 잘 앎으로 해서 자신을 발전시켜나가라는 의미입니다. 형이상학적인 철학적 사유 끝에 얻은 깨달음이지요.

자신을 바르게 아는 것은 매우 중요합니다. 중국의 병법에도 나를 알고 적을 알면 백전백승이라 했습니다.

경쟁에서 이기려면 자신의 능력을 알아야 합니다. 그리고 남을 잘 알기 위해서도 자신을 잘 알아야 합니다.

🌱 자신을 잘 아는 사람은 삶을 훌륭하게 경영할 수 있습니다. 자신을 모르는 사람은 등불 없이 밤길을 가는 사람처럼 헤맵니다. 자신을 잘 아는 사람이 되어야 합니다.

절실한 소원

나는 하나의 절실한 소원을 가지고 있다.
그것은 내가 이 세상에 태어난 까닭에
조금이라도 세상이 좋게 되어가는 것을 볼 때까지
살고 싶다는 것이다.

에이브러햄 링컨

성공한 사람들의 성향을 분류하면 자신과 타인을 위한 삶을 산 사람들과, 자신만을 위해 산 사람으로 크게 나눌 수 있습니다. 전자의 사람들은 자신과 타인을 동일시합니다. 그러나 후자의 사람들은 오직 자신만을 위합니다.

진정한 성공의 가치는 자신과 타인을 동일시하는 데 있습니다.

에이브러햄 링컨, 알베르트 슈바이처, 나이팅게일, 간디, 김구, 넬슨 만델라, 마더 테레사, 체 게바라, 에디슨, 이순신 같은 이들은 자신은 물론 타인을 위해 열정을 바친 사람들입니다. 비단 유명한 이들만의 얘기는 아닙니다. 자신의 목숨을 던져 타인을 살린 보통 사람들도 많이 있습니다. 이들의 삶 역시 값지고 귀한 것입니다.

보통 사람들이 범인凡人의 티를 벗지 못하는 것은 타인을 위한 삶을 살지 못하기 때문입니다.

(✽) 사람마다 절실한 소원이 있을 겁니다. 사랑하는 사람과 하나가 되고 싶은 마음, 성공하고 싶은 마음, 그리운 사람을 만나고 싶은 마음 등등. 누구든지 소원을 이루었으면 좋겠습니다.

사람의 품격

꽃에 향기가 있듯 사람에겐 품격이 있다.
그런데 꽃이 싱싱할 때 향기가 신선하듯이
사람도 마음이 맑을 때 품격이 고상하다.
썩은 백합꽃은 잡초보다 오히려 그 냄새가 고약하다.

셰익스피어

누구나 품격 있는 삶을 살고자 할 것입니다. 어디를 가든 인격적인 대우를 받으며 멋지게 사는 꿈은 생각만으로도 가슴을 들뜨게 하고 꼭 그렇게 되고 싶은 마음을 갖게 하지요.

꽃이 사람들에게 사랑받는 건 향기가 있기 때문입니다. 향기는 사람들의 기분을 좋게 만들지요. 그래서 사람들은 좋은 향기를 맡기 위해 꽃병에 꽃을 꽂아두기도 하고 화분에 꽃을 심고 꽃밭을 가꿉니다. 하지만 향기가 없는 꽃은 사람들이 별로 좋아하지 않습니다.

품격 있는 사람은 다른 사람들을 즐겁게 해줍니다.

그러나 품격 있는 사람은 아무나 되는 게 아닙니다. 맑은 마음과 격조 높은 인품을 갖춰야 합니다. 그리고 문학이든 사업이든 학문이든, 남들이 우러러보는 성과를 거둬야 합니다. 그렇게 될 때 인생이 더욱 가치를 지니게 됩니다.

품격 있는 사람은 마음 씀씀이와 행동거지가 다릅니다. 타인을 배려하고, 예의가 바르고, 사람의 향기가 나지요.

물은 강하다

> 단단한 돌이나 쇠는
> 한번 깨지면 다시 붙기 어렵다.
> 그러나 물은 깨져도 다시 붙는다.
> 부드럽고 연한 까닭이다.

노자

물처럼 부드러운 것과 쇠붙이처럼 단단한 것 중 어느 것이 더 강할까요? 답은 물입니다. 부드러운 것이 단단한 것을 이기는 법이지요. 작은 물방울이 바위를 뚫고, 작은 샘물이 시내를 이루고 강과 바다를 만들지 않던가요. 그렇습니다. 공기든 물이든 바람이든 햇볕이든 부드러운 것이 강한 법입니다.

사람 또한 이와 같습니다. 힘으로 제압하려는 이는 힘으로 망하고, 칼로 제압하려는 사람은 칼로 망합니다.

그러나 인격은 그렇지 않습니다. 높고 맑고 부드러울수록 강합니다. 그래서 높은 인격을 가진 사람은 함부로 어쩌지 못하지요. 높은 인격이 힘을 능가하기 때문입니다.

인격은 수양에서 얻어집니다. 지식과 교양을 쌓고 성찰과 명상으로 품위를 다듬어야 인격자가 됩니다.

물은 어느 곳이든 스며들어 생명을 키워주지요. 하지만 물이 요동을 치면 세상 모두를 삼켜버립니다. 물처럼 부드럽지만 강할 땐 강한 사람이 되어야 합니다.

적응하는 존재

> 인간은 무엇에나 적응하는 동물이다.
> 또한 무엇에나 적응할 수 있는 존재이다.
>
> 도스토옙스키

　진실로 강한 사람은 어떤 상황에든 자신을 맞출 줄 압니다. 그래서 이런 사람은 어디를 가든 잘 적응하며 자신의 진가를 발휘하지요.

　'환경에 적응하는 것은 살아남고 그렇지 못하면 도태된다'는 찰스 다윈의 진화론이나, '사용하는 것은 발달하고 사용하지 않는 것은 퇴보한다'는 라마르크의 용불용설 역시 한마디로 함축하면 '적응'이라고 할 수 있습니다.

　자신의 인생을 보다 폭넓게 살고 싶다면 어디서든 자생할 수 있는 적응력을 갖춰야 합니다.

　지금 우리가 보는 많은 동식물들은 자연의 변화가 있을 때마다 잘 적응했기 때문에, 오늘날까지도 현존하며, 인간들과 맥을 같이하고 있는 것입니다. 하지만 지구에 변혁이 일어났을 때 사라진 동식물들은 적응을 못한 결과입니다.

　아무리 현실이 혹독하고 힘들어도 적응력을 기른다면 자신의 뜻을 펼치며 행복한 인생을 즐기게 될 것입니다.

🌸 학습 성적이 꼭 좋아야만 인생을 잘 사는 것이 아닙니다. 지혜로워야 합니다. 지혜로운 사람은 어디서든 적응력이 뛰어나고 자신의 역할을 성실히 해내지요. 그래서 공부 잘하는 사람보다 지혜로운 사람이 되어야 합니다.

> 결코 시계를 보지 마라.
> 이것이 젊은이들에게 하고 싶은
> 나의 충고다.

에디슨

창의성의 세계적 대가 에디슨은 젊은이들에게 결코 시계를 보지 말라고 말했습니다. 이 말은 한눈팔지 말고 자신이 하는 일에 열정을 다하라는 의미입니다.

한눈을 팔면 정신이 분산돼 하는 일에 집중할 수가 없습니다. 그러면 일의 능률이 떨어질 수밖에 없고, 소기의 목적을 이루지 못하는 것은 당연하지요.

일에서 좋은 결과를 얻기 위해서는 몰입을 해야 합니다. 그래야 능률이 오르고 좋은 결과를 얻을 확률이 높습니다. 이러한 이유로 에디슨은 시계조차 보지 말라고 충고한 것입니다.

에디슨은 인류를 위해 지대한 업적을 남긴 대표적 인물입니다. 그가 최고의 발명가가 될 수 있었던 것은 그의 창의력과 땀방울 덕분이었습니다.

자신이 하는 일을 성공적으로 이끌어내기 위해서는 집중하는 습관을 들여야 합니다. 집중은 일의 능률을 높이는 데 가장 효과적인 요소입니다.

🌲 고대 중국의 주자는 정신일도 하사불성精神一到 何事不成이라고 했습니다. 정신을 한곳에 모으면 못 이룰 것이 없다는 말이지요. 집중하면 공부든 일이든 좋은 성과를 낼 수 있습니다.

> 내가 인생을 다시 산다 해도
> 지금의 인생과 별 차이가 없을 것이다.

윈스턴 처칠

삶을 다시 살 수 있다면 지금의 실수를 만회할 수 있을 텐데 그러지 못하는 게 인생입니다. 누구에게나 인생은 단 한 번뿐이지요.

문학가가 아니면서도 노벨문학상을 수상한 유일무이의 기록을 남긴 윈스턴 처칠! 그는 자신이 다시 살게 된다고 해도 지금과 다를 게 없을 거라고 말했습니다. 그만큼 인생을 후회 없이 살았다는 의미입니다. 그 같은 말을 할 수 있는 사람은 과연 얼마나 될까요.

내가 만난 사람들 대부분은 인생을 다시 살게 된다면 지금과는 다르게 살 거라고 했습니다. 지금의 삶이 만족스럽지 못하다는 방증이지요.

윈스턴 처칠은 비록 3수 끝에 육군사관학교에 들어갔지만 최선을 다한 끝에 세계적인 인물이 되었고 스스로도 만족하는 삶을 살았습니다.

🌱 인생을 다시 산다면 처음 인생과 똑같이 살 수 있어야 충분히 만족한 인생입니다. 그렇게 되기 위해 최선으로 노력하며 하루하루를 보내야 합니다.

오늘 하루

{ 오늘 하루는 당신의 것이다.
하루를 착하게 살아라. }

루스벨트

미국 최초로 4선 대통령이 된 프랭클린 루스벨트!

그는 소아마비 장애를 겪고, 아내가 자살을 하고, 대선에서 패배하는 등의 어려운 악재를 견뎌내고 인생을 성공적으로 이끈 인물입니다. 그런 그가 사람들을 향해 오늘을 착하게 살라고 당부하였습니다.

그런데 많은 사람들은 이구동성으로 말합니다, 착한 사람은 늘 손해를 보며 산다고. 너무 착하니까 못된 사람들이 그것을 이용한다는 겁니다. 사실 착하게 사는 사람들이 손해를 보는 경우를 종종 보게 됩니다.

착하게 산다는 것은 아주 어려운 일입니다. 그렇지만 착하게 살아야 합니다. 착하게 사는 게 어려운 일일지라도 착하게 살아야 사람인 것입니다.

루스벨트도 착하게 산다는 것이 쉽지 않다는 것을 잘 압니다. 그러나 그가 착하게 살라고 말하는 것은 인생을 먼저 산 사람으로서 착한 인생의 가치를 잘 아는 까닭입니다.

오늘 하루를 헛되게 살아서는 안 됩니다. 하루를 헛되게 살면 이틀, 사흘, 나흘도 헛되이 살게 되고, 인생을 송두리째 헛되게 살 수 있습니다. 하루를 악착같이 살아야 후회하지 않는 인생이 됩니다.

현명한 사람

> 현명한 사람은 남의 욕설이나 비평에
> 귀를 기울이지 않으며
> 남의 단점을 보려고도 하지 않는다.
>
> 채근담

데일 카네기는 자신의 저서 《카네기 처세술》에서 남을 비판하지 말라고 했습니다. 비판이 서로에게 나쁜 영향을 끼친다는 것을 잘 알기 때문입니다.

미국 국민들로부터 가장 존경받는 대통령 에이브러햄 링컨!

그도 한때 자신과 맞지 않는 사람을 비방하는 보통 사람에 불과했습니다. 그런데 한번은 그에게 비방을 받은 사람이 결투 신청을 해왔습니다. 결투를 받고 피하면 겁쟁이라는 치욕적인 불명예가 씌워지기 때문에 링컨은 고민 끝에 결투에 나섰지요. 다행히 결투 신청자를 잘 아는 사람이 중재해서 결투는 중단되었지만 하마터면 두 사람 중 한 사람의 목숨이 날아갈 뻔했습니다. 링컨은 그 일로 해서 남을 비방하는 일이 얼마나 나쁜 결과를 가져오는지 뼈저리게 깨우쳤습니다.

그 후 링컨은 비방을 피하고 좋은 점을 들어 사람들을 칭찬했습니다. 그러자 놀라운 일이 일어났습니다. 사람들이 모두 자신을 믿고 좋아하는 것이었어요. 링컨이 훌륭한 대통령이 될 수 있었던 까닭은 비방 대신 칭찬을 택한 현명함에 있었습니다.

🌱 우매한 사람은 자신도 잘 못하면서 남의 일에 사사건건 개입하지요. 하지만 현명한 사람은 자신을 낮추고 상대를 높여줍니다. 이것이 현명한 사람이 존경받는 이유입니다.

강한 사람

> 남을 굴복시키는 사람은 강한 사람이다.
> 그러나 자기를 이기는 사람은
> 그 이상으로 강한 사람이다.
>
> 노자

남을 굴복시키는 사람도 자신을 이기지 못한다면 진실로 강한 사람이라고 할 수 없습니다. 그만큼 자신을 이긴다는 것은 어려운 일입니다.

대개의 사람들은 남의 실수는 못 봐주면서도 자신의 실수는 그대로 묵인합니다. 그래놓고 이렇게 말하지요. 다음엔 실수하지 말자고.

노자는 이런 사람들의 심성을 너무도 잘 알고 있었습니다. 그래서 남을 굴복시키는 사람이 강한 사람이 아니라 자신을 이기는 사람이 그 이상으로 강한 사람이라고 말한 것입니다.

군자는 자신에게 엄정하고 타인에겐 관대합니다. 그래서 군자는 그릇이 크다는 말을 듣습니다. 그릇이 크면 많은 것을 담을 수 있듯이 마음이 넓어야 배려심이 깊고 이해심이 많다는 것이지요.

남을 이기는 사람보다는 자신을 이기는 사람, 그 사람이 진정으로 강한 사람임을 인정해야 합니다.

🌱 강한 사람은 어떤 환경에 처하더라도 절대 흔들리지 않습니다. 오히려 처한 환경에서 벗어나기 위해 더욱 강해지지요. 뜻을 펼치기 위해서는 강해져야 합니다. 자신을 극복하고 넘어서는 사람이 되십시오.

실패는 교사다

인생은 학교다.
그리고 실패는
성공보다도 좋은 교사다.

그라 나츠이

실패는 성공의 디딤돌이며, 나침반이며, 어머니입니다. 사람이라면 누구나 실패를 합니다. 실패하지 않는 인생은 없습니다. 그런데 어떤 사람들은 실패를 두려워하고 수치스럽게 여깁니다.

성공한 사람들도 수없이 실패를 했습니다. 그 실패를 통해서 성공할 수 있었던 것입니다.

실패는 마음을 아프게 하지만 견디어내면 인생의 약이 됩니다. 몸에 좋은 약은 입에 쓰지만 병에는 효과가 좋은 것처럼 실패 또한 성공을 위해서는 좋은 보약입니다.

그라 나츠이는 인생을 학교라고 말했습니다. 아주 적절한 표현입니다. 인생을 살다 보면 생각지도 않은 많은 것들을 경험합니다. 그런 경험들을 바탕삼아 배우고 익히다 보면 소중한 삶을 살아가는 힘을 얻을 수 있습니다.

온실 속의 화초보다는 비바람 속에서도 잘 자라는 들꽃이 되어야 합니다. 들꽃은 어디에서도 살아가지만 온실 속 화초는 밖에 내놓는 순간 곧 죽고 맙니다.

🌱 실패는 인생을 제대로 알게 해줍니다. 실패하세요, 더 많이. 하지만 실패에 지지는 마세요. 실패를 극복해야 더 큰 인생이 되고, 더 큰 성공을 이루어냅니다.

실패에는 영웅이 없다

{ 실패에는 영웅이 없다.
사람은 누구나 실패 앞에선
평범한 존재일 뿐이다. }

푸시킨

"실패했다고 해서 스스로를 괴롭히지 마라. 실패를 자꾸 괴로워하는 것은 다음 일도 실패로 이끄는 원인이 된다."

러셀의 말입니다. 참 좋은 말이지요. 실패는 가슴에 새기되 자책하지는 말아야 합니다. 두 번 다시 똑같은 실패를 하지 않도록 하면 됩니다.

많은 사람들이 지나간 실패에 머물러 앞으로 나아가는 데 지장을 받습니다. 나 또한 한때 그런 적이 있지만 지금은 실패에 대해 생각하지 않습니다. 그 결과 오히려 한결 마음이 담담해지고 새로운 일도 무리 없이 시작합니다.

러시아의 국민 작가 푸시킨은 영웅도 실패에선 자유롭지 못하다고 했습니다. 그렇습니다. 나폴레옹도 실패를 했고, 칭기즈 칸도 실패를 했고, 카이사르도 실패를 했습니다. 그들은 실패한 끝에 영웅이 되었던 것입니다.

실패하십시오. 더 많이 실패해야 합니다. 그리고 그것을 이겨내야 합니다. 그러면 성공을 해도 크게 하게 될 것입니다.

실패는 사람을 가리지 않고 시험대 위에 올려놓고는 실패를 이겨내는지 지켜보지요. 그러고는 실패를 이겨내는 사람에겐 승리라는 황금 벨트를 건네줍니다.

신선한 자극

실패는 낙담의 원인이 아니라
신선한 자극이다.

토머스 서던

실패를 신선한 자극으로 받아들일 수 있다면 그는 분명 성공할 것입니다. 내가 살아오는 동안 많은 사람들과 만나고 헤어졌지만 실패를 신선한 자극으로 받아들이는 사람을 별로 보지 못했습니다. 그런 걸 보면 실패는 유쾌하지 못한 쓰라린 아픔임이 분명합니다.

그런데도 실패를 신선한 자극이니, 성공의 어머니니 하는 것은 실패가 가치 있는 소중한 경험이라는 의미이지요. 따라서 실패를 즐길 수야 없지만 겁내거나 실패로부터 도망칠 필요는 없습니다.

에디슨은 전구를 만드는 데만 9999번의 실패를 했습니다. 그리고 만 번째에야 마침내 성공을 했지요. 그렇게 만들어진 전구는 인류의 역사를 바꾸어놓았고, 역사상 가장 영향력을 끼친 발명품이 되었습니다.

에디슨의 열정을 배워야 합니다. 포기하지 않는 열정, 실패를 성공으로 이끌어내는 열정이 있다면 반드시 성공할 수 있습니다.

어떤 큰 문제가 닥쳤을 때 실패해본 경험이 있느냐 없느냐에 따라 많은 차이를 보입니다. 실패해본 사람은 의연하게 대처하지만 실패 경험이 없는 사람은 우왕좌왕하다 주저앉고 말지요. 실패는 좋은 인생 교과서입니다.

성공의 이유

{ 나는 살면서 수많은 실패를 거듭했다.
그러나 바로 그것이
내가 성공할 수 있었던 이유다. }

마이클 조던

미국 NBA 최고의 농구 스타였던 마이클 조던!

검은 피부에 잘생긴 얼굴, 깨끗한 매너, 거기에 뛰어난 슛 감각까지 갖춘 다양한 멀티플레이어 조던은 농구를 하나의 예술적 경지로 끌어올렸지요. 그 어떤 미사여구를 써도 아깝지 않은 농구의 귀재인 그도 수도 없이 슛에 실패를 했고 삼백 번이 넘는 패배를 했습니다.

마이클 조던은 자신의 성공에 대해 묻는 사람들에게 "나는 살면서 수많은 실패를 거듭했습니다. 그러나 그 실패가 있었기에 성공할 수 있었습니다"라고 대답했습니다. 그는 자신의 성공을 실패를 통해서 이루어냈다고 인정한 겁니다. 많은 사람이 우러러보는 성공적인 인생도 수없는 실패 끝에 그 자리에 올라섰던 것입니다. 인류가 이 땅에 출현한 이래 실패 없는 인생은 한 사람도 없을 것입니다.

성공한 사람들의 성공 요인 중엔 실패가 있지요. 그들 역시 실패를 겪었다는 것입니다. 하지만 그들이 성공할 수 있었던 것은 실패를 통해 지혜를 깨닫고 더욱 분발하였기 때문이지요. 실패는 의지가 약한 사람에겐 강하고, 의지가 강한 사람에겐 맥을 못 춥니다.

쉬운 일은 없다

지금까지 나의 인생에서
쉬운 일은 하나도 없었다.

에디슨

세상에는 쉬운 일도 있고 어려운 일도 있습니다. 쉬운 일은 큰 힘을 들이지 않아도 할 수 있는 일이지만, 어려운 일은 큰 힘을 들여도 해결을 보지 못할 수 있습니다. 그러다 보니 사람들은 쉬운 일만 하려고 합니다.

그런데 누구나 할 수 있는 쉬운 일은 그 성과에 대한 평가가 그리 높지 않습니다. 그다지 빛도 나지 않습니다. 하지만 어려운 일은 아무나 할 수 없기에 성공만 하면 높은 평가를 받게 됩니다. 하는 일이 아무리 어렵더라도 끝까지 해내는 마인드를 가져야 합니다. 그렇지 않고 어떻게 빛나는 삶을 꿈꿀 수 있겠는지요.

인류 역사상 가장 창의적이고 생산적인 인물, 에디슨! 그런 그도 자신이 이룬 성공에 대해 쉬운 일은 하나도 없었다고 말했습니다. 그처럼 큰 인물도 어렵게 노력한 끝에 성공의 결과를 얻었던 것입니다.

땀방울은 사람을 속이지 않습니다. 땀방울은 정직한 어린이와 같은 것이니까요.

🌱 쉬워 보이는 일도 막상 해보면 나름대로 어려움이 많습니다. 좋은 결과를 얻고 싶다고 해서 쉬운 일만 골라 하면 안 됩니다. 쉬운 일은 때론 실패의 함정이 되니까요.

성공을 방해하는 마인드

> 성공을 방해하는 세 가지 나쁜 마인드는
> 첫째, 매사에 부정적인 생각을 하는 것,
> 둘째, 게으름과 나태함,
> 셋째, 대충 넘어가는 무사안일이다.
>
> 김옥림

아무리 머리로는 성공을 원해도 그것을 이루려는 노력이 없다면 그 꿈은 '그림의 떡'이 될 수밖에 없습니다. 성공하려면 성공할 수 있는 요건을 만들어야 합니다. 하지만 성공의 요건을 만드는 일은 매우 어렵습니다. 왜냐하면 그것을 방해하는 요소가 끊임없이 훼방을 놓기 때문이지요.

성공을 방해하는 요소는 첫째, 매사를 부정적으로 생각하는 것입니다. 둘째, 게으름과 나태함입니다. 셋째, 대충 넘어가는 무사안일입니다. 이와 같은 방해 요소를 해결해야만 꿈을 펼쳐나갈 수 있습니다.

미국의 사상가이자 시인인 랠프 왈도 에머슨은, "상처 입은 조개가 진주를 만든다"고 했습니다. 또한 노자는 "자신을 이기는 자가 강한 자다"라고 했습니다.

자신이 원하는 것을 얻고 싶다면 고통과 시련을 견뎌내야 합니다. 사람이 해서 안 되는 일은 없습니다.

🌱 일을 방해하는 그 어떤 것에도 절대 지지 마세요. 지는 순간 그 일은 끝나고 마니까요. 그것이 무엇이라도 반드시 이겨내야 성공할 수 있습니다.

커다란 성공

{
수많은 작은 실수가
커다란 성공을 이끌어내는 법이다.

장자
}

　커다란 성공을 꿈꾸는 사람들 중엔 실수를 두려워하고 패배를 무서워하는 사람이 있습니다. 그러다 보니 정작 하고 싶은 일을 잘 시도하지 못합니다. 마음에서만 뱅뱅 맴돌다 그냥 놓아버리고 맙니다.

　하지만 강한 마인드를 가진 사람은 우선 일을 벌려놓고 봅니다. 어떻게 보면 무모하고 어리석은 짓 같지만 그런 사람들이 성공을 하면 크게 합니다. 망설이기만 하고 머뭇거리기만 한다면 아무것도 시작할 수 없질 않던가요.

　장자는 수많은 실수가 커다란 성공을 가져오므로 실수를 겁내지 말라고 했습니다. 어떤 일이든 처음부터 누구나 잘할 수 없는 것처럼 실수를 안 하고 어떤 일을 해낼 수는 없습니다.

　사람은 나약한 존재이므로 실수를 밥 먹듯 하고 어리석은 짓을 물 마시듯 합니다. 그래서 사람인 것입니다. 이런 평범한 진리를 인정하고 아낌없는 노력을 바쳐야 합니다.

🌸 성공은 크든 작든 다 소중합니다. 성공을 하기까지 그만 한 공을 들였기 때문이지요. 큰 성공을 꿈꾼다면 그에 맞게 열정을 바쳐야 합니다. 열정의 무게에 따라 성공의 크기도 달라지니까요.

열쇠는 있다

노No를 거꾸로 하면 온On이 된다.
어떤 문제든 반드시 푸는 열쇠가 있다.

노먼 빈센트 필

지구는 둥글고, 우주의 법칙에 따라 움직입니다.

그런데 우주는 수수께끼 같은 의문을 지니고 있습니다. 인간들은 끊임없이 원리를 풀기 위해 힘써왔고, 지금도 세계 각처에서 머리를 맞대고 불을 밝히고 있습니다.

노먼 빈센트 필 박사는 이에 대해 어떤 문제든 반드시 문제를 푸는 열쇠가 있다고 말했습니다.

우리 인간은 무에서 유를 창조해냈습니다. 오늘날 문명의 혜택을 받으며 살고 있는 것은 우주가 안고 있던 문제를 푼 결과입니다. 그러나 아직도 풀어야 할 문제는 산더미 같습니다. 지금까지 이뤄낸 성과는 빙산의 일각일 뿐입니다.

당신이 지금 어떤 문제로 고민하고 있다면 걱정하지 마십시오. 그 문제를 포기하지 않는 한 반드시 해답을 찾아낼 수 있습니다. 믿고 구하는 자에게 신은 보답을 해줍니다.

⚡ 어떤 문제든 해결하는 열쇠는 있지요. 인류는 그런 문제를 해결하고 오늘에 이르렀습니다. 어떤 문제로 고민에 빠졌을 때 온 힘을 다해 해결의 열쇠를 찾다 보면 해결 방법은 반드시 나타납니다.

용기와 두려움

용기는 별로 인도하지만
두려움은 죽음으로 인도한다.

세네카

사람의 마음속엔 용기와 두려움이 공존합니다. 용기 있는 마음으로 쏠린 땐 용기 있는 행동을 하고, 두려운 마음으로 쏠린 땐 두려움과 공포에 젖습니다.

그런데 용기는 긍정적이고 능동적으로 만들지만, 두려움은 부정적이고 수동적으로 만듭니다. 성공한 사람들의 성공 마인드 중 용기는 매우 중요합니다. 아무리 창의성이 뛰어나고 재능이 출중해도, 그 일을 해내고자 하는 용기가 부족하다면 아무것도 할 수 없습니다.

무슨 일을 할 때 '내가 실패하면 어떡하지?', '공연히 일만 벌이는 거 아냐?'라는 두려움에서 오는 부정적인 마인드를 버려야 합니다. 대신 '나는 반드시 해낼 수 있어', '나는 내 인생을 성공으로 이끌 책임이 있어'라고 생각해야 합니다. 생각하는 대로 되는 게 인생이니까요.

성공은 용기를 갖고 생각대로 시도해서 이뤄낸 것입니다. 이것을 잊지 말아야 합니다. 그래야 성공의 주인공이 될 수 있습니다.

ⓨ 용기는 어떤 일도 겁내지 않게 하지만, 두려움은 쉬운 일에도 겁을 먹게 하지요. 용기가 있는 자에겐 두려움이 피하지만 용기가 없는 자에겐 두려움이 달라붙지요. 용기가 없다면 용기를 기르고, 두려움을 없애야 합니다.

요행의 유혹

현대와 더불어 우리나라의 양대 기업을 이룬 삼성의 최고 경영자 이건희!

그는 우리나라 경제발전의 견인차로서 한 획을 그은 사람입니다. 아버지 이병철의 후광을 업고 등장했지만 그는 자신만의 경영철학으로 삼성을 세계적 기업으로 키워냈습니다.

그의 경영 마인드는 일찍부터 글로벌 경영에 초점이 맞춰져 있었기 때문에 오늘의 성공을 일궈낼 수 있었던 것입니다. 그는 요행에 대해 단호하게 말합니다. '요행은 불행으로 인도하는 안내자'라고.

요행을 바라면 요행으로 망하는 법입니다. 세상은 공짜를 바라고 요행이나 바라는 게으르고 나태한 사람을 좋아하지 않습니다.

이건희가 요행의 유혹에 넘어가지 말라고 한 것은, 요행이란 아무 쓸모도 없는 허상과 같다는 것을 너무도 잘 아는 까닭입니다. 요행을 기다리는 그 시간에 책을 읽고 공부를 하고 땀 흘려 힘써 노력해야 합니다. 그것이 성공으로 가는 가장 확실한 길입니다.

🌱 요행을 바라는 마음에 미혹되지 마세요. 요행에 한 번 빠지게 되면 자꾸만 그에 의지하게 된답니다. 요행은 자신의 능력을 소멸시키는 아주 나쁜 마인드입니다. 행운은 열심히 일하는 사람에게 주어지는 보너스일 뿐이지요.

독

화내는 사람은
독으로 가득 차 있다.

공자

의사들은 화를 조심하라고 이구동성으로 말합니다. 화는 인체의 리듬을 깨뜨리고 나쁜 에너지를 발생함으로써 능률을 저하시키고, 소화능력을 떨어뜨려 각종 병을 유발시키기 때문입니다. 이는 화가 인체에 미치는 영향을 의학적 관점에서 분석한 지극히 상식적인 이야기지요.

화는 단적으로 말해 인간에게 불이익을 주는 나쁜 친구입니다. 왜냐하면 화를 내면 친구를 잃을 수 있고, 사업 파트너를 잃을 수도, 사랑하는 사람과 헤어지는 불행한 일을 겪을 수도 있습니다.

자기계발의 대가인 데일 카네기는 자신의 저서인 《카네기 처세술》에서 화는 상대방을 분노하게 하고, 자신 또한 불행해질 수 있다고 말했습니다. 틱낫한 또한 자신의 저서 《화》에서 화를 잘 다스려야 자신은 물론 타인에게도 신뢰를 줄 수 있다고 말합니다.

동양의 철인 공자 또한 말하기를 "화내는 사람은 독으로 가득 차 있다"고 했습니다. 화로 인해 자신은 물론 상대방에게 결정적인 타격을 입히기 때문이지요.

⚜ 독은 어떤 독이든 다 나쁘지요. 인생을 망치는 게으름, 나태, 요행, 시기, 질투 등은 아주 나쁜 독이지요. 이러한 독을 없애야 자신의 뜻을 이룰 수 있습니다. 독에 빠지지 않게 늘 자신을 경계해야 합니다.

최선을 다하는 것

{
남에게 선을 베푸는 것이
자신에게는 최선을 다하는 것이다.

벤저민 프랭클린
}

남에게 잘하는 사람은 당연히 자신에게도 잘합니다. 남에게 잘하면 좋은 에너지가 발생하여 기분이 좋아지고 긍정적인 자세가 되기 때문이지요. 자신으로 인해 상대방이 행복해하고 기분 좋아한다면 서로에게 즐거운 일입니다. 하지만 남을 괴롭히고 마음에 상처를 주면 자신에겐 더 큰 괴로움과 아픔으로 돌아옵니다.

인간은 맹자가 말한 대로 선한 존재이면서, 순자가 말한 대로 악한 존재이기도 합니다. 마치 동전의 양면처럼 양면성을 가진 이중적 존재입니다. 이성적 마인드를 갖게 되면 선한 존재 모드로 전환되고, 비이성적인 마인드로 모드가 전환되면 악한 존재가 됩니다.

그런데 다행히도 인간은 이 두 가지 마인드 모드를 자유자재로 변환시킬 수 있습니다. 인간만이 할 수 있는 마인드 컨트롤입니다.

자신의 마음이 원치 않는 방향으로 흐를 땐 제지할 수 있는 자제력을 길러야 합니다. 자제력은 참 좋은 성공 요소랍니다.

✺ 자신에게 최선을 다하는 것처럼 아름다운 일은 없지요. 그런 사람은 늘 자신감으로 충만하고, 여유가 있고, 매력적이지요. 성공도 최선을 다하는 사람을 좋아하고, 기쁨의 선물이 되어주지요.

말을 귀담아들어라

{

말을 귀담아듣는 자를
꺼리는 자는 없다.

잭우드포드

}

　가장 좋은 대화법은 남의 얘기를 잘 들어주는 것입니다. 그러면 상대방은 당신을 좋은 사람이라고 칭찬할 것입니다.

　데일 카네기가 어떤 모임에서 한 식물학자를 만났는데, 그가 식물에 대해 열변을 토했습니다. 데일 카네기 또한 식물을 좋아해서 그의 얘기를 경청하며 가끔씩 '네에' 또는 '그랬군요' 하면서 창唱하는 사람에게 박자를 맞춰주는 고수처럼 진지하게 관심을 보여주었지요.

　얼마 후 이런 소문이 돌았습니다.

　"데일 카네기는 대화의 명수다."

　그런데 이 말을 퍼뜨린 사람은 놀랍게도 지난번 모임에서 만났던 식물학자였습니다. 그는 자신의 얘기를 듣기만 했던 카네기를 최고라고 극찬한 것입니다. 이 일화에서 보듯 사람은 누구나 자신의 얘기에 관심을 보이는 사람을 좋아하는 법입니다.

　당신이 누군가에 인정받고 싶다면 상대방의 얘기를 잘 들어주어야 합니다. 최고의 대화법은 남의 얘기를 잘 들어주는 것이니까요.

🌱 남의 말을 잘 들어주는 것이 때론 말을 잘하는 것보다 유익할 수 있습니다. 누구나 자신의 얘기에 귀 기울여주는 사람에게 호감을 갖거든요.

> 남에게 대접을 받고자 하는 대로
> 너희도 남을 대접하라.
>
> 마태복음 7장 12절

예수 그리스도는 남에게 잘하는 것이 자신이 대접받는 지혜라고 했습니다. 대접을 받고 싶으면 먼저 대접하라는 것이지요. 그런데 대개의 사람들은 남들이 먼저 대접해주길 바랍니다.

왜 사람은 대접받기를 좋아할까요?

첫째, 대접을 받으면 자신의 존재 가치가 올라간다고 생각합니다. 둘째, 대접을 받으면 기분이 좋아집니다. 셋째, 자신의 돈이 들지 않습니다. 넷째, 남에게 자신을 과시하는 카타르시스를 느끼게 됩니다. 이러한 이유로 사람들은 대접받기를 갈구합니다.

하지만 그건 쉬운 일이 아닙니다. 사람들은 주로 자신의 유익을 위해서 대접을 합니다. 그것이 아니라면 대접받기란 좀처럼 쉽지 않습니다. 예수 그리스도는 이것을 잘 알았기에 자신이 먼저 대접하라고 했던 것입니다.

남에게 먼저 대접하는 마음은 사랑의 마음입니다. 사랑의 마음이 가야 자신도 대접받게 된다는 것을 잊지 말아야겠습니다.

🔦 자신은 남에게 잘 하지 않으면서 남에게 받으려고만 하는 얌체가 있지요. 자신이 베푼 만큼 돌아오는 것이 인생의 법칙입니다. 자신이 받고 싶은 만큼 먼저 남에게 베푸세요.

무익한 승리

{
논쟁에서 이기는 것은 무익하다.
왜냐하면 상대방의 호의를
절대로 받을 수 없기 때문이다.
}

벤저민 프랭클린

가장 비효율적인 것은 쓸데없는 일에 논쟁을 벌이는 일입니다. 건설적인 논쟁은 반드시 필요하지만 남에게 상처를 남기는 논쟁은 백해무익합니다. 왜냐하면 불필요한 논쟁으로 상대방이 마음에 상처를 입으면 적대 관계에 놓일 수도 있기 때문입니다. 사실 많은 사람들이 불필요한 논쟁에 휘말려 위기에 처하곤 합니다.

인간관계의 귀재 벤저민 프랭클린은 논쟁과 언쟁, 반박을 하지 말라고 권면하였습니다. 그것은 이겨서 기분 좋은 일이 될 수도 있지만 상대방과 등질 수도 있기 때문입니다.

그가 정치가로서, 피뢰침을 발명한 과학자로서, 저술가로서 크게 성공할 수 있었던 요인은 불필요한 논쟁을 피하고, 배려하며 포용하는 마음이었습니다.

사람들은 누구나 자신을 칭찬하고 배려해주는 사람에게 호감을 느끼고 좋아합니다. 지지를 받고 싶다면 불필요한 논쟁을 피하십시오. 불필요한 논쟁은 쓸데없는 시간 낭비일 뿐입니다.

🕯 쓸데없는 일로 논쟁하지 마세요. 불필요한 논쟁은 누구에게도 무익한 일이지요. 현명한 사람과 우매한 사람은 논쟁하는 것을 보면 알 수 있습니다. 지금 당장 불필요한 논쟁을 중단하세요.

진정한 기쁨

진정한 기쁨은
남의 짐을 대신 질 때 생긴다.

독일 속담

나 아닌 타인을 위해 무언가를 해주는 것은 값지고 아름다운 일입니다. 대개의 사람들은 자신의 삶에 매여 남을 돌아보는 데 익숙하지 못합니다. 남에게 관심을 갖는 것이 쉽지 않다는 뜻입니다. 슈바이처가 음악가의 삶이나 신학박사의 삶 그리고 도시에서의 편안하고 안락한 의사로서의 삶을 버리고 아프리카 오지에서 풍토병과 싸워가며 살았던 것은, 남을 위해 사는 것이 진정한 기쁨이라는 것을 알았기 때문입니다.

사랑과 헌신으로 우리 국민에게 큰 감동을 준 마가렛 수녀와 마리안느 수녀! 그들은 이십 대 초반에 조국 오스트리아를 떠나 소록도에서 오십 년 이상을 한센병 환자를 돌보며 살다 칠십 대 할머니가 되어 떠나갔습니다. 이국땅에서 평생을 바칠 수 있었던 그 힘은 무엇일까요? 그것은 종교적 소명감도 있겠지만 타인을 사랑하고 헌신하는 것을 보람과 기쁨으로 여기는 마음입니다.

인류를 위한 큰 업적을 이루는 것도 위대한 삶이요, 타인을 위해 헌신하는 삶 또한 위대한 삶입니다.

기쁨은 자신의 일을 통해서 얻게 되지만 상대방을 통해서도 얻게 되지요. 자신이 누군가에게 도움이 되었을 때 받는 기쁨은 또 다른 느낌의 기쁨이지요. 타인에게 기쁨을 주는 사람은 더 큰 기쁨을 누립니다.

가볍게 걸어라

가볍게 걷는 자가 멀리 간다.

중국 속담

먼 거리를 가기 위해서는 워밍업이 필요하고 빨리 가는 것보다는 속도를 조절하며 천천히 가뿐히 가는 것이 좋습니다. 무리를 해서 걷거나 달리다 보면 목적지에 도착하기도 전에 중도에 포기할 수도 있습니다. 더군다나 무거운 짐을 지고는 멀리 갈 수 없지요.

우리 사회는 무엇이든 빨리빨리 하려는 조급증에 걸려 있습니다. 목표를 빨리 이뤄내고 싶은 욕망에 사로잡혀 있기 때문이지요.

위의 속담은 무엇이든 빨리빨리 하고, 많은 것을 단숨에 취하려는 욕망에 젖어 있는 현대인들에겐 정문일침頂門一鍼과도 같습니다.

피에르 쌍소의 《느리게 산다는 것의 의미》가 주는 메시지는, 느리게 사는 것은 삶의 의미를 제대로 알기 위함이며 그렇게 살 때 진정한 삶을 알게 되어 행복하게 살 수 있다는 것입니다.

인생은 깁니다. 그 먼 길을 가려면 욕심 부리지 말고 가볍게 가야 합니다.

🏃 너무 약삭빠르게 사는 사람들이 있습니다. 질서를 무너뜨리고 남에게 고통을 주며 자신만 잘 되면 그만이라고 생각하지요. 이런 삶이 자신에게 유익함을 준다고 믿기 때문인데, 결국엔 무익하다는 걸 알게 되지요.

칭찬하라

칭찬은 사람을 기분 좋게 합니다. 칭찬을 듣고 기분 나빠 하는 사람은 없습니다. 칭찬은 남녀노소가 다 좋아하는 즐거운 생활의 활력소이지요.

칭찬의 효과가 얼마나 큰지를 알아보기 위해 한 아이에겐 적절하게 칭찬을 하고, 한 아이에겐 칭찬을 하지 않았습니다. 과연 어떤 결과가 나왔을까요? 칭찬을 적절하게 받은 아이는 자신감이 넘치고, 긍정적이며, 낙관적이었습니다. 하지만 칭찬을 받지 못한 아이는 자신감이 결여되고, 부정적이며, 비관적이었습니다.

칭찬은 참 좋은 에너지를 발생시켜 일의 성과를 높여줌으로써 행복한 삶을 살게 합니다. 칭찬은 고래를 춤추게 하고, 불가능을 가능으로 이끌어낸다고 했지요.

성공한 사람들은 한 목소리로 말합니다. 칭찬을 하는 데는 돈도 들지 않고, 많은 시간도 들지 않고, 힘도 들지 않고, 많은 노력을 필요로 하지 않는다고. 행복하게 살고 싶다면 먼저 칭찬하십시오. 칭찬하는 만큼 당신도 칭찬받게 될 것입니다.

☀ 칭찬하는 마음을 가지세요. 자꾸만 칭찬하다 보면 기분이 좋아지는 걸 느끼게 됩니다. 칭찬은 서로 기분 좋게 하는 예의입니다. 칭찬하세요. 칭찬은 너그러운 마음에서 나옵니다.

Part 07

신념과 믿음,
고난을
돌파하는
비결

지금 그것을 하라

{ 계획한 사업을 시작하는 데 있어서
신념은 단 하나,
'지금 그것을 하라!' 이것뿐이다. }

윌리엄 제임스

가장 나쁜 습관 중에 하나가 일을 미루는 것입니다. 미루는 습관에 젖으면 무슨 일이든 미루려고만 합니다. 지금 못하면 이따 하면 되고, 오늘 못하면 내일 하면 되고, 내일 못하면 그 다음 날 하지 뭐,라며 일을 미루는 것에 대해 스스로를 합리화시키지요. 이런 삶의 패턴에 젖어 있는 사람은 미루는 일에 대해 아무렇지도 않게 생각합니다.

많은 사람들이 부딪치며 사는 사회에서 오늘 해야 할 일을 미루다 보면 늘 남에게 뒤처질 수밖에 없습니다. 그래놓고 자신이 하는 일이 잘 안 되면 세상이 자신을 미워한다느니, 운이 없다느니 하며 불평불만을 터뜨립니다. 참으로 어리석은 일이 아닐 수 없습니다.

지금 해야 할 일은 지금 하고, 오늘 할 일은 반드시 오늘 해야 합니다. 그래야 내일 할 일도 생기게 되고, 남과 같이 어깨를 나란히 하고 자신의 꿈을 향해 갈 수 있는 것입니다.

자신이 나태해질 때마다 '지금 그것을 하라'는 윌리엄 제임스의 말을 상기하십시오. 그리고 당장 실행하기 바랍니다.

할 일을 두고도 미루는 사람들이 있지요. 그런 사람들은 지금 못하면 내일 하면 되고, 내일 못하면 그 다음 날 하면 된다는 안이한 생각으로 가득 차 있지요. 미루는 것은 나쁜 버릇입니다. 할 일이 있다면 지금 하십시오.

담대하라

{
담대하라.
그리하면 어떤 큰 힘이
당신을 도와주려 할 것이다.

베이실 킹
}

"당신의 승리의 비결은 무엇인가요?"라는 물음에 위대한 권투선수는 대답합니다. 내 승리의 비결은 누구와도 상대할 수 있는 담대함이라고.

그렇습니다. 무슨 일을 하는 데는 담대함이 있어야 합니다. 예를 들어, 태권도 대회에서 어떤 선수가 '저 친구 힘이 세게 생겼구나. 내가 저 선수를 이길 수 있을까' 하고 생각한다면 그 시합은 해보나마나입니다. 마음에서 졌기 때문에 이미 진 경기나 다름없지요. 하지만 '너쯤이야, 나는 반드시 너를 꺾고 말겠다'라고 생각하면 마음에서 이겼기 때문에 이미 이긴 경기나 다름없습니다.

베이실 킹은 말합니다.

"담대하라. 그러면 어떤 큰 힘이 당신을 도와주려 할 것이다!"

당신은 어떤가요? 담대한가요, 아니면 겁쟁이인가요? 만일 당신이 생각하기에 두려움이 많다면 담대한 사람이 되어야 합니다. 그래야 당신이 하는 일을 성공적으로 이끌 확률을 높일 수 있습니다.

담대한 마음은 무슨 일을 하는 데 큰 도움을 주지요. 첫째는 일에 대한 두려움을 없애 주고, 둘째는 자신감과 용기를 주고, 셋째는 실패에 대한 걱정을 날려버립니다. 담대한 마음을 기르세요. 담대한 마음은 강인한 정신력입니다.

반드시 승리한다

가능하다고 믿는 사람은 반드시 승리한다.

랠프 왈도 에머슨

사람들은 크게 세 부류로 나눌 수 있습니다. 첫째, 무슨 일이든 가능하다고 믿는 긍정적인 인간형입니다. 둘째, 무슨 일이든 자신 없어 하는 부정적인 인간형입니다. 셋째, 무슨 일이든 이럴까 저럴까 망설이는 갈대 같은 인간형입니다.

같은 사람인데도 왜 이런 양상이 생기는 걸까요? 그것은 각 개개인마다의 선천적인 성격에 기인하지요. 그리고 자라오면서 형성된 후천적인 영향 때문입니다. 한창 꿈과 몸과 마음이 자라나는 10대에 어떤 인격을 형성하느냐는 매우 중요합니다. 이때 형성된 마인드는 평생을 가니까요.

인생을 행복하게 살고 싶다면 자신이 하는 일은 그 무엇이라도 가능성을 믿고 시도하십시오. 그 일은 누가 대신해주지 않습니다. 자신의 일은 오직 자신이 해야 합니다. 그런데 자신의 일을 하면서 부정적으로 생각할 수 있을까요?

✦ 매사에 긍정하고 낙관적으로 실천해야 한답니다. 무슨 일을 하든 가능하다고 믿고 시작해야 합니다. 시작부터 자신감을 잃어버리면 가능한 일도 불가능한 일이 되어버리니까요. 가능성을 믿는 것, 그것이 성공할 수 있다는 굳은 신념이지요.

패배를 믿지 마라

만일 패배의 마음을 갖고 있다면
그 마음을 뿌리 뽑아야 한다.
패배를 생각하면 패배하기 때문이다.
그러므로 패배를 믿지 않는 태도를 가져야 한다.

노먼 빈센트 필

패배하는 사람이 또 다시 패배할 확률이 높은 것은 그 마음속에 패배의식이 팽배해 있기 때문입니다. 패배란 퇴보이고, 후퇴이며, 과거지향적입니다. 이런 패배의식으로는 아무것도 할 수 없습니다. 설령 한다고 해도 결과는 뻔하지요.

패배의식을 버리기 위해서는 마음속에 자리 잡고 있는 부정적이고, 비관적이고, 소극적인 생각의 대못을 뽑아버려야 합니다. 그리고 그 마음 밭에 희망적이고, 낙관적이고, 미래지향적인 긍정의 나무를 심어야 합니다.

매사를 희망의 눈으로 바라보고, 희망의 입술로 희망을 말해야 합니다. 희망을 말하는 입은 꿈을 이루게 합니다. 하지만 부정의 눈으로 바라보고, 부정의 입술로 부정을 말하면 돌아오는 건 패배뿐입니다.

성공적인 인생은 그 어떤 순간에도 패배를 믿지 않습니다. 오직 승리만 믿습니다. 그런 강인한 마인드가 성공적인 인생을 만듭니다.

⚡ 언제나 패배의식을 가져서는 안 됩니다. 그 순간 그 일은 패배할 확률이 매우 높아지지요. 패배의식을 버리세요. 패배의 마음은 부정적인 마인드 중에서도 가장 나쁜 마인드입니다.

잊지 마라

{

오늘이라는 날은
두 번 다시 오지 않는다는 것을 잊지 마라.

A.단테

}

세계 4대 시성詩聖 중 한 사람인 이탈리아 시인 단테! 《신곡》으로 유명한 그가 오늘은 두 번 다시 오지 않는다고 일갈하였지요.

오늘은 오늘일 뿐이고, 오늘이 지나면 두 번 다시 어제인 오늘이 올 수 없습니다. 성공한 사람들은 하나같이 오늘을 잘 써야 한다고 말합니다. 그들은 시간을 잘 써서 성공을 거둔 것입니다.

영국의 사상가 토머스 칼라일 또한 자신의 시 〈오늘〉에서 시간을 소중히 여기라고 권면하였지요.

나는 그의 시를 읽을 때마다 나의 게으름을 용납하지 말자고 거듭 다짐하곤 합니다. 그래서일까, 나름대로 시간을 잘 관리하는 습관을 갖게 되었습니다.

시간은 거짓말을 하지 않습니다. 언제나 정직하지요. 다만 자신이 시간에게 거짓말을 할 뿐입니다. 인생을 성공적으로 산 사람들의 말은 그 어느 것 하나 버릴 것이 없는 만큼 소중히 여겨야 합니다. 그들의 가르침을 잘 받들어 실행하다 보면 어느새 달라진 자신의 모습을 발견할 것입니다.

현명한 사람은 시간을 세분하여 계획을 세우고 가치 있게 씁니다. 멍청한 사람은 시간을 뭉텅뭉텅 허투루 쓰지요. 시간을 잘 쓰는 사람이 되세요. 그래야 똑똑한 사람입니다.

작은 일

인생은 짧다.
작은 일에 얽매이지 마라.

벤저민 디즈레일리

군자는 작은 일에 목을 매지 않습니다. 하고 싶은 큰일이 많은데 어찌 작은 일에 매달려 귀중한 시간과 열정을 낭비할 수 있을까요? 이는 과거 군자들의 마인드였습니다. 하지만 소인배들은 작은 일에 연연해하며 마음을 빼앗깁니다. 군자가 미래지향적이라면 소인은 과거지향적인 것이지요.

군자는 그릇 됨됨이가 미래지향적이어서 작고 소소한, 하찮은 일에 얽매이지 않습니다. 작은 일에 얽매이지 않으려면 어떻게 해야 할까요?

첫째, 마음을 크게 가져야 합니다. 작은 마음으로는 큰 꿈을 수용할 수 없습니다. 둘째, 과거에 집착하지 말아야 합니다. 집착은 집착을 낳을 뿐이지요. 셋째, 인생은 단 한 번뿐이라는 것을 늘 생각해야 합니다. 그래야 지금의 순간을 함부로 허비하지 않습니다.

당신은 어떤 사람이라고 생각하는지요? 이 세 가지 기준에 맞지 않다면 당신은 분명 소인배입니다. 하지만 세 가지 기준에 자신을 맞출 수 있다면 당신은 군자의 마음으로, 성공한 인생으로 살아갈 수 있을 것입니다.

작은 일에 징징거리는 사람이 있습니다. 그런 사람은 큰일을 할 수 없지요. 작은 일에 징징대지 마세요. 마음을 크게 갖고 무슨 일이든 당당하게 하세요. 그래서 좋은 결과를 얻기 바랍니다.

{

우리의 인생은
우리의 생각에 의해 만들어진다.

마르쿠스 아우렐리우스

}

사람은 누구나 자신의 인생을 디자인하는 디자이너입니다. 다만 어떤 사람은 일류 디자이너이고, 또 다른 어떤 사람은 중급의 디자이너이고, 그리고 또 다른 디자이너는 삼류 디자이너이지요.

일류 디자이너는 자신의 인생을 일류로 디자인합니다. 그래서 일류로 살아가지요. 하지만 중급의 디자이너는 중급으로, 삼류 디자이너는 삼류로 살아갑니다.

로마의 황제이자 사상가인 마르쿠스 아우렐리우스!

그는 오늘을 사는 사람들에게 사막의 오아시스 같은 교훈을 줍니다. 그는 인생은 우리의 생각에 의해 만들어진다고 했습니다. 참 명쾌한 금언이 아닌가 합니다. 마르쿠스 아우렐리우스가 성공한 인생이 될 수 있었던 것은 그의 철저한 긍정적 마인드에 있었던 것이지요.

당신의 인생은 당신의 생각에 의해서 만들어진다는 것을 잊지 마십시오.

🕯 생각하는 대로 된다는 말이 있지요. 그렇습니다. 무슨 일이든 생각하는 대로 되지요. 부정적으로 생각하면 부정적인 결과를 낳고, 긍정적으로 생각하면 긍정적인 결과를 낳지요.

{

명심하라.
하늘은 결코 인간에게
견딜 수 없는 슬픔을 주지 않는다는 사실을.

윌리엄 사파이어

}

인간은 무한한 능력을 가진 축복받은 동물입니다. 하나님은 인간에게 만물의 영장으로서 지구를 운영하며 살아갈 권리와 의무를 주셨습니다. 그런데도 어떤 사람은 작은 시련에도 쉽게 좌절하고 인생을 헌신짝처럼 포기합니다. 그것은 자신의 소중한 생명에 대한 모욕이며 굴욕이지요.

사람이 살다 보면 시련의 숲도 만나고 고통의 바다와도 마주칩니다. 그런데 그럴 때마다 포기한다면 어떻게 기나긴 인생의 여정을 헤쳐나가 겠습니까.

삶은 극복하지 못할 시련을 주지 않습니다. 아무리 시련이 혹독하고 마음을 아프게 해도 찾아보면 길은 있습니다. 또한 윌리엄 사파이어의 말처럼 하늘은 견딜 수 없는 슬픔을 주지는 않습니다.

삶을 자신이 원하는 대로 끌고 가고 싶다면 어떤 시련 앞에서도 결코 굴복하지 말아야 합니다. 굴복하는 순간 더는 자신이 원하는 방향으로 갈 수 없습니다. 인내하지 못하는 자에게 영광은 결코 주어지지 않는 법 이니까요.

✿ 하나님은 인간이 극복하지 못할 시련은 주지 않습니다. 인간을 사랑하기 때문이지요. 시련이 닥치면 당황하지 말고 의연하고 지혜롭게 행동하세요. 그러면 충분히 극복할 수 있고 행복한 결과를 맞을 수 있습니다.

생각한 대로 살아라

{ 자신에 대해 긍정적인 생각을 갖는 방법은
긍정적인 행동을 하는 것이다.
사람들은 생각한 대로 살지 않으면
사는 대로 생각한다. }

폴 발레리

인간은 날마다 새로운 생각을 만들어내는 능력을 가진 존재입니다. 그 결과 새로운 문명을 만들어냈습니다. 지금 이 순간에도 수많은 공장에서는 새로운 생각에 의한 많은 창조적 생산물이 쏟아지고 있습니다. 어디 그뿐인가요. 사람이 존재하는 곳에서는 그곳이 학교든 직장이든 집이든 어디서든 새로운 아이디어가 생산됩니다.

인간은 생각하는 대로 무엇이든 할 수 있습니다. 그런데 그렇게 하지 못한 것은 긍정적인 생각과 행동이 따라주지 않았기 때문입니다.

긍정적인 생각을 갖기 위해선 매사를 긍정적으로 행동해야 합니다. 행동이 따르지 않는 생각은 아무리 좋아도 생각으로만 끝나버리고 말지요. 생각과 행동이 조화롭게 맞물려 돌아가는 톱니바퀴처럼 일치해야 좋은 결과를 이끌어내는 것입니다.

생각한 대로 살고 싶다면 늘 긍정적으로 생각하고 긍정적으로 행동해야 합니다.

⚘ 생각한 대로 사는 것이 중요합니다. 그러면 성취욕도 그만큼 높아지고, 충만한 자존감으로 더욱 행복을 느끼게 되지요. 생각한 대로 사는 삶이야말로 능동적인 삶입니다.

불가능을 모른다

나는 불가능을 모른다.
나는 뛰어가서 기회를 잡았을 뿐이다.

월트 디즈니

미키마우스 캐릭터로 전 세계 어린이는 물론 어른들을 동심의 세계로 이끌며 만화영화의 일대 혁신을 일으킨 월트 디즈니!

그는 지독한 가난 속에서 어린 시절을 보내야 했습니다. 어린 나이에 집안일을 돕느라 힘들어했지만 동물 그림을 그리며 위안을 삼곤 했습니다. 비록 땅에다 그리는 그림이었지만 그림을 그릴 땐 모든 것을 잊을 만큼 행복했습니다. 그는 특히 생쥐 그리는 것을 좋아했습니다. 작업실을 무시로 들락거리는 생쥐가 그의 눈에는 친밀하게 느껴졌던 것입니다.

그는 청년기를 맞아 새로운 일을 펼쳐나가며 꿈을 키웠습니다. 하지만 그는 열정을 바친 사업에서 실패하고 말았습니다. 그러나 좌절하지 않았습니다. 그러던 어느 날 밤늦게까지 일을 하던 그는 우연히 생쥐를 보고 그에 착안하여 미키마우스를 탄생시켰습니다. 그는 불가능은 없다는 신념으로 꾸준히 노력한 끝에 크게 성공하여 세계사에 자신의 이름을 올렸습니다. 불가능을 믿지 마세요. 불가능을 뛰어넘어 인생의 승리자가 되어야 합니다.

⊛ 지금 우리 앞에 놓인 모든 결과물들은 불가능을 믿지 않았기에 얻을 수 있었던 축복의 산물들입니다. 불가능은 할 수 있는 것들까지도 가로막는 못된 마인드이지요. 불가능을 마음속에서 깨끗이 치워버려야 합니다.

무슨 일이든
할 수 있다고 생각하는 사람이
해내는 법이다.

정주영

래리슨 커드모어는 "세상에 불가능은 없다. 다만 우리가 가능한 방법을 모를 뿐이다"라고 말했습니다. 매우 합당한 말입니다. 사람들은 자신이 충분히 할 수 있는 것도 그냥 지나치는 경우가 많지요. 그래놓고 자신은 능력이 없다고 한숨짓습니다.

사람이 사람인 까닭은 창조주를 닮았기 때문입니다. 성공적으로 살았거나 살고 있는 사람들이 보통 사람들과 다른 점은 나는 무슨 일이든 할 수 있다고 생각하는 것입니다.

현대그룹 창업자인 고 정주영 회장 또한 무슨 일이든 할 수 있다고 믿었습니다. 그에게 불가능이란 없었지요. 그는 무슨 일이든 낙관적으로 생각했고, 그렇게 실천한 끝에 대한민국 최고의 기업가가 되었습니다.

어떤 문제에 부딪치면 움츠러들지 말아야 합니다. 자신감을 잃게 되면 점점 더 나약한 존재로 전락하고 말지요. 무슨 일에서든 자신감을 갖고 풀어나가야 합니다.

🌱 무슨 일이든 자신에게 주어지면 할 수 있다고 생각하세요. 그러면 할 수 있습니다. 그러나 할 수 없다고 생각하면 할 수 없게 됩니다.

연장전은 없다

인생에 연장전은 없다.
전반전에서 승부를 내든 후반전에서 승부를 내든,
반드시 승부를 내야 한다.

윌리엄 블레이크

운동경기에는 연장전이 있으나 인생에는 연장전이 없습니다. 오직 한 번뿐인 경기가 인생이라는 경기입니다. 자신에게 주어진 70년, 80년 혹은 그 이상의 시간 속에서 한정적으로 살다가는 게 인간입니다. 그 이상의 시간이 지나면 더 이상은 존재할 수 없는 게 인간입니다. 그렇다면 어떻게 살아야 하고, 고비 때마다 어떻게 대처해야 할까요?

어느 때고 결정적인 순간이 오면 망설이지 말고 반드시 승부수를 던져야 합니다. 만약 그렇지 못한다면 보통의 인생으로 살든가 또는 패배자로 살아갈 수밖에 없습니다.

누구나 성공한 인생으로 후회 없이 살고 싶을 겁니다. 그것은 인간의 본능인 동시에 목적이니까요.

본능에 충실하세요. 그래야 소중한 인생으로 살아갈 수 있습니다.

🎧 삶에 연장전은 없습니다. 때문에 매 순간순간이 게임이지요. 그리고 게임을 할 때는 항상 긴장해야 합니다. 방심이나 안일은 삶을 그르칩니다.

희망을 믿어라

{
희망은 절대 당신을 버리지 않는다.
당신이 희망을 버릴 뿐이다.
}

리처드 브리크너

희망이라는 말은 언제 들어도 가슴을 뛰게 합니다. 마치 첫사랑을 만났을 때처럼 설레며 기쁨으로 들뜨게 하지요. 인간에게 희망이 없다면 살아갈 목적을 잃어버릴지도 모릅니다. 희망이 있기에 인간은 모진 시련에도 굳세게 맞서고, 새로운 날을 위해 자신을 바칩니다.

그런데 작은 시련 앞에 고개를 숙이고, 현실에서 도망친다면 희망은 슬퍼하며 그 사람 곁을 영영 떠나버릴지도 모릅니다.

희망은 사람을 가리지 않고 찾아오는 착한 인생의 손님입니다. 다만 어리석은 인간이 희망을 잃고 헤맬 뿐이지요. 희망은 자기를 좋아하는 인간에겐 관대하고 자신을 홀대하는 인간에겐 냉혹합니다.

당신 또한 희망을 믿고 좋아할 것입니다. 그 소중한 희망이 언제나 당신 곁에 머물러 있게 하십시오. 그 희망이 당신에게 빛이 되어 도와줄 수 있게 땀 흘리며 노력해야 합니다. 희망은 자신에게 진실할 사람을 좋아하니까요.

🌸 사람은 누구나 희망을 믿지요. 꿈을 이루게 하는 것이 희망이니까요. 희망을 마음에 품고 꿈을 향해 하루를 1년 같이, 1년을 10년 같이 열심히 달려가야 합니다.

너의 길을 가라

{

너는 너의 길을 가고
사람들에게는 멋대로 지껄이게 하라.

A.단테

}

자신의 길을 묵묵히 걸어가는 사람들의 뒷모습은 당당하고 아름답습니다. 그들이 아름답고 당당한 것은 누구의 말에도 흔들림 없는 신념을 갖고 자신의 길을 가기 때문입니다.

이런 사람들 중엔 혼자서만 잘난 척한다든지, 도도하다든지, 안 될 게 뻔한데 고집을 부리는 경우가 종종 있습니다. 하지만 그들은 눈 하나 깜짝 안 합니다. 그만큼 자신을 믿는다는 것이지요.

반면에 어떤 사람들은 길을 잘 가다가도 주변의 빈정거림이나 의지를 꺾는 반대가 있으면 노심초사하며 전전긍긍합니다. 그리고 마침내는 그 길에서 떨어져 나와 다른 길에서 빙빙 떠돕니다.

갈릴레오 갈릴레이! 그는 서슬 퍼런 법정에서는 자신의 생각을 잠시 접었지만 법정 문을 나서면서 '그래도 지구는 돈다'라고 말했지요. 그가 그렇게 말했던 것은 자신의 신념이 확고했기 때문입니다.

누구든 자신만의 특별한 인생을 살고 싶다면 흔들림 없는 신념으로 자신의 길을 끝까지 걸어가야 합니다.

🌱 갈 길을 정했으면 그 길을 걸어가세요. 주변에서 이러쿵저러쿵 말을 해도 흔들리지 말고. 자신만큼 자신을 잘 알고 사랑하는 사람은 없으니까요.

길은 가까운 곳에 있다

길은 가까운 곳에 있다.
그런데 사람들은 헛되게도 멀리서 찾고 있다.
일은 하면 쉬운 것이다.
시작은 하지 않고 미리 어렵다고 생각하기 때문에
할 수 있는 일도 놓치는 것이다.

맹자

등잔 밑이 어둡다는 말이 있습니다. 일의 원인이나 해답이 가까운 데에 있다는 말이지요. 그런데도 어떤 사람들은 멀리서 길을 찾으려고 합니다. 한 치 앞을 보지 못하는 무지함 때문이지요. 멀리 있는 것은 희미하지만 가까이 있는 것은 분명하게 보입니다. 똑똑한 사람들은 멀리서 길을 찾지 않습니다.

투자의 귀재 조지 소로스, 세계 최고의 영화감독 스티븐 스필버그, 세계 최고의 부자 빌 게이츠, 남아프리카 공화국의 자유와 평화의 등불 넬슨 만델라, 맨주먹으로 미국 여성 토크쇼의 대명사가 된 오프라 윈프리, 세계 최고의 베스트셀러 작가인 조앤 K.롤링, 100년 만에 코카콜라를 제치고 승리한 펩시의 여성 CEO 인드라 누이 등은 가까이 있는 확실한 길을 찾아 노력한 끝에 꿈을 이룰 수 있었습니다.

뜬구름 잡는다, 라는 말이 있습니다. 뜬구름은 그저 뜬구름일 뿐입니다. 꿈을 이루고 싶다면 눈에 보이지 않는 허황된 꿈에 사로잡히지 말고 분명한 길을 향해 도전해야 합니다.

🌱 가까운 곳에 길을 두고도 멀리 돌아가는 경우가 있지요. 인생도 마찬가집니다. 가야 할 길이 옆에 있는데도 그것을 모릅니다. 멀리서 찾지 말고 가까운 곳에서 찾으세요.

정열이 불타고 있을 때

마음속에 정열이 불타고 있을 때가
가장 행복하다.
정열이 식으면
급속도로 퇴보하고 무위하게 된다.

라로슈푸코

정열에 불타는 사람은 멋지고 아름답습니다. 또한 희망적이고 미래지향적이며, 가능성으로 충만해 있습니다. 하지만 정열이 식은 사람은 나태하고 후줄근하지요. 그런 사람을 보면 상쾌했던 마음도 다운되어 칙칙해집니다.

열정은 사람들에게 에너지를 줍니다. 에너지가 있어야 무슨 일이든 해낼 수 있지요. 끊임없이 자신에게 에너지를 충전시키려면 열정을 간직해야 합니다. 열정이 떨어지는 순간 끓어오르던 에너지도 차갑게 식어버립니다. 식어버린 에너지로는 아무것도 할 수 없습니다.

열정을 갖기 위해서는 첫째, 끊임없이 상상해야 합니다. 둘째, 신념을 갖고 공부해야 합니다. 셋째, 꿈을 세워 독하게 실천해야 합니다. 넷째, 스스로를 칭찬하고 격려해야 합니다. 다섯째, 승부근성을 길러야 합니다.

열정이 식은 사람은 허수아비와 같습니다. 소망하는 꿈을 이루려면 의욕을 뜨겁게 달구십시오. 사랑도 꿈도 열정이 함께할 때 더욱 빛이 납니다.

🌸 정열이 불타고 있을 때 가장 멋지고 예뻐 보입니다. 열정이라는 꽃 때문이지요. 열정이 식지 않도록 해야 합니다. 열정이 식으면 녹아버린 아이스크림과 같습니다.

능숙한 선장

능숙한 선장은 폭풍을 만났을 때
폭풍에 반항하지 않고 절망도 하지 않는다.
늘 확고한 승산을 갖고 최선을 다해 활로를 열어간다.
이것이 인생의 고난을 돌파하는 비결이다.

맥도널드

능력 있는 유능한 지휘관은 어려운 상황에서 더욱 빛을 발합니다. 소나기처럼 퍼붓는 포탄 속에서도 침착하게 위기에서 벗어날 전략을 생각하지요. 또한 자신보다는 부하들의 안위를 먼저 생각합니다.

이는 바다를 항해하는 배의 선장도 마찬가지입니다. 유능한 선장은 한 치 앞을 분간할 수 없는 거센 폭풍우 앞에서도 흔들리지 않습니다. 자신이 평정을 잃으면 선원들이 우왕좌왕하며 갈피를 못 잡는다는 것을 잘 알기 때문입니다.

사람은 누구나 저마다의 인생의 싸움터에서 지휘관이며, 인생의 바다를 항해하는 배의 선장이지요. 자신이 가는 길에 시련과 고통이 앞을 가로막고 횡포를 부려도 당당하게 뚫고 나가야 합니다. 만일 그러지 못한다면 돌아오는 건 패배와 슬픔과 절망뿐이지요.

꿈을 위한 노력을 아끼지 마세요. 최선을 다하는 사람만이 기쁨의 꽃을 피우고 달콤한 행복을 누릴 수 있는 것입니다.

🌱 삶을 멋지게 사는 사람은 인생이라는 배를 능숙하게 조정했기 때문이지요. 멋진 인생이 되고 싶다면 능숙한 선장처럼 거센 풍랑을 이겨내고 목적지인 항구에 도착해야 합니다.

{
스스로 돕지 않는 자에게는
기회도 힘을 빌려주지 않는다.

소포클레스
}

하늘은 스스로 돕는 자를 돕는다Haven helps those who help themselves라는 격언이 있습니다. 나는 이 말을 대할 때마다 참 좋은 명언이라는 생각이 듭니다. 노력하는 자에게 그 대가를 선물하는 것이 당연하다는 게 내 생각이기 때문이지요.

노력도 하지 않으면서 원하는 것이 그냥 주어지길 바란다면 그것은 세상에게 대단히 미안한 일입니다. 공짜를 바라는 인생은 그 마음이 변하지 않는 한 참된 삶의 가치를 알 수 없습니다. 하지만 애쓰고 수고하는 자에겐 진정한 삶의 가치가 반드시 주어지지요.

"스스로 돕지 않는 자에게는 기회도 힘을 빌려주지 않는다"라는 소포클레스의 말처럼 노력 없이는 그 어떤 대가도 기대하지 말아야 합니다. 대가를 원하거든 반드시 그 값을 해야 합니다.

지금 이 순간, 혹시라도 노력 없이 횡재를 바란다면 당신 마음에서 즉시 떠나보내세요. 그런 마음을 갖고 있는 한 당신에게 주어지는 것은 아무것도 없을 겁니다.

🌱 가만히 앉아 놀고먹는 자에겐 기회가 왔다가도 그냥 갑니다. 기회도 열심히 일하는 자를 반겨줍니다. 성공의 기회를 얻고 싶다면 부지런히 움직이세요. 그것이 기회를 만나는 비결이니까요.

자연의 법칙

{ 사람은 노력한 만큼 그 몫을 받는다.
힘들이지 않는 자에게는
아무것도 주지 않는 것이 자연의 법칙이다. }

호레스

자연에 존재하는 꽃과 나무, 풀 등은 그대로 두어도 저절로 피고, 열매를 맺고, 씨를 남깁니다. 그리고 이듬해 봄 다시 꽃을 피우고 열매 맺기를 반복합니다. 자연의 섭리에 의해 생명이 순환되는 현상이지요.

하지만 인간은 자기 대에서 무언가를 이루지 못하면 그것으로 그 대는 끝나고 맙니다. 그런 비감한 결과를 남기지 않으려면 더 많은 노력과 힘을 기울여야 합니다. 자신이 애쓴 만큼 자신의 흔적을 남길 수 있는 것이니까요.

하나님은 수고하고 노력한 자에게 더 많은 것을 주고, 기쁨으로 맞아 줍니다. 하지만 게으르고 꾀만 부리는 자에게는 이미 주었던 것조차 도로 거둬들이지요.

힘들이지 않고 잘 되기를 바라지 말아야 합니다. 자신의 삶이 꽃피고 향기를 드날리기를 소망한다면 수고를 아끼지 마십시오. 몸은 죽으면 썩어지지만 그 이름은 영원할 것입니다.

🌱 하나님은 일을 한 만큼 몫을 나누어주십니다. 10을 일한 자에게는 10을, 20을 일한 자에게는 20을, 80을 일한 자에게는 80을, 100을 일한 자에게는 100의 몫을 주시지요.

성공의 수단

모든 것은 끝이 있다.
그리고 인내는
성공을 획득하는 수단이다.

막심 고리키

성공의 수단에는 노력과 열정, 도전 정신, 참고 견디는 인내심, 배움과 실천, 강인한 신념 등이 있습니다. 이들 중 어느 하나가 부족하면 주춤거릴 수 있습니다. 믿음이 흔들리기 때문이지요.

'인내는 쓰나 그 열매는 달다'는 말은 지극히 평범하지만 오랜 세월이 지나도록 변함없는 명언으로 사람들의 마음가짐을 바르게 잡아줍니다.

동서고금을 막론하고 인내심 없이 성공을 이룬 사람은 없습니다. 그들이 성공한 인생이 되어 세계사에 길이 남게 된 것은 어려운 상황에서도 인내심으로 버텨냈기 때문입니다. 인내는 견디기 힘드나 견뎌내기만 하면 좋은 결과를 가져다줍니다.

당신의 인내심은 어떠한가요?

부족하다고 생각되면 지금부터라도 기르세요. 아주 독하게, 아주 단단하게. 인내심이 강해야 좋은 결과가 주어지지요.

인내는 승리의 어머니입니다.

일을 할 때 끝까지 남는 사람이 최후의 승리자입니다. 지구력이 뛰어나고 인내심이 강하기 때문입니다. 지구력과 인내심은 승리의 삶을 이루는 데 최선의 방책이지요.

꿀벌

분주히 움직이는 꿀벌은
슬퍼할 틈이 없다.

윌리엄 블레이크

봄날, 꽃향기 물씬 풍기는 꽃밭에 가면 숨 쉴 새 없이 윙윙대며 넘나드는 벌들을 보게 됩니다. 어찌나 부지런을 떠는지 귀가 따가울 정도지요.

벌은 부지런한 곤충의 대명사입니다. 한 방울의 꿀이라도 더 얻기 위해 작은 날개를 퍼덕이며 일하는 벌들을 보고 있으면 신기하기도 하고, 감탄스럽기도 합니다.

가끔은 한낱 미물인 벌만도 못한 사람을 보게 됩니다. 노력 없이 요행이나 바라며 남의 것에 눈독을 들이는 사람들. 그릇된 생각은 그들을 잘못된 길로 나아가게 하지요.

국민을 위해서 일하라고 뽑은 정치인이나 공복이라고 자처하는 일부 공무원들이 검은돈을 챙기다가 공들여 쌓은 탑을 하루아침에 와르르 무너뜨리고는 한숨짓는 모습은 우리를 슬프게 합니다.

사람이 사람인 것은 스스로를 책임질 줄 알기 때문입니다. 자신을 책임지지 못한다면 그건 사람으로서 자격이 없는 것이지요.

아무리 머리가 뛰어나고 재능이 출중해도 부지런한 사람은 따를 수가 없지요. 달리기를 잘하는 토끼도 느림보 거북이의 노력에 지고 말았으니까요. 노력을 이기는 재능은 어디에도 없습니다.

일하는 즐거움

{
단 일 분도 쉴 수 없을 때처럼
행복한 일은 없다.
일하는 것, 그것이 즐거움이다.

파브르
}

《곤충기》로 유명한 파브르!

그는 곤충들의 생태를 연구하기 위해 평생을 산으로 들로 강으로 바다로 숨 가쁘게 뛰어다녔습니다. 그는 들에서 먹고 산에서 자며, 곤충들의 세계를 체계적으로 조사하고 연구하였지요. 때론 생명의 위협을 받기도 했지만 그의 열정은 그 모든 것을 감당하는 힘이 되었습니다. 당시에는 곤충들에 관해 제대로 된 연구 결과가 없었으므로 그가 하는 일은 더욱 힘들고 외로웠지요. 하지만 그는 마음을 단단히 옥죄었습니다. 중도에 포기할 거면 애초에 시작도 하지 않았을 거라며 스스로를 다독여 연구에 박차를 가했습니다. 남들이 보기에 그가 하는 일은 대수롭지 않아 보였습니다. 곤충 연구가 인간에게 무슨 이득을 줄 수 있냐라는 게 보통 사람들의 생각이었지요.

파브르는 어떤 말에도 흔들리는 일 없이 연구에 매진하였습니다. 곤충이 인간들의 삶에 매우 중요한 역할을 한다는 것을 잘 아는 까닭이었지요. 그가 이룬 대단한 업적은 그가 흘린 수많은 땀방울이 만들어낸 것입니다.

🌱 일을 할 땐 즐겁게 해야 합니다. 그래야 능률도 오르고 즐거움도 배가되니까요. 일하는 즐거움을 알 때 성공도 자연스럽게 따라온답니다.

즐거운 위안

나는 일생 동안 하루도 일을 안 한 적이 없다.
왜냐하면 일이 즐거운 위안이었기 때문이다.

에디슨

성공한 인생들은 일을 게임처럼 즐겼습니다. 게임은 무슨 게임이든 즐거운 법이지요. 때문에 일을 일이라고 생각하면 힘들지만 게임이라고 생각하면 덜 힘들고 즐겁게 할 수 있습니다.

에디슨 역시 일을 게임처럼 즐겼습니다. 아무리 힘들고 어려워도 포기하지 않은 건 일을 즐기면서 했기 때문입니다. 그가 발명해낸 천 가지가 넘는 발명품 중 어느 것 하나 쉬운 것이 없었다고 그는 고백했습니다. 그만큼 그는 온 힘을 기울여 일했습니다.

작가인 나 역시 글을 쓰다 보면 힘이 들 때가 많습니다. 돈을 벌기 위한 수단으로 글을 쓴다면 더욱 힘들게 느껴지지만, 내 글이 독자들에게 꿈을 주고, 지혜를 주고, 용기를 준다고 생각하며 즐거운 마음으로 글을 쓰면 신기하게도 글이 잘 써집니다.

사실 일을 한다는 건 때론 힘들고 지겹고 고달프지요. 하지만 일을 안하고 살 수는 없습니다. 일은 우리에게 주어진 숙명과도 같습니다. 숙명은 피한다고 피할 수 있는 것은 아니지요.

힘들고 어려운 일일수록 게임처럼 즐겁게 해야 합니다.

🖋 일에서 즐거운 위안을 찾은 에디슨은 최고의 발명가가 됐지요. 성공을 꿈꾼다면 자신이 하는 일을 통해 위안을 삼아야 합니다. 일에서 찾는 위안은 열정의 에너지이니까요.

순수한 기쁨

{ 가장 평안하고 순수한 기쁨은
노동 후에 취하는 휴식이다.

칸트 }

독일의 실존주의 철학자 임마누엘 칸트!

시계의 추처럼 지독하리만치 정확하고 철저했던 그의 삶은 보통 사람들로서는 이해가 잘 안 될 것입니다.

혹자는 숨이 막혀 어떻게 그처럼 살 수 있느냐고 하고, 또 어떤 이는 난 죽으면 죽었지 그처럼은 살지 않을 거라고 말할 것입니다. 사실 시계처럼 정확하게 산다는 것은 매우 힘든 일이지요. 그것은 자신을 스스로 시간 속에 가두는 것과 같기 때문입니다.

하지만 무슨 일이든 보통 사람들이 할 수 없는 일을 해낸 사람들에게는 그와 같은 끈질김과 악착스러움이 있었습니다. 그렇지 않다면 그처럼 어려운 일을 해낸다는 게 어쩌면 불가능했을 것입니다.

누구나 칸트처럼 살 수는 없겠지만 비슷하게는 살 수 있지요. 칸트처럼 노동 후에 취하는 휴식이 가장 평안하고 순수한 기쁨이라는 걸 느껴 보기 바랍니다. 그것이 인생의 참 기쁨입니다.

⚘ 무더운 여름날 땀 뻘뻘 흘리며 일하고 나서 그늘에서 휴식을 취할 때 그 기분은 말로 표현하지 못할 만큼 상쾌합니다. 노동 뒤에 오는 휴식이 그처럼 달콤한 것은 노동이 신성한 것임을 의미하지요.

로마

로마는 하루아침에 이루어지지 않았다.

서양 속담

사람들에게 흔히 볼 수 있는 게 조급증입니다. 대충 일하고 좋은 결과가 빨리 나기를 기다리는 사람들. 그런 마음으로는 아름다운 승리를 맞을 수 없습니다. 그건 우물가에서 숭늉을 찾는 것과 같은 이치니까요.

무슨 일에든 과정이 있고, 그 과정마다 그에 맞는 노력이 따라야 합니다. 더구나 큰 성과를 기대한다면 더더욱 노력과 수고를 아끼지 말아야 합니다.

로마는 세계사에 큰 획을 그은 역사를 가진 도시입니다. 유럽을 정복하고 중앙아시아는 물론 중동지역을 지나 아프리카 북부에 이르는 방대한 지역을 통치하였습니다. 찬란한 문명과 문화는 지금도 불가사의할 정도로 발달했으며, 정치와 철학, 의학, 문학과 예술, 경제는 다른 나라의 추종을 불허했습니다. 그만큼 뛰어났던 것입니다.

로마가 그처럼 번성할 수 있었던 것은 조직적이고 체계적인 국가 건설에 있었습니다. 무슨 일이든 철저했고 대충대충은 용납하지 않았지요. 그렇게 오랜 세월 열정으로 이룬 역사가 바로 로마인 것입니다.

🌱 어떤 일도 순식간에 완성되는 것은 없지요. 시간을 들이고 공을 들이고 땀방울을 흘렸을 때 비로소 완성됩니다. 일을 단숨에 이루려고 하지 마세요. 모든 일은 순리에 따라야 합니다.

일하고 얻은 빵보다
더 맛있는 것은 없다.

스마일스

땀 흘리고 난 후 먹는 밥은 꿀맛입니다. 더울 때 먹는 냉수 또한 꿀처럼 달고 맛있습니다. 내가 먹어본 밥 중에서 가장 맛있었던 것은 열일곱 살때 시골의 친구 집에서 먹었던 새참이었습니다.

어느 날 친구 집에 놀러 갔더니 친구는 아버지를 도와 농사일을 하고 있었습니다. 나는 그때까지 일이라고는 한번도 해보지 않았지만 그 친구를 도와 땀을 뻘뻘 흘려가며 일을 했습니다. 오후 서너 시쯤 되어 배가 몹시 고프던 차에 친구 어머니가 논두렁으로 내오신 새참을 대하니 절로 침이 넘어갔습니다. 금방 버무린 김치는 물론이고, 전이며 국이며 모든 음식이 입에 넣자마자 꿀떡꿀떡 목구멍으로 넘어갔습니다. 그야말로 꿀맛이었습니다. 나는 밥을 두 공기나 비워내며 참 맛있게 먹었습니다. 친구 어머니는 밥 잘 먹는다며 칭찬을 하셨고, 친구 아버지도 껄껄 웃으셨습니다.

수십 년 전의 일이 주마등처럼 스쳐 지나갑니다. 마치 얼마 전에 겪은 일처럼 생생하군요. 세월은 뒤편 저 멀리 아득히 사라져갔지만 그때 먹었던 밥이 다시 먹고 싶습니다.

힘들게 일하고 배고플 때 먹는 밥처럼 맛있는 것은 없습니다. 시장이 반찬이라는 말이 있지만, 일하고 나서 먹는 밥은 더 맛있지요. 쉽게 밥 먹으려고 하지 마세요. 열심히 일을 하고 맛있게 드십시오.

| Part 08 |

노력과 인내와 습관,
어려움을
극복하는
마음가짐

부지런하라

나는 젊을 때부터 새벽 일찍 일어난다.
그날 할 일에 대한 기대와 흥분 때문에 마음이 설레
늦도록 자리에 누워 있을 수가 없기 때문이다.

정주영

고 정주영 회장은 부지런하기로 정평이 나 있습니다. 그는 매일 새벽 4, 5시면 자리에서 일어났습니다. 아무리 술을 많이 마신 날도 예외는 없었습니다. 그는 새벽에 밥을 먹고 걸어서 출근을 했지요. 가족은 모두 그가 정해놓은 시간에 맞춰 움직였고, 시간을 지키지 않으면 불호령이 떨어졌습니다.

그는 새벽에 일어나는 이유를 그날 할 일에 대한 기대와 흥분으로 마음이 설레기 때문이라고 했습니다. 그가 대한민국 최고의 기업가가 될 수 있었던 힘은 바로 일에 대한 의욕과 부지런함이었지요. 일을 마치 연애처럼 두근거리는 가슴으로 했던 것입니다. 즐거운 마음으로 일을 하면 능률이 극대화되고 결과는 언제나 만족함을 안겨주지요.

공부를 하든 일을 하든 부지런해야 합니다. 부지런한 새가 먹이를 더 빨리, 더 많이 차지하는 법이지요. 자신이 게으르다고 생각되면 지금 당장 떨쳐버려야 합니다. 게으름을 몸에 달고 성공한 사람은 아무도 없답니다.

🌱 가장 좋은 성공조건은 부지런함이지요. 에디슨도, 뉴턴도, 링컨도, 소크라테스도, 공자도, 정약용도, 김종직도, 정주영도 부지런히 자신의 인생을 살았습니다. 부지런함은 수만 번을 강조해도 부족한 성공 조건이지요.

장벽을 물리치는 법

{ 어려움은 나뿐만 아니라 남에게도 있다.
그들은 어려운 장벽에도 굴하지 않고
힘차게 뚫고 나갔다는 것을 기억하라. }

노먼 빈센트 필

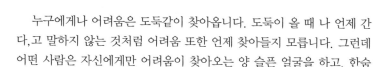

누구에게나 어려움은 도둑같이 찾아옵니다. 도둑이 올 때 나 언제 간다,고 말하지 않는 것처럼 어려움 또한 언제 찾아들지 모릅니다. 그런데 어떤 사람은 자신에게만 어려움이 찾아오는 양 슬픈 얼굴을 하고, 한숨을 내쉬며 불평불만을 쏟아놓습니다.

인간은 똑똑하면서도 바보 같은 존재이지요. 그래서 똑같은 일을 반복하며 좌절합니다. 하지만 똑똑한 사람들은 똑같은 어리석음은 범하지 않습니다. 실패를 통해 대처하는 방법을 깨우쳤기 때문이지요.

내가 어려우면 남도 어려운 법입니다. 자신만이 어려움을 다 뒤집어 쓴 것마냥 굴지 마세요. 동서고금을 막론하고 자신의 발자취를 남긴 사람들은 하나같이 어려운 장벽을 만나면 독하게 마음먹고 헤쳐 나갔습니다. 그랬기에 보통 사람들은 할 수 없었던 일을 성공으로 이끌어내었던 것입니다.

당신도 할 수 있습니다. 장벽을 물리치고 힘차게 나가면 됩니다.

⚑ 어려움을 만났을 때 물리치는 법은 굴복하지 않는 것입니다. 지면 그대로 주저앉고 마니까요. 어려움의 장벽을 물리치려면 투철한 의지와 신념으로 포기하지 않고 끝까지 가야 합니다.

전력을 다하라

> 오늘 하는 일에 전심전력하라.
> 그리하면 내일은 한 단계 발전할 것이다.
>
> 뉴턴

전심전력이라는 말이 있습니다. 온몸과 온 마음으로 최선을 다하라는 말이지요. 대개의 사람들은 이 말을 잘 알고 있고, 자주 씁니다. 그러면서도 잘 실행하지 못합니다. 의지가 박약하고 실천 마인드가 결핍되어 있기 때문입니다.

가만히 앉아 있으면 단돈 일 원도 생기지 않습니다. 그걸 알면서도 가만히 앉아 요행 따위나 바라며 한심하게 굴곤 하지요. 그래서야 무슨 일을 해낼 수 있을까요. 아무것도 제대로 못하면서 말만 많은 사람들은 이 말을 가슴 깊이 새겨야 할 것입니다.

"오늘 하는 일에 전심전력하라. 그리하면 내일은 한 단계 발전할 것이다."

얼마나 능동적이고 희망적인 말인가요. 이 글을 읽고 마음이 깨우침으로 요동치지 않는다면 성공하기를 꿈꾸지 마세요. 성공은 그런 사람을 제일 경멸한답니다.

✹ 무슨 일을 하든지 전심전력해야 합니다. 대충대충 해서 잘되는 것은 없지요. 백수의 왕 사자는 작은 임팔라 한 마리를 잡는 데도 전심전력합니다.

실천적 의지

{

신념엔 반드시 실천적 의지가 뒤따라야 한다.
무언가를 하겠다고 결심했다면
절대 포기하지 말고 꾸준히 밀고 나가라.

E.버크

}

무엇을 이루고자 하는 강한 마음, 이것이 곧 신념입니다. 신념은 강할 수록 좋습니다. 하지만 아무리 강하다고 해도 그 신념을 뒷받침해주는 실천적 의지가 없다면 단지 허상에 불과하지요.

신념도 중요하지만 실천적 마인드는 더욱 중요합니다. 물론 이 두 가지가 함께하는 것은 더더욱 중요하지요.

재능이 뛰어난 사람들이 다 잘되는 것은 아닙니다. 그중에도 신념이 강하고 실천 의지가 강한 사람만이 잘될 수 있습니다. 재능은 성공의 좋은 씨앗은 될 수 있어도 곧바로 성공을 보장하는 것은 아닙니다.

'부뚜막의 소금도 집어넣어야 짜다'는 말처럼 아무리 소금이면 무슨 소용일까요. 음식을 만드는 데 넣어야 비로소 소금의 역할을 다하는 것이지요.

마찬가지로 신념은 신념일 뿐입니다. 그 신념을 받쳐주는 실천적 의지가 따를 때에 비로소 가치가 있는 것이지요.

성공을 꿈꾼다면 실천적 의지로 정진해야 합니다.

🌿 매우 치밀한 계획서, 드높은 이상을 향한 멋진 꿈, 누구나 공감하는 인생 프로젝트가 아무리 잘 짜여 있어도 단 하나, 이것이 없으면 그림의 떡이 되고 말지요. 그것은 바로 실천입니다.

나의 의무

내 노래를 듣고자 하는 사람이 단 한 명일지라도,
그곳이 또한 어디일지라도
나는 노래를 부르겠다.
그것이 나의 의무이다.

엔리코 카루소

이탈리아의 가난한 집에서 태어난 엔리코 카루소!

어린 나이에 힘든 일을 하면서도 그는 노래에 대한 꿈을 잃지 않았습니다. 언제나 멋진 가수가 되어 무대에서 열창하는 자신의 모습을 꿈꿨지요. 그는 시간이 날 때마다 노래를 불렀습니다. 노래를 부르면 힘들고 고달픈 일상이 기쁨으로 변했습니다. 그만큼 노래를 좋아했지요.

그의 어머니는 아들에게 언제나 칭찬을 아끼지 않았습니다. 어떻게든 아들이 노래하도록 도와주고 싶었습니다. 그런 어머니의 마음을 잘 아는 카루소는 더욱 열심히 노래 공부를 하였습니다. 그는 노래할 목소리가 아니라는 비관적 평가를 받기도 했지만, 어머니의 격려에 힘입어 열심히 노력하여 마침내 무대에 섰고 그 결과는 대단한 성공이었습니다.

그는 어디에서든 자신의 노래를 듣고 싶어 하는 사람들에게 노래를 들려주었습니다. 품위를 지키라는 충고에도 괘념치 않았지요. 그러한 행동은 사람들을 감동시켰습니다.

🎤 자신에 대한 의무는 자신의 인생을 후회 없이 사는 것이지요. 후회를 남기는 것은 수치스럽고 못난 일이니까요. 수치스럽고 못난 인생이 되지 않기 위해서는 자신에게 주어진 의무를 성실하게 실행해야 합니다.

실패는 없다

나에게 시련은 있어도
실패는 없다.

정주영

성공의 연금술사 정주영!

그리고 해서 실패가 없었던 것은 아닙니다. 그에게도 가슴 아픈 실패가 문신처럼 그의 인생에 깊이 박혀 있었습니다.

그는 한국전쟁이 끝나고 정부에서 발주하는 고령교(대구와 고령을 잇는 다리) 공사를 맡게 되었습니다. 정부가 발주한 최대의 공사를 따냈다는 승리감에 취해 앞으로 다가올 엄청난 시련을 생각지 못했습니다.

공사는 처음부터 시련의 연속이었습니다. 열악한 장비에 낙동강의 잦은 홍수와 수심 변화로 인해 1년이 되도록 교각 하나도 세우지 못했습니다. 그 사이 물가마저 천정부지로 올라 미군부대 공사를 해서 번 돈을 모두 날리고 말았습니다. 신용을 지키기 위해 엄청난 적자를 감수하며 완공한 고령교 공사로 인해 빚을 갚는 데만 20여 년이 걸렸다고 합니다. 그는 큰 깨달음을 얻었지요. 앞으로 공사를 할 때는 계획을 철저히 세우리라는. 그 후 두 번 다시 실패하지 않았습니다.

성공을 믿는 사람은 성공하고, 실패를 믿는 사람은 실패합니다. 시련을 피해 도망가는 사람에겐 실패가 뒤쫓아가지만, 시련을 몰아내는 사람에겐 성공이 손을 흔들며 다가가지요.

파괴적인 습관

걱정은 건강하지 못한 마음의
파괴적인 습관에 지나지 않으므로
마음에서 떨쳐버려야 한다.
걱정은 어떤 일에도 전혀 도움이 되지 않기 때문이다.

노먼 빈센트 필

무슨 일을 시작도 하기 전에 걱정부터 하는 사람이 있는가 하면, 처음부터 확신에 차서 일을 하는 사람이 있습니다. 그런데 대부분의 사람들은 걱정부터 앞세우고 일을 합니다. 이는 절대적으로 바람직한 자세가 아니지요. 그런 몹쓸 태도는 쓰레기통에나 던져버려야 합니다. 그래놓고 일이 잘 되기를 바란다는 것은 일에 대한 모독이지요.

하지만 반드시 해내겠다는 마음을 갖고 한다면 문제는 달라집니다. 이런 자세는 그 어떤 걱정도 발을 들여놓지 못하게 한답니다. 강한 마음을 이기는 걱정은 없습니다.

걱정은 파괴적인 마음입니다. 사람들은 흔히 충분히 할 수 있는 일도 걱정 때문에 그르치지요. 무슨 일이든 안 되면 어떡하지, 하는 근심으로.

걱정은 살아가는 데 아무런 도움도 주지 않습니다. 절대 걱정의 노예가 되지 마십시오. 걱정의 끝은 절망뿐입니다.

(🎯) 걱정하는 마음, 근심에 사로잡혀 실패를 두려워하는 마음, 게을러서 할 일을 뒤로 미루는 마음, 비관적인 마음, 부정적인 마음 등은 인생을 파괴하는 고약하고 못된 습관입니다.

자신 있게 하라

{
믿는 일, 하고자 하는 일은 자신 있게 하고,
도중에 절대 포기하지 마라.
성공할 때까지 밀고 나가라.
}

앤드루 카네기

강철왕 앤드루 카네기!

그는 아메리칸드림을 이루기 위해 낯선 미국 땅을 밟은 가난한 스코틀랜드 이민자였습니다. 그는 어린 나이에도 정성을 다해 일했지요. 열심히 일하는 그의 모습은 사람들에게 깊은 감명을 주었습니다. 그를 도와주는 사람들도 곳곳에서 나타났습니다. 그렇게 신임을 얻은 그는 안정적으로 자리를 잡아나갔지요. 그리고 마침내 철강산업의 비전을 깨닫고 영국으로 가서 제강법을 배웠습니다.

그 후 그는 공장을 차려 본격적으로 철강업에 뛰어들었습니다. 그는 철저한 자기관리와 신뢰로 기업의 이미지를 살려나갔지요. 그리고 스무 가지 금언을 만들어 실천에 옮겼습니다. 또한 직원들을 인격적으로 대해 자부심을 갖게 해주었습니다.

마침내 그는 미국 최고의 기업가가 되었습니다. 그리고 모든 재산을 사회에 환원함으로써 기부문화를 일으키며 존경받는 인물이 되었지요.

🌱 일을 할 땐 자신 있게 해야 합니다. 자신감을 갖고 하는 것과 무기력하게 하는 것은 그 결과가 천지 차이지요. 무엇을 하든 자신 있게 하세요. 자신감만으로도 이미 반은 이룬 셈이니까요.

벌처럼 쏴라

{

나비처럼 날아서
벌처럼 쏠 것이다.

무하마드 알리

}

세계 프로복싱 사상 가장 위대한 복서The Great Boxer로 칭송받는 무하마드 알리!

그는 헤비급 세계 챔피언을 세 차례나 지냈습니다. 그가 사람들에게 영원히 기억되는 것은 단지 위대한 선수라서가 아닙니다. 그는 훌륭한 인격자로 가난한 자들과 어려움에 처한 사람들에게 도움을 주며, 모범적인 생활을 보여줌으로써 사람들에게 귀감이 되었습니다.

그가 훌륭한 선수가 될 수 있었던 이유는 뛰어난 재능에도 있었지만 피나는 연습으로 현란한 테크닉과 스피드를 갖추었기 때문이지요. 190센티미터가 넘는 키에 100킬로그램이나 되는 거구에도 그의 몸놀림은 플라이급 선수처럼 가볍고 날랬습니다. 그러한 그를 이겨낼 선수는 없었지요. 그는 권투를 하나의 예술로 승화시킨 스포츠의 귀재였습니다.

'나비처럼 날아서 벌처럼 쏠 것이다'라는 자신의 말처럼 그는 상대 선수를 제압했던 것입니다.

⚘ 벌은 작은 곤충이지만 집단성이 강해서 일사불란하게 움직이지요. 그래서 큰 동물들도 함부로 덤비지 못하지요. 날카로운 침으로 쏘아대니까요. 일을 할 때는 벌처럼 독하게 해야 합니다.

탱크 정신

해서 안 되는 일은 없다고 믿어라.
현실과 당당하게 맞짱을 뜨는
탱크 정신을 가져라.

김옥림

죽기 아니면 까무러치기라는 말이 있습니다. 하는 일에서 끝장을 보겠다는 강한 의지를 가리키는 말이지요. 결연한 각오를 다짐할 때 쓰는 말이기도 하고요.

해서 안 되는 일은 없다고 강하게 밀어붙이는 불굴의 정신을 탱크 정신이라고 합니다. 탱크는 보병의 주력 무기 중 하나입니다. 40톤이 넘는 무게임에도 평지는 물론 경사가 심한 언덕이나 내리막길도 쏜살같이 달려가 적을 단숨에 섬멸하는 선봉장 역할을 합니다. 그만큼 아주 중요한 병기이지요.

자신의 길을 당당하게 걸어가 성공한 사람들에겐 굽히지 않고 강하게 밀어붙이는 탱크 정신이 있습니다. 그들은 어려움이 닥칠 때마다 탱크 정신으로 밀어붙이고 나아갔습니다. 의지가 꺾일 때마다 이를 악물고 강하게, 더 강하게 나아갔지요. 그래서 마침내 자신이 원하는 것을 손에 쥘 수 있었습니다.

자신이 추구하는 목표 앞에 굴복하지 않으려면 탱크 정신으로 강하게 밀고 나가야 합니다. 해서 안 되는 일은 없으니까요.

🌱 탱크는 아무리 경사진 곳도 잘 올라가고 자갈밭이든 어디든 못 가는 데가 없는 천하무적입니다. 인생을 탱크 정신으로 산다면 그 어떤 상황도 극복해낼 수 있을 겁니다.

미리 불행을 생각하지 마라

나는 내 삶이 불행으로 가득 차 있을 것으로 생각했다.
그러나 그 생각은 틀렸다.
내가 생각했던 불행은 그다지 일어나지 않았다.

몽테뉴

미리 불행을 점치는 사람은 지독히도 부정적인 사람입니다. 이런 사람은 무엇을 해도 부정적이고 비관적이지요. 그러니 어떤 일을 제대로 할 수 있겠는지요.

사람은 무엇을 할 때 마음이 가장 중요합니다. 어떤 마음을 갖느냐에 따라 일의 결과가 달라지기 때문입니다.

프랑스 사상가 몽테뉴! 그는 자신의 삶이 불행으로 가득 차 있을 것처럼 생각했습니다. 그러나 그의 생각은 틀렸습니다. 그가 생각하는 불행은 그다지 일어나지 않았지요. 그는 자신의 잘못된 마음을 고백했습니다.

몽테뉴의 말에서도 알 수 있듯 일어나지 않은 일에 대해 미리 불행을 생각하고 걱정하지만, 결국 그런 일은 좀처럼 일어나지 않습니다.

어리석은 자는 불행을 말합니다. 하지만 지혜로운 자는 행복을 말합니다. 행복을 꿈꾼다면 일어나지도 않은 일에 대해 안 되면 어떡하지, 잘못 되면 안 되는데, 하고 미리 걱정하지 마세요.

믿는 대로 되는 게 인생의 법칙이랍니다.

🌻 낙관적인 사람은 최악의 상황에서도 희망을 생각하지만, 비관적인 사람은 최상의 상황에서도 불행을 생각하지요. 어떤 상황에서도 낙관하고, 미리 불행을 생각하지 말아야 합니다.

고민을 버려라

위궤양의 원인은 음식에 있지 않다.
사람의 마음이
고민으로 차 있기 때문에 생긴다.

조셉 F. 몬태규

새로운 사업을 하거나 새로 무언가를 시작할 때 고민에 사로잡히는 경우가 있습니다. 과연 사업이 성공할 수 있을까, 이 일이 잘 될까, 하고 생각에 생각을 거듭하지요.

물론 고민스럽지 않을 수는 없습니다. 하지만 지나친 고민은 아무 도움도 되지 않습니다. 오히려 방해만 되어 잘될 수 있는 일조차 안 되게 합니다.

미국의 저명한 의학박사 조셉 F. 몬태규!

그는 위궤양의 원인은 음식에 있지 않고 사람의 마음이 고민으로 차 있기 때문이라고 했습니다. 이 말을 보면 고민이 인간의 건강에 막대한 영향을 끼친다는 것을 알 수 있습니다.

조셉 F. 몬태규 박사는 건강에 빗대 말했지만 고민은 건강이든, 사업이든, 공부든, 인간이 하는 모든 일에 있어 아무짝에도 쓸모가 없습니다.

고민할 시간이 있으면 그 시간을 긍정적인 생각으로 가득 채우세요. 지혜로운 자는 고민을 긍정의 힘으로 돌려놓습니다.

🌸 고민은 건강한 사람도 환자로 만들지요. 고민은 아무 도움도 되지 않는 백해무익한 것입니다. 고민하지 마세요. 고민함으로써 해결되는 일은 아무것도 없으니까요.

간절히 원하라

무언가를 간절히 원하면
온 우주가 실현되도록 도와준다.

파울로 코엘료

브라질 출신의 세계적인 작가 파울로 코엘료!

그는 대표작 《연금술사》로 우리에게 매우 친숙합니다. 자아를 찾아가는 한 젊은이의 여정을 그린 마치 동화 같은 소설은 어린왕자의 순수성을 보는 듯한 착각에 빠지게 하지요.

《베로니카 죽기로 결심하다》, 《피에트라 강가에서 나는 울었네》, 《11분》, 《오 자히르》 등 그의 작품은 성경을 우화로 풀어쓴 듯 가깝게 다가옵니다. 특히 《연금술사》는 전 세계적으로 3,000만 부나 팔린 초베스트셀러이지요.

그가 처음부터 소설가의 길을 걸은 것은 아닙니다.

그는 꿈 많은 10대 시절 세 차례나 정신병원에 입원한 병력을 가지고 있습니다. 그리고 청년 시절에는 브라질 군사독재에 항거하며 반정부활동을 펼치다 두 차례나 감옥에 갇혀 고문을 당했지요.

그 후 그는 히피문화에 빠져 록밴드를 결성했고 120여 곡을 써서 브라질 록음악에 막대한 영향을 끼쳤습니다. 그리고 저널리스트, 배우, 희곡작가, 연극 연출가, 텔레비전 프로듀서 등 다양한 분야에서 일을 하며 자신의 영역을 넓혀나갔습니다.

그는 1982년 떠난 유럽 여행에서 신비로운 체험을 한 뒤 세계적인 음반회사의 중역자리를 버리고 산티아고 데 콤포스텔라로 순례를 떠났지요. 그리고 그 경험을 《순례자》라는 소설로 쓰며 작가의 길로 들어섰습니다. 그 이듬해 자신의 성공작인 《연금술사》를 썼고, 그 후에는 성공한 작가로서 전 세계에 폭넓은 독자층을 확보하였습니다.

그는 프랑스 정부로부터 '레지옹도뇌르훈장'을 받았지요. 그리고 브라질에 '코엘료 인스티튜트'라는 비영리단체를 설립해 빈민층 어린이와 노인들을 위한 자선사업을 벌이고 있습니다. 또한 2007년부터 유엔 평화대사로 활동하고 있습니다. 한마디로 그는 누구보다도 치열하게 살아왔고, 그 결과 행복하게 살아가는 이 시대의 위대한 작가이지요.

그가 세계적인 작가가 될 수 있었던 것은 무언가를 간절히 원하면 온 우주가 그 소망이 실현되도록 도와준다는 간절한 믿음 덕분이었습니다.

자신의 꿈을 실현시키기를 원한다면 간절히 원하고 노력해야 합니다.

얻고 싶은 것이 있다면 간절히 기원하세요. 그냥, 잘됐으면 좋겠다, 가 아니라 온 마음으로 간절히 기도해야 합니다. 간절한 기도는 반드시 이루어진다는 것을 의심하지 마십시오.

즐겁게 일하라

{
자신이 하는 일이 즐거워지도록 노력하라.
그렇게 할 수만 있다면
일은 고통이 아니라 즐거움이 될 것이다.
}

노먼 빈센트 필

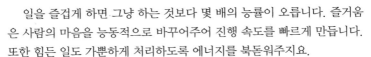

일을 즐겁게 하면 그냥 하는 것보다 몇 배의 능률이 오릅니다. 즐거움은 사람의 마음을 능동적으로 바꾸어주어 진행 속도를 빠르게 만듭니다. 또한 힘든 일도 가뿐하게 처리하도록 에너지를 북돋워주지요.

즐거운 마음은 생산적인 마인드입니다. 생산적인 마인드는 창의적이고, 진취적이고, 도전적이지요. 생산적인 마인드는 일의 효율성을 높여줍니다.

즐거움은 동물이나 식물에게도 똑같은 반응을 나타낸답니다. 경쾌한 음악을 듣고 자란 소는 발육이 빠르고 우유 양도 많다고 합니다. 그뿐만 아니라 고기의 맛도 좋습니다. 또 음악을 듣고 자란 꽃은 향기가 더 좋고, 모양도 더 예쁩니다. 즐거움은 사람에게도, 동물에게도, 식물에게도 긍정적인 영향을 줍니다. 내재된 에너지를 끌어올려주지요.

자신이 하는 일이 즐거워지도록 노력해야 합니다. 일이 즐거울수록 그 일이 잘될 확률은 그만큼 높아지는 것입니다.

🌱 일을 즐겁게 하는 사람은 일을 지배하지만, 마지못해 하는 사람은 일에 끌려가지요. 능률적으로 일하기 위해서는 즐겁게 일하는 습관을 가져야 합니다. 즐겁게 일하는 것은 자신에 대한 예의이지요.

오직 실행뿐이다

일단 어떤 결단을 내리면
그다음에 해야 할 일은 오직 실행뿐이다.
그 결과에 대한 책임과 걱정은 완전히 버리고.

윌리엄 제임스

무슨 일을 하든 실행은 매우 중요합니다. 실행이 따르지 않는 꿈은 아무런 소용이 없습니다. 그것은 마치 설계도만 있고 철근과 벽돌을 쌓지 않는 건축과 같습니다. 설계도만 있다고 빌딩이 절로 지어지는 것은 아니지요.

대개의 사람들은 꿈은 갖고 있지만 실행은 하지 않는 것이 흠입니다. 그냥 어떻게 되겠지, 하고 미룹니다. 이런 생각은 자신의 발전을 가로막을 뿐입니다.

죽을 듯이 열심히 살면 못할 것이 없습니다. 죽음보다 더한 고통은 없으리니 무엇인들 못할까요. 실행을 가로막는 어떤 생각이나 방해에도 절대 밀리지 말아야 합니다. 밀리는 순간 돌아오는 것은 패배며 좌절입니다.

그리고 실행에 옮기고 나서는 그 결과에 대한 책임과 걱정은 완전히 버려야 합니다. 그래야 정신 건강에 좋습니다. 공연한 걱정은 스트레스만 쌓이게 해서 다른 일에 차질을 빚습니다. 반드시 자신의 꿈을 이뤄 행복한 인생이 되어야 합니다.

무언가를 하기로 결정했으면 그다음은 오직 그 일을 실행하는 것입니다. 결정만으로 되는 것은 아무것도 없으니까요. 그런데 어떤 사람들은 결정만 하면 일이 저절로 되는 것처럼 여기는데, 이를 조심하십시오.

믿음을 갖고 행하라

변화는 인간의 삶에서 아주 중요하다.
모든 새로운 것들은 변화에서 오는 것이므로.
사람들은 그것을 잘 알면서도
그 진실성에 대해 종종 의문을 갖는다.
이유는 믿음이 없기 때문이다.

벤저민 디즈레일리

무슨 일을 하기 위해서는 필수 코스가 있고, 일반 코스가 있습니다. 변화는 새로운 길로 가는 필수 코스이지요. 일반 코스는 필요에 따라 건너뛸 수도 있습니다. 하지만 필수 코스는 반드시 거쳐야 하는 것으로써 선택의 여지가 없습니다.

그런데 이를 상식적으로는 알고 있어도 쉽게 잊거나 실행하지 못합니다. 실행하지 못하면 변화를 쫓아가지 못하지요. 변화는 자신을 따르고 넘어설 때 새로운 길로 가도록 길을 열어준답니다. 세상에 존재하는 모든 새로운 것들은 변화에서 왔습니다.

그렇다면 어떻게 해야 변화에 잘 적응할 수 있을까요?

변화에 대해 믿음을 갖고 실행해야 합니다. 지금보다 훨씬 나은 자신을 원한다면 꿈을 위해 변화를 시도해야 합니다. 변화를 즐기고 대응할 줄 아는 사람이 결국 남보다 나은 길을 가게 되는 것이지요.

🌱 자신이 하는 일에 믿음을 갖고 하면 일이 잘될 확률은 그만큼 높아지지요. 하지만 믿음이 약하거나 충분치 않다면 일이 잘될 확률은 그만큼 줄어듭니다. 자신이 하는 일에 확실한 믿음을 가지세요. 믿음대로 될 테니까요.

습관은
인생을 좌우한다.

워런 버핏

투자의 천재, 자선을 기쁨으로 실천하는 워런 버핏! 그는 성공의 비결을 습관이라고 했습니다.

습관엔 좋은 습관과 나쁜 습관이 있습니다. 좋은 습관은 긍정적이고 능동적인 자아를 실현하게 하지만, 나쁜 습관은 능력을 훼손시키고 부정적인 사람으로 만들어버립니다.

성공적으로 인생을 살았거나 살고 있는 사람들에게 볼 수 있는 가장 보편적인 특징은 좋은 습관을 갖고 있다는 것입니다. 좋은 습관은 몸에 잘 맞는 옷과 같아 삶을 폼 나고 멋지게 만들어주지요.

좋은 습관을 기르기 위해서는 첫째, 하기 힘들어도 꾸준히 몸에 밸 때까지 계속해야 합니다. 둘째, 양약이 입에 쓰지만 몸에 좋은 것처럼 좋은 습관은 하기 싫습니다. 하지만 반드시 극복해야 합니다. 셋째, 자신에게 잘 맞는 것을 습관으로 정해야 합니다. 남에게 잘 맞는 것도 자신에겐 잘 안 맞을 수도 있습니다.

도스토옙스키는 "습관은 인간으로 하여금 무슨 일이든 할 수 있게 만든다"라고 했습니다. 습관은 인생을 좌우할 만큼 중요합니다.

🌱 좋은 습관은 참 좋은 자산입니다. 행동거지를 바르게 하고, 규범적이게 하며, 게으름을 막아주지요. 그래서 성공한 사람들은 모두 좋은 습관을 가졌다는 공통점이 있습니다.

{
사람은 상상하는 이상으로
자기 운명의 열쇠를 가지고 있다.

로렌스 굴드
}

자기의 운명은 스스로가 갖고 태어납니다. 반대로 운명은 자신이 만
든다는 말도 있습니다. 이는 단순히 운명론자적인 입장에서 하는 말이
아닙니다. 운명은 자신이 어떻게 하느냐에 따라 달라진다는 말이지요.

노숙자로 갖은 고생을 다한 끝에 미국 언론계의 대부가 된 조셉 퓰리
처, 맨몸으로 주식의 귀재가 된 조지 소로스, 스코틀랜드 태생 이민자에
서 세계 최고의 부자가 된 앤드루 카네기, 맨주먹으로 대한민국 최고의
기업가가 된 정주영, 공장 일을 하면서 가난한 어린 시절을 보내고 세계
최고의 테너가 된 엔리코 카루소, 하루 종일 상표 붙이는 일로 고단했지
만 그것을 극복하고 영국 최고의 작가가 된 찰스 디킨스, 가난을 물리치
고 미키마우스로 센세이션을 불러일으키며 새로운 만화영화의 개척자가
된 월트 디즈니, 너무 가난해 학교생활이라고는 고작 4년밖에 못했지만
미국의 정치가로서 또한 발명가로서 존경을 한 몸에 받았던 벤저민 프랭
클린 등 성공한 사람들은 자신의 운명을 스스로 다듬고 연마한 끝에 성
공한 인생이 되었습니다.

사람은 운명의 지배를 당하기도 하고, 지배하기도 하지요. 대개는 운명에 지배당하지
만 어떤 사람들은 운명을 자기 방식대로 만들어버리지요. 운명을 지배하는 사람들 중
엔 성공적으로 인생을 사는 사람들이 많습니다.

포기하지 마라

> 우리는 포기하지 않을 것이다,
> 결코 항복하지 않고 끝까지 해낼 것이다.
>
> 윈스턴 처칠

세계사에 자신의 족적을 뚜렷이 남긴 사람 가운데 대표적인 인물 윈스턴 처칠! 작은 키에 뚱뚱한 몸, 주먹코에 파이프 담배를 물고 있는 모습이 인상적인 그는 제2차 세계대전을 승리로 이끈 영국의 전쟁영웅이지요. 그 공적으로 자연스럽게 국민의 절대적 지지를 받으며 수상을 두 번이나 역임했습니다.

그는 공부는 잘하지 못했지만 책을 좋아하고, 말을 논리적으로 잘했으며 리더십이 탁월했습니다. 그래서 부족한 공부에서 오는 핸디캡을 포기하지 않는 강한 마인드를 앞세워 극복하고, 자신이 원하는 것을 손에 넣을 수 있었습니다. 한마디로 그가 성공할 수 있었던 것은 포기하지 않는 절대적 인내력 때문이었습니다. 그의 강인한 마인드는 경쟁이 치열한 정치판에서 더욱 빛을 발하여 자신의 존재를 확실하게 각인시킬 수 있었습니다.

그의 성공은 무서울 정도로 저돌적이고 절대 물러남이 없는 불굴의 의지에 있었지요. 포기하지 않는 강렬한 정신력이 곧 성공의 비법입니다.

🌱 무슨 일에서든 포기하지 않으면 어떤 결과든 얻을 수 있지만, 포기하면 어떤 결과도 얻지 못하지요. 인생을 살아가다 보면 어쩔 수 없이 포기해야 할 때가 있는데, 이를 제외하면 포기는 하지 말아야 합니다.

노력과 습관

> 모든 습관은 노력에 의해 굳어진다.
> 잘 걷는 습관을 기르기 위해서는 많이 걷고,
> 잘 달리기 위해서는 많이 달려야 한다.
>
> 에픽테토스

고대 그리스 스토아학파의 대표적 철학자인 에픽테토스! 그는 노예였지만 탁월한 식견을 가진 지식인이었습니다. 운명은 그를 노예로 태어나게 했지만 그는 운명에 굴하지 않고 존경받는 철학자가 되었습니다.

그 또한 습관의 중요성에 대해 역설하였습니다. 습관은 노력에 의해 굳어진다고 했지요. 다시 말하면 습관도 노력이 따라야 한다는 것입니다.

같은 행동을 줄곧 하다 보면 그것이 습관이 됩니다. 습관도 노력에서 굳어진다는 그의 말은 무슨 일이든 노력이 따라야 한다는 것을 의미합니다.

말 달리기를 잘 하는 사람은 말을 많이 타본 사람이고, 활을 잘 쏘는 사람은 활을 많이 쏴본 사람이고, 축구를 잘하는 사람은 축구를 많이 해본 사람입니다. 무엇이든 한 가지를 꾸준히 오래하다 보면 습관이 되는 것입니다.

🌱 노력과 습관은 불가분의 관계이지요. 좋은 습관을 들이려면 꾸준히 노력해야 합니다. 노력해서 안 되는 일은 아무것도 없답니다. 습관은 노력입니다.

세상에 불가능은 없다.
단지 우리가 가능한 방법을 모를 뿐이다.

래리슨 커드모어

세상에 존재하는 모든 것들은 저마다의 방법으로 살아갑니다. 풀 한 포기, 나무 한 그루, 작은 곤충은 물론 사람에 이르기까지. 하지만 저마다의 방법에서 다른 문제가 돌출될 땐 당황하며 어쩔 줄을 모를 때가 있습니다. 특히 사람들에게 있어서는 더욱 그렇습니다.

그렇지만 어떤 일이든 문제를 해결할 가능한 방법이 있게 마련입니다. 다만 그것을 모를 뿐이지요. 그런데 가능한 방법을 찾으려고 하는 쪽보다는 포기하는 쪽이 더 많다는 게 문제입니다. 과거에는 불가능했던 것들도 지금에 와서는 하나씩 다 이루어지고 있습니다. 당시에는 방법을 몰라서 실행을 못했지만 지금은 방법을 찾아내 실행하기 때문이지요.

현재 우리가 알고 있는 모든 지식이나 원리는 연구하고 노력한 끝에 찾아낸 결과물들입니다.

세상에 불가능은 없습니다. 가능한 방법이 있지만 다만 우리가 그것을 모를 뿐이지요.

🌳 모든 일엔 그 일을 해결하는 방법이 있지요. 그런데 어떤 것은 아무리 찾아도 방법을 잘 모르는 것도 있습니다. 그래서 불가능이라는 말도 생겼지요. 하지만 그것을 뛰어넘은 사람들이 있는데, 그들을 위인이라고 하지요.

| Part 09 |

배움과 열정,
안다는 것의
즐거움
즐기기

스스로의 지배력

이 지구상에는 아직도 큰 사업을 일으킬 여지가 있다.
내가 할 일은 일하고 공부하는 것이다.
내가 원하는 것은
스스로의 지배력이지 명예가 아니다.

괴테

스스로를 다스리고 컨트롤할 수 있는 것처럼 자신에게 큰 힘이 되어 주는 것은 없습니다. 자신이 자신을 컨트롤한다는 것은 쉬운 일 같지만 실상은 제일 어려운 일입니다.

노자는 "남을 설복시킬 수 있는 사람은 강한 사람이다. 그러나 자신을 이기는 사람은 더욱 강한 사람이다"라고 했습니다.

남보다 자신을 이기는 것은 대단히 힘들고 어려운 일이지요. 왜냐하면 사람은 누구나 남에게는 냉정하지만 자신에게는 한없이 관대하기 때문입니다.

괴테는 자신이 원하는 것은 스스로에 대한 지배력, 즉 자신을 제어하고 통제하는 일이라고 했습니다. 그것이 괴테에게 있어서는 명예보다도 중요했기 때문이지요. 그리고 일하고 공부하는 것이 전부일 만큼 그 또한 중요했습니다. 그것이 스스로를 지배할 힘이라고 믿었기에 그랬던 것이지요. 자신을 이기는 사람, 그가 진정으로 강한 사람입니다.

🕯 자신을 원하는 대로 통제하는 것처럼 어려운 일은 없습니다. 인간은 자신에겐 한없이 관대하기 때문이지요. 하지만 자신을 통제할 줄 아는 사람이 발전 가능성이 많지요. 자신을 통제하는 능력을 길러야 합니다.

실력을 쌓아라

{ 현대에서 행동의 수단은 실력이어야 한다.
가문과 문벌 같은 것은 필요 없다. }

발자크

현대를 실력시대라고 합니다. 어느 분야에서든 실력 있는 자가 최후의 승리자가 되지요. 실력만 있다면 그만큼 기회는 많습니다. 기회는 실력을 갖춘 사람을 좋아하고 그 사람에게 행복의 파랑새가 되어주지요.

과거에는 가문과 학벌을 중요시했지만 앞으로는 실력을 갖추었느냐 못 갖추었느냐를 더 보는 시대가 될 겁니다. 실력은 곧 그 사람의 가치를 말해주지요. 그만큼 실력을 중요하게 여깁니다.

여기서 한 가지 짚고 갈 일은 실력과 학벌은 별개라는 것입니다. 실력이 좋다고 학벌이 좋은 것은 아니며, 반대로 학벌이 좋다고 해서 다 실력이 있는 건 아니지요. 물론 아직도 우리 사회가 실력보다는 학벌을 더 중시하는 건 사실입니다. 이것도 시급히, 그리고 반드시 고쳐져야 할 우리사회의 과제지요.

어쨌거나 실력은 매우 중요합니다. 현대사회에서 자신의 길을 확고히 하고 성공적인 인생이 되고 싶다면 실력을 쌓아야 합니다.

실력이 곧 최선의 자산이니까요.

🕯 실력이 있는 사람과 없는 사람의 차이를 외모로는 잘 모르지요. 하지만 그 사람이 입을 여는 순간 차이점이 확연히 드러납니다. 실력이 있는 사람의 목소리엔 자신감이 넘치지만 없는 사람은 자신감이 없지요.

배움의 즐거움

내가 일찍이 종일 먹지 아니하고,
잠자지 아니하고,
생각을 거듭해도 유익함이 없었나니,
배움만 같지 못하였다.

공자

배운다는 것은 소중한 일입니다. 평생을 배워도 다 이루지 못하는 게 배움입니다. 불치하문不恥下問이라는 말이 있습니다. 나보다 나이가 어린 사람, 부족함이 있는 사람에게도 배울 게 있으면 배워야 한다는 뜻이지요.

탈무드에 "모르는 것을 묻지 않는 것은 쓸데없는 오만이다"라는 말이 있습니다. 배움의 가치와 중요함을 잘 지적한 말입니다. 유대인이 세계에서 가장 우수한 민족이 될 수 있었던 것은 배움을 소중히 여겼기 때문이지요.

예로부터 배움을 소홀히 하고 우습게 아는 사람을 야만족이라고 낮춰 불렀습니다. 배운다는 것은 깨달음을 얻기 위함이고, 사람은 깨달음을 통해 새로운 진리와 참 행복을 느끼게 되는데 야만족은 그러지 못한다는 것이지요.

배움을 모르는 것은 짐승이나 다름없습니다. 배움의 즐거움을 알아서 배우고 익히는 데 열정을 기울여야 하겠습니다.

🏵 배움의 즐거움을 알면 한시도 아니 배우고는 못 배깁니다. 그러나 모르면 그것처럼 힘들고 지루한 것이 없지요. 인간이 인간인 까닭은 배울 수 있기 때문입니다.

인간 교육

{

교육의 목적은
기계를 만드는 것이 아니라
인간을 만드는 데 있다.

루소

}

교육은 탐구하고 익혀 새로운 깨달음을 얻는 일입니다. 즉, 사람을 사람답게 만들기 위해서 배우고 가르치는 일이지요. 그런데 지금의 교육은 교육이 아니라 사육을 한다는 느낌이 듭니다. 교육이라고 이름 붙여진 모든 것은 하나같이 입시를 위한 것이기 때문입니다. 집에서나 학교에서나 학원에서나 모든 초점은 입시에 맞춰져 있습니다. 상황이 이렇기에 루소의 이 말에 고개가 더 크게 끄덕여집니다.

스스로 배우고 익혀 알아가는 공부는 재미를 주지만 억지로 시키는 공부는 진저리 나게 하고, 흥미를 반감시킵니다. 그만큼 우리 교육이 본질에서 벗어나 있다는 의미입니다.

교육이 잘못되면 모든 것이 다 잘못될 수도 있습니다. 교육을 백년대계라고 하는 것을 보면 교육이 얼마나 중요한 일인지를 단적으로 알 수 있지요. 그대 자신만이라도 스스로 좋아서 공부를 해야 합니다. 그런 사람들이 늘어날수록 지금보다 지적인 사회가 될 것입니다.

🌑 인간은 교육을 받는 피교육자이면서 가르침을 주는 교육자이기도 하지요. 이는 교육이 매우 중요한 의무이며 권리라는 것을 의미하지요. 그런데 현대는 교육을 직업을 얻는 수단으로만 여겨 사람을 공부 기계로 만들고 있지요. 사람을 만드는 교육, 인간 교육이 절실히 필요한 때입니다.

한 권 의 책

단 한 권의 책밖에 읽지 않은 사람을 경계하라.

벤저민 디즈레일리

영국의 수상을 지낸 디즈레일리는 이 말 한마디로 독서의 중요성을 매우 간결하고 냉철하게 지적했군요.

실제로 독서량은 개인이나 사회, 국가별로, 또 문화·경제적으로 차등을 보입니다. 책을 많이 읽는 사람일수록 지식의 수준이 높고 그렇지 못한 사람일수록 낮습니다. 또한 책을 많이 읽는 나라일수록 잘살고, 그렇지 못한 나라일수록 못삽니다.

책은 단순히 책이라는 개념을 넘어서지요. 책은 즐거움을 주고, 정서를 길러주고, 문화에 대한 이해력을 높이고, 각종 정보를 제공합니다. 사회 전반적인 것을 콘텐츠로 품고 아우르는 지식의 보고이지요. 그런데도 우리 국민들은 책을 잘 읽지 않는다고 합니다. 1년에 국민 일인당 평균 11권 정도의 책을 읽습니다. 이는 평균적인 수치이고, 개인별로 보면 1년에 단 한 권도 읽지 않는 사람이 2~30퍼센트가 넘는다고 합니다.

독서력은 국력이고 개인의 능력입니다. 그 중심에 책이 있습니다. 책을 읽어야 합니다. 책은 경쟁력의 원천이자 지식의 중심이지요.

🌱 책은 지식의 보물창고이며, 기름진 정서의 토양이며, 감수성과 상상력을 길러주는 친구이며, 애인이며, 스승이지요. 또한 경쟁력을 길러주는 제일의 요소지요. 책은 인생의 좋은 파트너입니다.

학문과 독서의 자세

{
학문과 독서에 있어 모름지기
권태와 번뇌를 참아야 한다.
주자
}

공부를 재미있어 하는 사람도 있지만 대부분의 사람은 안 하면 안 되니까 어쩔 수 없이 합니다. 실제 공부를 하는 것은 힘이 듭니다. 우선 붙박이로 앉아 있어야 하고, 놀고 싶어도 참아야 하고, 기억되지 않는 것을 외워야 하지요. 그래서 인내가 필요합니다. 그런데 이 인내라는 것이 호락호락하지 않습니다.

언제가 텔레비전을 보니 칠십이 넘은 할머니가 대학과 대학원을 졸업하였다고 했습니다. 그것만으로도 대단한 일인데 박사과정까지 계속하겠다고 하더군요.

할머니가 그토록 배움에 열정을 갖는 건 어린 시절에 집이 가난해서 간절히 하고 싶었던 공부를 못했기 때문이라고 했습니다. 그래서 결혼을 하고 자식들을 다 키운 후 공부를 시작했고, 어려움을 이겨내고 마침내 석사과정까지 마쳤던 것입니다. 실로 놀라운 일입니다. 사람이 해서는 안 되는 일이 없음을 보여준 할머니의 실행력은 깊은 감동 그 자체였습니다.

당신도 할 수 있습니다. 마음을 굳게 먹고 독하게 실행하십시오.

※ 배움은 끝이 없는 광활한 우주와 같고, 늘 새로이 피어나는 꽃과 같이 향기를 품고 있습니다. 또 모르는 것을 알게 될 때는 희열을 느끼게 되지요. 배움은 독서를 통해 이루어집니다.

학문의 목적

{
학문의 목적은
음식이 기력을 돋우는 피가 되듯
지식을 자신의 사상으로 만드는 데 있다.

제임스 브라이스
}

학문의 목적은 여러 가지로 규정할 수 있지만, 제임스 브라이스는 지식을 자신의 사상으로 만드는 데 있다고 역설하였습니다. 자신의 사상을 갖는 것, 그것은 기분 좋은 일이고 영광스러운 일이지요. 하지만 힘들고 고통이 따르는 일이기도 합니다.

자신의 사상을 만들기 위해서는 어떻게 해야 할까요?

첫째, 학문에 깊이가 있어야 합니다. 둘째, 논리적이어야 합니다. 셋째, 어떤 순간에도 흔들림이 없어야 합니다. 이것이 학문을 하는 사람으로서의 바람직한 자세입니다.

순수이성비판으로 유명한 칸트, 교육 철학자 존 듀이, 자연으로 돌아가라고 주장한 루소, 자연주의 실천자 헨리 소로, 공산주의 창시자 마르크스, 정신분석학자인 프로이트, 러시아의 대문호이자 사상가인 톨스토이 등은 자신만의 사상을 가진 성공한 사람들입니다.

학문의 목적은 아무나 이룰 수 없으면서도 또한 아무나 이룰 수 있는 것입니다. 다만 최선의 노력과 인내심이 함께할 때만 가능하지요.

⚘ 학문의 목적은 자신의 됨됨이를 제대로 알기 위함이지요. 됨됨이가 부족하다 싶으면 학문을 늘려서, 부족함을 채워야 합니다. 주의할 것은 자랑거리로 이용해서는 안 된다는 것입니다.

훌륭한 사람을 배워라

{
훌륭했던 사람들의 삶을 배워라,
그들이 무엇을 소원했으며
무엇을 소중히 했는지.
무엇을 동경하느냐에 따라 인품이 결정된다.
}

새커리

롤모델이라는 말이 유행처럼 돌고 있습니다. 자신이 닮고 싶은 사람을 목표로 삼아 배우는 것은 성공할 확률을 높여줍니다.

가곡의 왕 슈베르트는 베토벤을 존경하고 닮기를 원했지요. 그래서 부지런히 베토벤을 따라하였습니다. 그 결과 그 역시 유명한 음악가가 되었지요. 어디 그뿐인가요. 뉴턴을 존경한 아인슈타인은 역시 최고의 과학자가 되었고, 루소를 존경한 톨스토이는 최고의 소설가가 되었습니다. 그리고 세계 테너계의 전설 엔리코 카루소를 존경했던 루치아노 파바로티 또한 세계 최고의 테너가 되었습니다.

훌륭한 사람들의 일생을 배운다는 것은 산지식을 배우는 것입니다. 산지식처럼 확실하고 명확한 가르침은 없지요.

자신이 성공한 인생으로 살기를 원한다면 새커리의 말을 가슴에 품고 독하게 실행하십시오. 그것이 확실한 성공의 비법입니다.

🌱 인생을 성공적으로 산 사람들은 확실한 교과서이지요. 그들의 삶은 이미 검증을 받았으니까요. 존경하는 인물을 정하고, 그를 배우세요. 그들의 습관, 가치관, 인격 등은 좋은 인생의 비타민입니다.

가치 없는 책

> 두 번 읽을 가치가 없는 책은
> 한 번 읽을 가치도 없다.
>
> 베버

우리나라만 해도 하루에 수백 종의 책이 쏟아져 나옵니다. 그런데 그 많은 책들이 가치가 있느냐 없느냐는 독자들이 판단해야 할 문제가 아닐까 합니다. 출판사 입장에서는 다 잘 만들었다고 생각하기 때문이지요. 그런데 유감스럽게도 수준이 떨어지거나 상업성에만 치중한 책이 눈에 많이 띕니다. 이런 책들은 손에 잘 잡히지 않습니다. 읽어봐야 별로 남는 게 없으니까요.

두 번 읽을 가치가 없는 책은 한 번 읽을 가치도 없다는 것은 어쩌면 지극히 당연한 말이 아닐까 합니다. 또한 한 번을 읽어서 가치가 없는 책은 몇 번을 읽어도 마찬가지겠지요.

인생도 책과 같습니다. 가치 있는 인생은 많은 사람들에게 귀감이 되고 본보기가 되지만, 가치 없는 인생은 그 어떤 의미도 되어주지 못하지요.

가치 있는 책이 사람들에게 필요하듯 가치 있는 인생 역시 누구에게나 필요하고, 그런 사람이야말로 성공한 인생입니다.

🖈 책은 많이 읽으면 읽을수록 좋습니다. 하지만 무턱대고 읽어서는 안 되지요. 책 중엔 두고두고 대를 이어 읽는 책도 있지만, 한 번 읽을 가치도 없는 책도 있지요. 이런 책은 책이 아니라 정신적 공해일 뿐입니다.

배움을 멈추지 마라

배움은 멈추지 말아야 한다.
날마다 한 가지씩 새로운 것을 배우면
경쟁자의 99퍼센트를 극복할 수 있다.

조 카를로스

평생을 배워도 모자라는 게 배움입니다. 배움은 그만큼 깊고 높습니다. 그런데 배움을 단기간적으로 생각하거나 일정하게 정해진 기간만 하는 거라고 생각한다면 배움의 의미를 잘 모르는 것이지요. 일정한 기간을 채웠다고 해서 다 배웠다고 생각해선 안 됩니다.

동양의 공자나 서양의 소크라테스, 우리나라의 이황 같은 분은 배움을 중시하여 많은 제자들을 배출해내는 데 평생을 바쳤습니다. 그들이 이렇게 가르치는 일에 자신의 인생을 바칠 수 있었던 것은 배움이 세상 그 무엇보다도 가치 있는 일이라 여겼기 때문입니다.

"날마다 한 가지씩 새로운 것을 배우면 경쟁자의 99퍼센트를 극복할 수 있다"는 조 카를로스의 말은 배움의 효율성과 가치에 대한 평가입니다.

배움이 강물처럼 흐르는 나라는 꿈이 있고 밝은 미래가 있습니다. 하지만 배움이 지지부진한 나라는 꿈도 희미하고 어두운 미래가 있을 뿐이지요.

⚜ 학교를 졸업하면 배움과는 담을 쌓고 지내는 사람들이 참 많습니다. 그것은 잘못이지요. 진정한 배움은 평생 계속하는 것입니다. 요즘은 나이가 들어도 갈 수 있는 평생교육기관이 많습니다. 배움을 멈추지 마십시오.

도움을 주는 글과 말

{
매일 밤 긍정적인 글을 읽고
매일 아침 유익한 말에
귀를 기울여야 한다.
}

톰 홉킨스

긍정적인 글을 읽으면 그동안은 긍정적인 마음을 갖게 됩니다. 매일 긍정적인 글을 읽으면 자신도 모르는 사이 긍정적인 인간형으로 진화될 겁니다.

사람은 누구를 만나느냐에 따라 인격 형성에 큰 영향을 받게 되지요. 긍정적인 스승을 만나면 긍정적인 사람으로, 부정적인 친구를 만나면 부정적이고 폐쇄적인 사람으로 변합니다.

이처럼 누구를 만나느냐에 따라 달라지는 것은 사람이 환경의 지배를 받기 때문입니다. 마찬가지로 어떤 글을 읽느냐에 따라 생각이 변화하는 것은 글이 인격 형성에 큰 영향을 미치기 때문이지요.

자신이 부정적인 시각을 갖고 있거나 비관적인 인생관을 갖고 있다고 생각한다면 매일 긍정적인 글을 읽으십시오. 좋은 글은 인생을 전환시키는 놀라운 힘을 갖고 있습니다.

좋은 글은 인생의 참 좋은 나침반이지요.

✳ 한마디 말은 평생을 좌우할 만큼 힘이 있습니다. 책을 읽다가 혹은 신문을 보다가 좋은 글귀가 있으면 메모하세요. 좋은 말이나 좋은 글은 인생을 살아가는 데 큰 지침이 되는 보약입니다.

가장 행복한 삶

우리 내면의 가장 훌륭한 점을
꾸준히 훈련시키고 교육하는 것이야말로
가장 행복한 삶이다.

필립 G.해머튼

아무리 좋은 외적인 환경을 갖고 있다고 해도 내면이 알차지 못하면 작은 시련이나 변화에도 흔들리게 됩니다. 하지만 내면이 알찬 사람은 외적인 환경이 취약해도 절대 흔들리거나 방황하지 않습니다.

내면이 알차다는 건 단단하고 견고한 마인드를 소유했다는 것이지요. 이런 사람은 매사에 능동적이고 긍정적입니다. 그래서 희망적이고 미래 지향적입니다. 그럼 단단하고 견고한 마인드를 기르기 위해서는 어떻게 해야 할까요?

첫째, 내면을 강화시키는 글을 꾸준히 읽고 기도해야 합니다. 둘째, 늘 긍정적으로 생각하고 능동적으로 행동해야 합니다. 셋째, 부정적이고 비관적인 생각은 머리에 떠올리지도 말고 입에 담지도 말아야 합니다.

이 세 가지를 꾸준히 실천하다 보면 굳은 마인드를 갖게 되지요. 그리하면 어떤 시류에도 휩쓸리거나 흔들리지 않고 행복한 인생이 될 수 있습니다.

🌸 탈무드에 배우는 것을 소홀히 하지 마라는 말이 있습니다. 유대인들은 그들의 민족서이자 지혜서인 탈무드의 가르침을 평생 따릅니다. 그들은 배움을 행복으로 여기지요. 그 결과 세계에서 가장 우수한 민족이 되었습니다.

두 가지 기본적인 것

우리를 현명하게 만들어주는
두 가지 기본적인 것은
우리가 읽는 책들과 교류하는 사람들이다.

찰스 존슨

책을 읽어야 한다는 말은 아무리 강조해도 부족합니다. 그만큼 책은 인간에겐 필수아미노산 같은 것입니다. 인간의 삶에서 책이 없다면 영향 결핍으로 건강이 위협을 받듯 삶의 정체성을 잃을지도 모릅니다. 또한 삶의 깊이를 깨닫지 못하고 뿌리 약한 나무처럼 쓰러질지도 모릅니다.

인간을 현명하고 똑똑하게 만들어주는 두 가지 기본적인 것은 책과 사람이라고 찰스 존슨은 말했습니다. 매우 적절한 지적입니다. 책은 사람이 살아가는 데 필요한 모든 정보를 담고 있습니다. 따라서 독서를 많이 할수록 지식의 깊이는 깊어지고 풍부한 상식을 갖게 되지요.

사람은 서로 다른 환경에서 자라고 생각 또한 다릅니다. 이렇게 다른 생각들을 서로 공유하다 보면 많은 것을 배우게 되지요. 그래서 사람을 많이 만날수록 더 많은 지혜를 쌓게 됩니다.

인간을 현명하고 똑똑하게 만들어주는 기본적인 책읽기와 사람과의 교류를 습관화하십시오. 그러면 당신은 현명한 사람이 될 것입니다.

🌱 사람이 살아가는 데 반드시 필요한 것을 꼽자면 책, 가족, 스승, 친구, 돈을 꼽을 수 있지요. 책은 지식을 배워주고, 가족은 함께 생활하고, 스승은 인생과 학문을 가르쳐주고, 친구는 우정을 나누어주며, 돈은 의식주를 해결해주기 때문이지요.

최고의 자산

> 평생 배우기에 힘써야 한다.
> 정신에 담고 머리에 집어넣는 것,
> 그것이 우리가 가질 수 있는
> 최고의 자산이다.

브라이언 트레이시

최고의 자산이 돈이냐고 물으면 '맞다', '아니다'라고 갈릴 것입니다. 하지만 아마 '맞다'라는 대답이 많겠지요. 대개의 사람들은 돈이 많아야 행복하다고 생각하니까요.

그러나 돈보다 더 중요한 것은 배움이라고 브라이언 트레이시는 말합니다. 머리에 집어넣은 지식은 죽기 전에는 사라지지 않습니다. 반면에 돈은 있다가도 어느 순간 없어지기도 하지요.

배움이란 무형의 자산입니다. 배움이 깊은 사람은 어디를 가든 굶어 죽지 않습니다. 가르침을 통해 먹을 것도 해결할 수 있고, 선생님이라고 깍듯이 예우까지 받습니다. 남에게 배움을 준다는 것은 존경받아 마땅한 일입니다.

자고로 배움 앞에 자랑하지 말라고 했습니다. 배움은 어떤 것보다도 우위를 점하지요. 그래서 스승의 것이라면 그림자도 밟아서는 안 된다고 했습니다.

평생을 배우는 자세로 살아가십시오. 배움은 최고의 가치이자 자산입니다.

최고의 자산이 될 만한 것에 순위를 매긴다면 당신은 배움을 몇 번째에 놓고 싶습니까? 부디 첫 번째에 놓으면 좋겠습니다.

세월은 사람을 기다려주지 않는다

{

청춘은 다시 오지 않고
하루해는 다시 밝기 어렵다.
좋은 시절에 부지런히 힘쓸지니
세월은 사람을 기다려주지 않는다.

}

도연명

성년불중래成年不重來 일일난재신一日難再晨
급시당면려及時當勉勵 세월부대인歲月不待人

이 글은 도연명의 시 원문입니다. 그가 표현한 대로 한 번 지나간 청춘은 두 번 다시 돌아오지 않습니다. 지천명을 넘기고 나니 다시 청춘이 되고 싶은 마음이 간절해지는군요. 내게 청춘이 다시 주어진다면 하고 싶은 것을 맘껏 해보고 싶기 때문입니다. 그런데 그렇게 할 수 없으니 시간이 얼마나 소중하고 간절한 것인지를 잘 알 것입니다.

도연명의 시에서 보듯 좋은 시절에 자신을 계발하고 충전시키는 데 힘써야 합니다. 그래야 후회가 없지요. 후회하지 않는 인생이 되고 싶다면 시간을 아끼고 귀히 쓰세요. 시간은 사람을 기다리지 않고 자꾸만 앞으로 가는 에고이스트임을 절대 잊지 마십시오.

🌸 오늘도 오늘, 어제도 오늘, 내일도 오늘 같은 삶을 산다는 것은 낭비지요. 어제보다는 오늘이, 오늘보다는 내일이 나아야 합니다. 세월은 사람을 기다려주지 않으니 열심히 살아야 합니다.

분명한 목적

분명한 목적이 있는 사람은
험난한 길에서도 앞으로 나아가고,
아무런 목적이 없는 사람은
순탄한 길에서도 앞으로 나아가지 못한다.

토머스 칼라일

분명한 목적이 있는 사람을 보면 얼굴에 자신감이 넘칩니다. 말이며 행동거지가 거침이 없고 밝고 활달합니다. 목적이 있는 삶은 행복하고 즐겁기 때문이지요. 하지만 목적이 없는 사람을 보면 얼굴이 어둡고 근심으로 얼룩져 있습니다. 또한 말이며 행동거지는 소극적이고 암울하고 비관적이지요. 목적이 있고 없고는 하늘과 땅 차이입니다.

영국의 사상가 토머스 칼라일은 목적이 있는 사람은 험난한 길에서도 앞으로 나아간다고 했습니다. 왜일까요? 그만큼 역동적이고 자신감으로 충만해 있기 때문입니다. 그리고 또 말하기를 아무런 목적이 없는 사람은 가장 순탄한 길에서도 앞으로 나가지 못한다고 했습니다. 그만큼 수동적이고 자괴감으로 가득 차 있기 때문이지요.

행복한 인생을 꿈꾼다면 분명한 목적을 갖고 살아가십시오. 목적 없는 삶은 표류하는 난파선과 같습니다.

요즘의 젊은이들은 그 어느 세대보다 좋은 환경에서 공부를 합니다. 그런데 취업 문제로 많은 어려움을 겪고 있어 가슴이 아픕니다. 하지만 실망하지 마세요. 분명한 목적을 갖고 간다면 길은 '꼭!' 열릴 겁니다.

근본적인 원천

{

사고思考는 모든 부와 모든 성공,
모든 물질적인 이익과
모든 위대한 발견과 발명,
모든 것을 이루는 근본적인 원천이다.

클로드 M.브리스톨

}

지금은 아이디어 하나로 부를 이루고 명성을 얻는 창의적 상상력의 시대입니다. 남이 흉내 내지 못하는 아이디어는 천금보다 귀하고 값지지요. 자원이 부족한 우리나라가 세계 12위의 경제력을 갖게 된 것은 순전히 창의적인 상상력이 만들어낸 결과입니다.

우리나라가 세계에서 1위를 차지하는 것 중 대표적인 것은 반도체 및 휴대폰 같은 초정밀산업 분야입니다. 이 분야의 산업은 고도의 기술력을 요하고 따라서 독보적인 창의적 상상력을 필요로 합니다.

창의적인 상상력을 불러일으키는 힘은 깊은 사고에서 옵니다. 이는 창의적 상상력과 불가분의 관계이지요. 그래서 "사고는 모든 부와 성공, 물질적인 이익, 위대한 발견과 발명 등 모든 것을 이루는 근본적인 원천이다"라는 클로드 M.브리스톨의 말은 믿음직한 공감을 줍니다.

사고하고 사고하십시오. 사고는 새로운 상상력의 근원이자 에너지입니다.

🌱 깊은 사색을 통해 누에고치에서 명주실을 뽑아내듯 한 올 한 올 새로운 생각을 뽑아내야 합니다. 생각이 깊어야 인생도 그만큼 더 알차게 살아갈 수 있으니까요.

많은 것을 익혀라

{
가장 많은 것을 알고 있는 사람이
인생에서 가장 크게 성공한다.

벤저민 디즈레일리
}

많이 안다는 것은 크게 성공할 조건을 갖추었다는 이야기입니다. 벤저민 디즈레일리는 이 점을 너무도 잘 알고 있지요.

아는 것이 힘이다, 라는 말도 있습니다. 나 역시 이 말을 누누이 들으며 자란 세대입니다. 이 말이 아직도 유효해서 널리 쓰인다는 게 신기할 정도이지요. 아마도 인간이 존재하는 한 영원히 쓰일 것 같군요.

많이 알려면 어떻게 해야 할까요?

당연히 많은 공부를 해야 합니다. 공부하지 않는데 절로 알아지는 것은 아무것도 없습니다. 신문 한 줄이라도 읽어야 아는 체할 수 있지, 그러지 않으면 꽉 막힌 사람이 되고 말겠지요.

"성공하기 위한 최소한의 조건은 지속적인 학습이다."

데니스 웨이틀리가 한 말입니다. 지속적으로 학습을 해야 성공을 위한 최소한의 기본 조건을 갖출 수 있다는 것이지요.

많은 것을 배우고 익히기 바랍니다.

※ 많으면 많을수록 좋은 게 '앎'이지요. 모르는 것을 알아가는 것은 매우 유쾌하고 마음을 살지게 하지요. 공자는 배우기에 힘쓰라고 권면하며 평생을 가르치는 일에 헌신했지요. 배움을 높이 평가하고 귀히 여긴 까닭입니다.

목표 의식

{
성공하려면 질긴 목표 의식을 갖고
끊임없이 동기를 부여하며
강하게 자극하는 대상을 찾아야 한다.
}

토니 도셋

목표 없이 산다면 그것은 살아도 죽은 것이지요. 목표가 없다면 삶의 의미도 없습니다. 알피니스트들이 목숨을 걸고 산에 오르는 것은 산을 정복함으로써 자신의 존재를 확인하기 위함이며, 또 자기만족을 얻을 수 있기 때문입니다.

목표 의식이 분명하면 동기를 부여하게 되고, 그 동기는 새로운 자아를 실현시키는 주춧돌이 됩니다. 그런데 많은 젊은이들의 목표 의식이 결여되어 있습니다. 이유는 취업이 되지 않는 데서 오는 상실감으로 자신감을 잃어버렸기 때문이지요. 하지만 그렇다고 해서 언제까지나 고개를 떨구고 있을 순 없습니다. 아무리 사면초가 같은 상황에서도 길은 반드시 있는 법입니다. 막힌 벽을 뚫고 가려는 강인한 의지와 실행이 따른다면 분명히 그 길을 갈 수 있습니다.

정주영은 "길이 없으면 길을 찾고, 찾아도 없으면 만들면서 가면 된다"고 말했습니다. 얼마나 역동적인 생각입니까!

뚜렷한 목표를 세우세요. 그리고 죽기 살기로 실천하십시오.

🌸 목표 의식을 분명히 갖고 한순간이라도 잊지 말아야 합니다. 잊는 순간 목표 의식이 후퇴할 수 있으니까요.

지식보다 더 중요한 것은
상상력이다.

아인슈타인

지구상에 존재하는 문명의 모든 이기利器들은 상상력이 만들어낸 결과물입니다. 상상력은 인간에게 무한한 꿈과 희망을 부여했습니다. 그래서 상상력이 좋은 나라가 앞서가고, 상상력이 뛰어난 사람이 그렇지 않은 사람보다 더 나은 삶을 살아가게 되는 것입니다.

상상이 좋은 책이 독자의 관심을 끌고, 상상력이 뛰어난 제품이 소비자들의 사랑을 받지요. 상상력은 창의력의 바탕이 되는 기본적이면서도 가장 중요한 것입니다. 그래서 상상력이 지식보다 중요하다는 아인슈타인의 말은 공감을 줍니다. 아인슈타인이 상대성원리로 20세기 최고의 과학자가 될 수 있었던 것 역시 상상력의 힘이었지요.

상상력이 어느 때보다 필요한 시대입니다. 나아가 앞으로는 더욱 더 필요하게 될 것입니다. 우수한 제품이 소비자들의 사랑을 받는 시대에 살아남을 수 있는 길은 상상력을 키우는 것이지요.

날마다 상상력의 엔진을 가동시켜 출력을 높이세요. 그것이 21세기의 확실한 성공 비결이랍니다.

❋ 현대는 상상력의 시대입니다. 거리마다 온통 상상력을 통해 나온 새로운 물품들로 가득합니다. 상상력이 뛰어난 사람이 대우를 받지요. 상상력에 날개를 달아야 합니다.

최후의 날

> 그날그날이 최후의 날이라고 생각하라.
> 그렇게 하면 뜻하지 않은 오늘을 얻어
> 기쁨을 갖게 될 것이다.

호라티우스

고대 그리스의 시인 호라티우스는 그날그날을 최후의 날로 생각하라고 말했습니다. 그의 말대로 오늘을 자기 생애의 마지막 날이라고 생각한다면 단 1초도 헛되이 쓰지 않을 것입니다. 어떤 사람들은 시간이 항상 자신의 곁에 머무는 것처럼 말하지만 시간은 정말로 강물처럼 흘러갑니다.

한여름 밤의 꿈이라는 말이 있습니다. 이는 인생이 한여름 밤처럼 짧음을 뜻하는 말이지요. 자고 났더니 백발이 성성한 모습의 자신을 발견한다면 말할 수 없이 황당할 것입니다.

시간은 잘 쓰면 천금보다 귀하지만 낭비하면 허무하고 무익한 것이지요.

"짧은 인생은 시간의 낭비에 의해 더욱 짧아진다."

이는 새뮤얼 존슨이 한 말입니다. 그의 말처럼 시간을 함부로 낭비해서 인생이 더욱 짧아진다면 얼마나 어리석은 일이겠는지요.

성공한 사람들은 24시간을 48시간처럼 가치 있게 씁니다.

🌸 오늘이 인생의 마지막이라고 생각한다면 누구나 최선의 인생을 살 겁니다. 하지만 그것을 알고도 실천하지 못하는 게 인간이지요. 이는 의지의 문제이니 의지력을 키워야 합니다. 의지력은 좋은 성공 습관이니까요.

모르는 것은 질문하라

> 모르는 것을 묻지 않는 것은
> 쓸데없는 오만밖에 아무것도 아니다.
>
> 탈무드

알아야 면장을 한다는 말이 있습니다. 알지 못하면 면장은커녕 그 무엇도 할 수 없음을 비유적으로 이르는 말이지요.

배움의 참된 가치는 모르는 것을 배워 새로운 가치를 찾아내는 데 있습니다. 이런 경험을 한 사람은 배움의 즐거움을 잘 알 것입니다.

그런데 사람들 중엔 알지 못하면서도 자존심이나 체면 때문에 묻는 것을 소홀히 하는 사람들이 있습니다. 이는 매우 어리석은 짓이지요. 그만큼 남에게 뒤처질 수밖에 없으니까요.

배우는 것을 기쁨으로 알면 그만큼 지식의 깊이도 깊어집니다. 즐거움으로 배우면 효율적인 결과를 얻게 되기 때문입니다.

유대인들이 세계에서 가장 능력 있고 창의적인 이유는 그들이 깊이 배우는 민족이기 때문이지요. 탈무드는 헤브라이어로 '학습, 깊이 배운다'는 뜻입니다. 깊이 배운다는 것은 많이 배우고 익히는 것을 의미하지요. 모르는 것을 묻지 않는 것은 쓸데없는 오만이라는 탈무드의 교훈을 가슴에 새겨 힘써 배우고 익히세요. 많이 아는 자가 진실로 강한 사람입니다.

🕯 모르는 것을 그냥 넘어가면 자신의 인생을 방치하는 것이나 다름없지요. 하지만 모르는 것을 물어서 알면 그만큼 자신의 인생을 사랑하는 것입니다.

인간의 정신

{
인간의 정신은 교육과 훈련에 빠르게 반응한다.
그 정신으로 하여금
당신이 원하는 어떤 것이든
당신에게 돌려주도록 만들어라.
}

노먼 빈센트 필

인간은 약한 것 같아도 가장 강한 동물이지요. 인간의 정신력은 태산을 갈아엎어 평지가 되게 합니다. 그렇다고 해서 인간 모두가 그런 것은 아니지요. 인간 중에는 나약하고 비루한 존재들도 많으니까요. 그런 사람들은 일을 하다가 조금만 힘들어도 쉽게 포기합니다. 하지만 강한 정신력을 가진 사람은 다릅니다. 어떤 시련과 위기가 닥쳐도 흔들리지 않습니다. 죽음 앞에서도 절대 굴하지 않습니다.

우리 민족의 기상을 잘 보여준 대표적 인물인 안중근 의사!

그는 서슬 퍼런 일경의 총칼 앞에서도 대한민국의 자존심을 드높이고 민족의 자긍심을 잃지 않았지요. 그의 당당함은 일본 사람들을 감동시켰고, 그들은 안중근 의사의 기개와 애국심을 높이 사 마음 깊이 존경을 표하였다고 합니다.

안중근 의사가 그럴 수 있었던 것은 정신력이 강했기 때문입니다. 강한 정신력이 그를 당당한 애국자가 되게 한 것이지요.

인간은 얼마든지 발전할 수 있는 조건을 갖춘 동물이지요. 교육을 통해 자신이 원하는 길을 갈 수 있으니까요. 늘 지금부터라고 생각하며 시작하세요. 엄숙한 마음은 인생을 진지하게 만듭니다.

성공하는 사람

{
많은 지식을 가지고 있고,
탄력성이 있으며,
기지가 넘치고,
끈기 있는 사람이 성공한다.
}

마빈 토케이어

탈무드의 해설가이며 미국의 유대교 신학자이자 랍비인 마빈 토케이어! 그는 많은 지식을 쌓아야 한다고 권면합니다. 사실 많은 지식을 가진 사람이 능력도 있고 남보다 더 나은 인생의 가치를 느끼며 살지요.

'아는 것이 힘이다'라는 말이 있듯 안다는 것은 힘을 키워주고, 남보다 나은 삶을 영위해갈 수 있도록 도와주지요. 앎은 배움을 통해 길러지는데 배움은 포괄적 개념이 있습니다. 다양한 독서를 통해서 익히는 것도 배움이며, 가르침을 받는 것도 배움이며, 신문이나 잡지를 보는 것도 배움이지요.

현대는 평생교육을 실현하는 배움의 시대입니다. 시시각각 변화하는 사회에서 살아가기 위해서는 그 변화에 따르는 지식을 보유해야 합니다. 그러지 못하면 뒤처지고 한번 뒤처지면 따라잡기가 힘들어집니다. 자신이 따라잡기 위해 노력할 때 상대는 이미 저만치 앞서가기 때문이지요.

성공은 누구나 이루고 싶은 꿈입니다. 성공한 인생으로 살고 싶다면 될수록 많이 배우고 익히기 바랍니다.

성공은 자신이 좋아하는 것을 함으로써 충만한 행복을 느끼는 것입니다. 돈을 많이 벌고, 높은 자리에 오르고, 명예를 높이는 것만이 성공이 아니라는 것이지요. 자신이 좋아하는 일을 끈기 있게 열심히 해서 행복하면 됩니다.

| Part 10 |

{사색,
빛나는 미래를
가꾸는
지름길}

사색을 포기하는 것은 정신적 파산 선고와 같은 것이다.

알베르트 슈바이처

요즘 젊은이들은 깊이 생각하는 일에 미숙합니다. 무엇이든 즉흥적이고 가볍게 생각합니다. 인터넷문화가 만들어낸 풍속도라고도 할 수 있지만, 진지함이 없어 심히 유감스럽습니다.

사색하지 않는 것은 삶에 자기 성찰과 진중함이 없다는 것이니 미래에 대해 심각한 우려를 하지 않을 수 없습니다.

무언가 진지하게 사색하는 사람을 보면 깊이 있어 보이고, 진정성이 보여 마음이 놓입니다. 하지만 가볍게 행동하는 사람을 보면 불안하고 위태해 보이지요.

평생을 아프리카 사람들을 위해 헌신했던 알베르트 슈바이처는 "사색하는 것을 포기하는 것은 정신적 파산 선고와 같다"라고 말해 사색의 중요성을 지적하고 있습니다.

사색하십시오. 사색은 정신적 풍요로움을 주고 삶을 탄탄하게 받쳐 줄 것입니다.

🌱 인생을 보다 가치 있게 살고 싶다면 사색을 많이 해야 합니다. 그래야 마음이 깊어지니까요. 사색하지 않는 사람은 행동이 경망스럽고, 언어 또한 거칠지요.

당신이 만일 생각하지 않는 사람이라면 당신은 무엇을 위한 인간이란 말인가?

콜리지

생각하지 않는 사람이 가벼워 보이는 것은 진지함이 없기 때문입니다. 뿌리가 약해 마치 금방이라도 쓰러질 것 같은 나무처럼 보이는 까닭이지요.

인간사는 '나는 누구인가?'라는 물음으로부터 출발하였습니다. 나를 알아야 남도 알 수 있고, 남을 알아야 자신도 알 수 있는 것입니다. 이렇듯 사람은 상호 교류하며 관계를 쌓아나가는 존재이지요.

생각하지 않는 사람과는 상종을 말라는 말이 있습니다. 그런 사람과 상종해봐야 좋을 게 없다는 것이지요.

맞는 말입니다. 생각이 없는 사람에게 무엇을 기대한다는 것이 얼마나 어처구니없는 일인지는 어린아이도 잘 알 것입니다.

"당신이 생각하지 않는 사람이라면 당신은 무엇을 위한 인간이란 말인가?"라는 콜리지의 말은 매우 의미심장합니다. 생각 없이 행동하지 말고, 생각 없이 말하지 말고, 깊이 생각한 후에 행동하고 말하는 진중한 사람이 되어야 합니다.

생각 없이 사는 사람들을 종종 보게 되지요. 그냥 불쑥 말하거나 행동함으로써 주변 사람들을 당황하게 만듭니다. 참으로 철없는 짓거리지요. 말을 하거나 행동을 할 땐 먼저 생각부터 해야 합니다.

기도보다 귀중한 것

한 시간 동안의 사색은
착한 일을 하지 않은
일주일 동안의 기도보다 귀중하다.

해리슨

기도는 소원하는 무언가를 이루게 해달라고 비는 것입니다. 그런데 무조건적인 간구보다는 사색하고 소원하는 간구가 더 필요합니다. 착한 일을 하지 않은 일주일 동안의 기도보다는 한 시간 동안의 사색이 더 귀하다는 말은 사색의 필요성을 잘 말해줍니다.

사색은 상상력을 길러주고 생각을 풍부하게 만들어주지요. 또한 새로운 생각을 만들어내는 생산적 원천이며 존재의 본질입니다. 따라서 사색을 하지 않고는 새로운 자아를 실현할 수 없습니다.

사색의 힘을 길러야 합니다. 그럼 어떻게 해야 할까요?

첫째, 꾸준히 독서를 해야 합니다. 독서를 하다 보면 자연스럽게 사색하는 힘이 길러지지요. 둘째, 사물 하나하나에도 의미를 부여해보세요. 그러다 보면 사색하는 힘이 생깁니다. 셋째, 평소에 보고 느끼고 생각한 것을 자유롭게 써보기 바랍니다. 글을 쓰다 보면 자연스럽게 사색하는 힘이 길러지지요.

기도만 한다고 해서 바라는 것이 이루어진다면 얼마나 좋을까요. 하지만 기도만으로는 안 됩니다. 기도하는 대로 실천해야 합니다. 실천하지 않는 기도는 약발 없는 약과 같지요. 사색도 이와 똑같은 이치랍니다.

누가 더 행복할까

{
돈 많은 사람과 내면적 사색이 충실한 사람,
누가 더 행복할까.
사색하는 쪽이 훨씬 더 행복할 것이다.
}

랠프 왈도 에머슨

미국의 시인이자 사상가인 랠프 왈도 에머슨은 돈이 많은 사람보다는 내면적 사색이 충실한 사람이 더 행복하다고 말했습니다. 그는 시인이고 사상가니까 그렇게 말할 수 있을 것입니다.

그렇습니다. 충분히 그럴 수 있다는 생각이 드는군요.

하지만 돈이 많다고 해서 다 행복하고 돈이 없다고 해서 다 불행한 것은 아니지요. 돈이 없어도 삶을 즐기며 사는 사람이 있습니다. 그는 내면의 세계가 탄탄하게 다져진 사람입니다. 내면이 탄탄하면 뿌리 깊은 나무처럼 그 어떤 외부적인 힘에도 절대 흔들리지 않지요.

돈이 없는 것은 살아가는 데 조금 힘들 뿐입니다. 하지만 사색할 줄 모르면 인생자체가 무의미해질 수도 있습니다.

사색은 정신과 마음을 맑게 해주는 청량제와 같습니다. 잠들기 전이나 잠에서 깨어났을 때 산책을 하면서 사색하는 습관을 들이기 바랍니다.

⚘ 정신이 빈곤하면 물질이 아무리 풍요로워도 온전한 행복을 느끼지 못하지요. 물질이 겉치레를 도울 수는 있어도 정신의 허함을 채워주지는 못하니까요. 정신이 풍요롭기 위해서는 사색을 해야 합니다. 사색도 습관입니다.

지혜를 낳는 비결

사색은 지혜를 낳는다.

관자

사상가들은 책을 읽거나 산책을 하면서도 사색하고, 대화나 차를 마시면서도 사색합니다.

공자는 "아침에 도를 깨달으면 저녁에 죽어도 좋다"고 했습니다. 여기서 도는 깨달음을 뜻하지요. 그 깨달음을 얻게 하는 힘이 곧 사색입니다.

사색을 통한 깨달음의 실체와 가치를 이처럼 간결하면서도 함축성 있게 나타낸 말을 들어본 적이 없습니다. 보통 사람들에겐 공자의 말이 형이상학적이고 어렵게 여겨질 것입니다. 하지만 공자의 말은 사색하고 깨달음이 있는 삶을 살아가라는 가르침이지요.

생각이 있는 삶은 깊이가 있고, 인생을 좀 더 가치 있게 살아가게 한답니다.

사람들은 무언가 잘못 생각했을 때 생각이 짧아서,라는 말을 합니다. 이 말은 생각이 짧아서 실수를 하고, 생각이 짧아서 자신의 부덕함을 드러냈음을 인정하는 것이지요.

지혜로운 사람들의 특징은 사색을 즐기는 것입니다. 성현들이나 유대인 랍비들은 사색을 통해 새로운 진리를 찾아냈습니다. 그리고 그것은 사람들이 살아가는 데 지침이 되는 훌륭한 지혜가 되었지요.

스스로 진실하라

> 먼저 자기 자신에게 진실해야 한다.
> 자신이 진실하지 않고
> 남이 자신에게 진실하길 바라는가.

셰익스피어

영국과도 바꾸지 않겠다는 영국인들의 자존심이자 세계 4대 시성 중 한 사람인 셰익스피어!

그는 사람들에게 먼저 자신에게 진실하라고 했습니다. 그래야 남에게도 진실할 수 있고, 세상의 모든 일에도 진실할 수 있다는 것이지요.

누군가 나보고 '당신은 진실합니까?'라고 묻는다면 잠시 동안 망설이며 대답을 찾을 것 같습니다. 선뜻 '네, 그렇습니다'라고 말할 자신이 없기 때문이지요.

나는 셰익스피어의 글을 읽으며 내 자신을 진지하게 생각해보았습니다. 그런데 나 스스로 내가 진실하다고 대답하기가 어렵습니다. 평소 진실하게 살려고 늘 스스로에게 채찍질을 하는 했습니다만 그것은 나의 생각이고 객관적 눈으로 보았을 때 어떻게 비쳐졌을지는 판단 내리기가 어렵군요.

당신은 진실하냐는 질문에 '네!'라고 말할 수 있다면 그는 대단히 행복하고, 인간적으로 성공한 사람입니다.

자신이 진실하지 않고서는 타인에게 진실을 말할 수 없습니다. 만약 그런다면 그것은 위선이니까요. 타인에 대해 진실을 말하려면 자신이 먼저 진실해야 합니다. 그랬을 때 듣는 이들이 공감하고 감동하는 것입니다.

눈을 높이 가져라

사물을 보는 눈을 높이 가져라.
보는 눈이 높지 않고는
높은 도리를 발견할 수 없다.

동양 명언

생각이 깊은 사람은 상대방을 낮추보지 않지만, 생각이 얕은 사람은 낮추보고 가볍게 여깁니다. 생각이 깊다는 것은 사물을 대하는 눈이 높다는 말이지요. 생각이 깊은 사람은 주변 사람들로부터 존경과 인정을 받습니다. 하지만 보는 눈이 낮은 사람은 무시당하고 우습게 취급됩니다.

자기 하기 나름이라는 말대로 자신이 어떻게 생각하고 행동하느냐에 따라 자신을 보는 사람들의 눈이 달라지지요. 또 가치관도 달라집니다. 자신이 칭찬을 듣고 존경을 받고 사람 대접을 받는 것은 자신이 할 탓입니다.

사자는 고개를 들고 눈은 앞을 주시하며 멀리 내다보며 걷습니다. 백수의 왕다운 풍모를 절대 잊지 않지요. 사자가 그처럼 당당하게 걷는 것은 넘치는 자신감에서 오는 여유로움입니다. 반면에 초식동물들이나 개과 동물들은 이리 뛰고 저리 뛰고 산만하지요.

🌱 이상은 높이 가져야 합니다. 이상이 높을수록 사람의 품격이 달라지지요. 가난해도 이상이 높은 사람은 품격이 높지요. 하지만 물질이 많거나 지위가 높아도 이상이 없으면 품격이 낮지요. 이상은 곧 품격입니다.

이성의 중요성

이성理性을 존중하지 않으면 안 된다.
이성은 당신의 모든 생활을 비춰주고,
무엇이 좋고 나쁜지를 가르쳐준다.

파스칼

이성이란 '사물의 이치를 논리적으로 생각하고 판단하는 능력'을 말합니다. 사물의 이치를 바르게 깨닫고 판단할 수 있다면 더 나은 삶을 영위할 수 있을 것입니다.

사람은 세상에서 유일하게 이성적이고 창의적인 동물입니다. 따라서 함부로 살 수는 없는 일이지요. 파스칼은 바로 이런 점을 지적하고 있습니다.

이성은 사람을 합리적이게 합니다. 이성은 최악의 상황에서도 합리적으로 생각하게 하지요. 이성이 우리의 마음을 통제함으로써 감정으로 빠지는 것을 막아주기 때문입니다.

당신은 평소 사소한 일에도 불끈불끈 화를 잘 내는 사람인지 한번 생각해보세요. 그래서 화를 잘 내기보다는 양보하며 푸는 쪽이라고 판단이 되면 당신은 보다 이성적인 사람입니다. 하지만 그 반대일 경우엔 이성적이지 못하고 감정적이고 격한 사람입니다.

이성적인 사람이 되어야 합니다. 그러기 위해선 독서를 많이 하고, 취미활동을 통해 감정을 조율하는 방법을 길러야 합니다.

🌸 이성이 있는 자와 없는 자의 차이는 말과 행동으로 나타나지요. 이성적인 사람은 진실을 표하나 그렇지 못한 사람은 허위로 진실을 포장하지요.

진실과 허위

진실에 대해서는 얼음같이 차고,
허위에 대해서는 불처럼 뜨거워야 한다.

라퐁텐

　불의를 보고도 지적하지 못한다면 그는 지성인이 아닙니다. 일제 강점기 때 김구 선생은 임시정부의 수반으로서 조국의 독립을 위하여 목숨을 걸고 싸웠습니다. 그리고 광복 후에는 남북한이 함께 참여하는 투표를 통해 정부를 수립하고 국가수반을 선출하자고 주장하였습니다. 그러나 어이없게도 암살을 당하는 것으로 생을 마감하였지요.

　김구가 국민들로부터 존경을 받는 것은 역사와 민족 앞에 진실했기 때문입니다. 그는 진실에 대해 얼음처럼 차갑고 냉철했습니다. 그래서 작은 허위도 그냥 보아 넘기는 법이 없었습니다. 허위에 대해서만큼은 불처럼 뜨겁게 맞섰고, 한 치도 용납하지 않았지요. 우리는 역사를 통해 진실 앞에 부끄럽지 않은 선조들을 보아왔습니다. 이순신, 김종직, 성삼문을 비롯한 사육신과 생육신, 황희, 정조, 정약용 등 많은 이들이 진실 앞에 깨끗한 삶을 살았습니다.

　인간은 진실 앞에서는 얼음같이 차고 허위 앞에서는 불같이 뜨거워야 한다는 라퐁텐의 말처럼 행동해야 하겠습니다.

🌸 진실은 항상 냉정하여 어떤 상황에서도 죽지 않는다는 것을 보여주지요. 그러나 허위는 처음엔 이기는 것 같아도 그 끝은 언제나 패배로 끝납니다.

단 하나의 길

오류로 가는 길은 수없이 많다.
그러나 진실에 이르는 길은 단 하나이다.

루소

삶의 길은 수없이 많습니다. 그런데 진실에 이르는 길은 별로 없습니다. 그만큼 진실되게 산다는 것이 어렵다는 말이지요. 그 가운데서도 진실하게 사는 사람들이 있습니다.

그러면 진실에 이르기 위해서 어떻게 해야 할까요?

첫째, 정직하게 원칙을 정해 행동해야 합니다. 원칙이 있는 삶은 무거운 바위와 같아 변동이 없습니다. 둘째, 어떤 불의와도 타협하지 말아야 합니다. 많은 양의 맑은 물도 한 주먹거리밖에 안 되는 흙으로 더렵혀지는 법이지요. 셋째, 길이 아니면 가지 말라는 말처럼 옳지 않으면 취하지 말아야 합니다.

플라톤은 "진리는 실체이고, 빛은 그림자이다"라고 말했습니다. 진리가 중요하다는 것이지요. 진리를 좇는 삶을 살아야 합니다.

오류로 가는 길은 수없이 많습니다. 그 오류를 좇지 말고 단 하나의 길인 진리를 따르는 빛이 되어야 하겠습니다.

🌀 진실은 언제나 하나지요. 진실이 여러 개라면 그것은 진실이 아니지요. 그런데 어떤 사람들은 하나인 진실을 놔두고 다른 것에서 진실을 찾는 오류를 범하지요.

진리에 속하라

{

사람이 너무 약으면
자신을 여러 겹의 울타리 속에 넣어두는 것과 같다.
사람이 거칠 것이 없이 자연스러운 것은
진리 속에 있을 때이다.

}

근사록

제 발등 찍는다, 라는 말이 있습니다. 꾀를 부리다가 오히려 잘못 되어
지는 현상을 이르는 말이지요.

탈무드에 이에 관련된 재미난 이야기가 나옵니다.

여우 한 마리가 포도원의 탐스러운 포도송이를 보고 군침을 흘리며
말했습니다.

"우와! 맛있는 포도다! 실컷 먹어야지."

그러나 울타리가 단단히 둘러 있어 안으로 들어가기 쉽지 않았습니다.

"어떡하지? 저 맛있는 포도를 보고만 있어야 하다니… 아유! 짜증
나."

약이 바짝 오른 여우는 분통을 터뜨리며 말했습니다.

"두고 봐라. 반드시 배 터지도록 먹고 말 테다."

여우는 궁리 끝에 살을 빼기로 했습니다. 몸이 홀쭉해지면 울타리 틈
으로 들어갈 생각이었지요. 3일 동안 아무것도 안 먹은 여우는 드디어
포도원으로 들어갈 수 있었습니다.

"우하하하… 과연 나는 머리가 비상하단 말이야. 머리 쓰는 데는 날
따라올 놈 없지."

여우는 3일 동안 굶은 허기를 허겁지겁 한꺼번에 채웠습니다.

"우아, 맛있다! 오늘은 온통 내 세상이잖아. 으히히!"

여우는 먹는 데만 신경 쓰다 보니 어느새 배가 고무풍선처럼 빵빵해졌습니다.

"휴, 이제 좀 살 것 같네. 크윽!"

여우는 시원하게 트림까지 했습니다.

잠시 후, 여우가 밖으로 나가려는데 배가 빵빵해져 나갈 수가 없었습니다.

"이거 큰일인데, 어쩌지?"

여우는 애를 써보았지만 소용이 없었습니다. 결국 여우는 다시 3일을 꼬박 굶고서야 비실비실 포도원 밖으로 나올 수 있었습니다.

"배가 고픈 것은 포도원에 들어갈 때나 나올 때나 마찬가지구나. 아유, 배고파."

여우는 포도를 먹을 생각만 했지 먹고 나서 울타리를 빠져나올 생각은 하지 못했던 것입니다.

사람이 너무 영악스러워 잔꾀를 쓰다 보면 제 꾀에 제가 빠지게 되지요. 하지만 거칠 것 없이 자연스럽다면 진리 속에 자신을 놓아두는 것과 같습니다.

어리석은 자의 끝은 후회와 슬픔뿐입니다. 그러나 어디에도 꿀릴 게 없다면 당당하게 살아갈 수 있습니다.

제 꾀에 제가 넘어가 스스로 자기의 무덤을 파는 경우가 있지요. 정도에서 벗어났기 때문에 생기는 현상입니다. 하지만 이치에 맞게 행동하면 자유로운 것입니다.

자기를 아는 것이
참다운 진보이다.

안데르센

《미운 오리새끼》, 《인어 공주》 등 수많은 명작 동화를 남긴 안데르센!
그는 모름지기 사람은 자신을 알아야 한다고 주장하였습니다. 그가
말한 자기를 알아야 한다는 개념은 소크라테스의 '너 자신을 알라'는 말
과 일맥상통하지요.

자신을 알아야 사람답게 살 수 있는 게 사람입니다. 그래서 사상가나
철학가, 작가, 예술가들은 기회가 있을 때마다 자신을 알라고 외쳤던 것
입니다. 그들이 훌륭하게 되기까지는 험난한 산길을 가는 것처럼 어렵고
힘들었을 것입니다. 끊임없이 새로운 상상력을 통해 자신만의 사상과 작
품을 내놓아야 하는 그 고통은 보통 사람들로서는 알 수 없습니다.

하지만 자기를 안다는 게 어디 그들만의 일이겠는지요. 사람이라면
누구나 자신을 아는 것이 중요합니다. 자신을 알게 되면 인생을 더 가치
있게 살아갈 수 있지요. 자신을 아는 것이 참다운 진보라는 안데르센의
말을 가슴 깊이 새겨두고 실천하십시오. 선각자에게서 배우는 것입니다.

⊕ 앞서 살다 간 선각자들은 자기를 알기 위해 평생을 진리 탐구에 몰두하였지요. 자기를
안다는 것은 그 어떤 진리보다도 힘든 탐구지요.

{

세상에서 가장 좋은 벗도 자신이고
가장 나쁜 벗도 자신이다.

월만

}

　사람은 누구나 자신에게 관대하게 마련이지요. 남의 잘못은 못 봐주면서 자신의 잘못은 슬쩍 넘어갑니다. 그러면서도 양심의 가책을 받지 않습니다.

　자기를 이기는 사람이 가장 강한 사람이라는 말이 있습니다. 동서양을 막론하고 예로부터 현대에 이르기까지 성공한 사람들은 어떤 환경에서도 자신을 극복하고 원하는 것을 이루어냈습니다. 그런데 사람들은 그들이 성공하기까지 헤쳐온 어려웠던 일은 보지 못하고 성공한 뒤의 화려한 모습만 보고 부러워합니다.

　자신을 이기지 못하는 사람은 자신이 원하는 것을 절대 가질 수 없습니다.

　그 어느 것도 쉽게 얻으려고 하지 마세요. 쉽게 얻는 것은 쉽게 사라집니다. 땀 흘려 얻은 것만이 가치가 있고 오래갑니다.

🔆 인간은 두 개의 인간형이 있습니다. 좋은 인간형 쪽으로 서면 선하게 되고, 나쁜 인간형 쪽으로 치우치면 악하게 되지요.

세상이 찾는 사람이 되라.
그러면 세상이
그대에게 선물을 줄 것이다.

랠프 왈도 에머슨

대개의 사람들이 생각하는 성공의 개념은 다음과 같습니다. 첫째, 모두가 부러워하는 막대한 부를 이루는 것. 둘째, 높은 지위에 올라 남을 부리며 시선을 한 몸에 받는 것. 셋째, 명예를 얻어 이름을 널리 떨치는 것. 이는 모두 외적으로 보여지는 것을 기준으로 한 것들입니다.

하지만 존경받는 사람이 된다면 그것만으로도 충분한 성공이라고 할 수 있습니다. 진정한 존경은 돈으로도, 권력으로도, 명성으로도 얻을 수 없기 때문이지요. 진정한 존경은 존경을 받을 만한 가치가 있을 때에만 주어지는 최선의 예의입니다.

많은 사람들이 반드시 필요로 하는 사람이라면 그는 존경받을 가치가 충분합니다. 누구나 필요로 하는 사람은 아무나 될 수 없기 때문이지요.

에머슨은 말합니다.

"그대를 찾는 사람이 되라. 그렇게 될 때 세상이 반드시 그대에게 선물을 줄 것이다."

누군가에게 반드시 필요한 사람이 되어야 하겠습니다.

> 누군가에게 필요한 존재, 누군가가 필요로 하는 존재가 훌륭한 사람이지요. 그렇지 않으면 사람들이 찾을 리가 없으니까요. 누군가에게 반드시 필요한 사람, 그런 사람이 되어야 합니다.

자신에게 엄격하라

자기 반성은 엄중히 하고
다른 사람 책망은 가벼이 하면
원망이 멀어진다.

공자

　자신의 실수는 덮어두고 남의 실수는 작은 것 하나까지라도 그냥 보아 넘기지 않는 사람이 있습니다. 지극히 이기적이고 자기중심적인 사람이지요. 그런 사람은 가까이 안 하는 것이 좋습니다. 가까이 해봐야 마음에 상처만 입게 되니까요.

　성인군자라는 말이 있습니다. 군자는 자신에겐 엄격하고 타인에겐 관대한 사람을 말합니다. 자신의 실수에 대해서는 깊은 반성을 하지만 타인에 대한 원망은 가볍습니다. 하지만 소인배들은 자신의 실수엔 관대하고 타인에 대한 원망은 하늘을 찌를 듯 격하지요.

　자신에게 엄격하면 실수가 줄어드는 법입니다. 스스로가 잘못을 통제하고 신중한 자세를 취함으로써 두 번 다시는 같은 실수를 하지 않으려고 노력하기 때문이지요. 남의 잘못에 대해 지나치게 원망하거나 탓하지 마세요. 오히려 자신을 반성하며 새로운 것을 손에 쥘 수 있는 기회로 삼아야 합니다.

　자기에게 엄격한 사람이 되어야 합니다. 그래야 자신의 뜻을 바르게 세워 목적을 이룰 수 있지요. 자신에게 관대한 사람은 자신에게 지게 됩니다. 마음의 눈이 어두워지기 때문이지요.

인정을 베풀라

> 매사에 인정을 베풀면
> 훗날 기쁨으로 다시 만난다.
>
> 명심보감

　살면서 인정을 베푸는 사람이 있는가 하면 오히려 해악을 끼치는 사람이 있습니다. 같은 사람 인人자를 쓰는데도 어쩌면 그렇게도 다를 수가 있을까요. 그것은 첫째, 선천적으로 타고난 성격에 의한 것이고, 둘째, 자라온 환경에 따른 문제이며, 셋째는 교육의 가치관에 따른 것이라고 할 수 있습니다.

　한 사람이 위급한 상황에 놓여 있는데 선생이란 이도 그냥 지나치고, 직장 상사도 그냥 지나쳤습니다. 그때 이방인으로 홀대받던 사람이 그를 구해주었습니다. 사회 지도자급인 선생이나 상사는 그의 고통을 자신과 무관한 것으로 여겼지만, 조롱받고 홀대받던 이방인은 따뜻한 사랑과 인간에 대한 예의로 도움을 주었던 것입니다.

　명심보감에 '범사유인정凡事留人情 후래호상견後來好相見'이라는 말이 있습니다. '매사에 인정을 베풀면 훗날 좋은 낯으로 다시 만난다'는 뜻이지요. 인정을 베풀며 사람 냄새를 풍기며 살아야 합니다. 그것이 사람답게 사는 도리랍니다.

　인정을 베풀고, 배려하며, 양보를 잘하는 사람은 누구나 친교하기를 원하지요. 그리고 오래 기억하지요. 하지만 야박하게 굴면 그 대가가 그대로 돌아오지요. 인정은 인간에 대한 사랑입니다.

미래의 개척자

위대한 사람은 항상
미래로 통하는 길을 닦는다.
위대한 사업가나 예술가도 미래를 개척한다.

존 러스킨

비가 몹시 내리던 어느 날, 영국 옥스퍼드대학 교수인 존 러스킨이 강의를 하러 길을 나섰습니다. 내린 비로 길은 엉망진창이었고 그 바람에 신이며 옷을 버리고 말았습니다.

그는 학생들에게 말했습니다. 비로 인해 길이 엉망인데 어떻게 하면 좋겠느냐고. 그랬더니 한 학생이 지금 밖으로 나가 길을 정비하자고 했습니다. 그래서 모두 밖으로 나가 길을 닦았다고 합니다.

러스킨은 학문은 실천을 통해서 이루어져야 한다는 것을 깨우쳐주었던 것입니다. 미래를 개척하는 정신이지요.

위대한 사람은 현실만 바라보는 게 아니라, 항상 미래를 바라보며 준비하는 사람입니다. 러스킨은 책상머리 공부를 떠나 보다 실천주의적인 학문을 주장했고 실천하였습니다. 그 결과 존경받는 사상가로서, 교수로서 지금도 영국인들의 가슴에 남아 있지요.

무언가를 이루고 싶다면 가만히 앉아 있지 마세요. 걷고 뛰고 부지런히 움직여야 합니다. 움직이는 만큼 미래가 밝아지니까요.

🏃 지금보다 나은 미래를 위해 일하는 사람은 마땅히 존경받아야 합니다. 지금 우리가 누리고 있는 모든 혜택은 그들의 땀방울이 모여 이루어진 것이니까요.

감동이 있는 삶

감동이 사라지는 순간
삶은 그만큼 삭막해진다.
감동이 있으므로 삶이 아름다운 것이다.

G.E.레싱

나무 한 그루, 꽃 한 송이, 풀 한 포기 없는 사막은 생각만 해도 가슴이 먹먹해집니다. 생각만으로도 삭막하고 숨이 막히지요.

우리가 사는 이 세상도 감동이 사라지면 그처럼 삭막하고 쓸쓸할 것입니다. 더 이상 감동도 없고, 꿈도 없고, 미래도 없고, 사랑도 없겠지요.

사람은 감동하며 살아야 합니다. 그래야 남을 배려하게 되고, 사랑하게 되고, 꿈도 갖게 되고, 밝은 미래를 향해 희망을 품을 수 있습니다.

인간의 순수함을 그려 세계인들에게 꿈을 심어준 소설 《어린왕자》의 작가 생텍쥐페리는 사막에 불시착한 후, 캄캄하고 암담한 현실에서도 꿈을 잃지 않았기에 그처럼 아름답고 맑은 소설을 쓸 수 있었지요. 보통 사람 같으면 모래밖에 없는 사막 한가운데서 절망으로 가득 차 자신의 현실을 슬퍼했을 텐데, 그는 희망을 보았던 것입니다. 그 결과 그는 구조되었고 자신의 경험을 그처럼 감동적으로 그려낼 수 있었지요.

🌱 감동이 있는 삶은 모두를 행복하게 하지요. 그런데 감동을 얻기 위해서는 나만 잘 한다고 해서 되는 것이 아니지요. 서로가 서로에게 잘해야 합니다. 감동 있는 인생을 살아가는 것은 상상만으로도 기쁨이 넘치지요.

삶의 권리

{
삶의 권리를 위해 희생을 치를 때
우리는 자유를 획득한다.

타고르
}

우리나라를 일찍이 '동방의 등불'로 찬양하며 다가올 미래에는 대한민국이 세계의 중추적 역할을 담당할 것이라고 축복한 인도의 시성 라빈드라나드 타고르! 그는 시인이자 사상가였습니다. 그런 그가 일본과 중국을 뒤로하고 우리나라를 높이 받들어 예언하였지요. 그의 말은 지금 현실이 되고 있습니다.

우리나라는 2009년 우리 경제사상 최초로 400억 달러가 넘는 흑자를 기록함은 물론, 세계 9위의 경제대국이 되었습니다. 또한 세계 경제가 주춤거리는 가운데 OECD경제개발협력기구 국가 중 제일 먼저 어려움을 벗어났고, G20에 진입했으며, 2010년에는 제1회 G20회의를 주최하여 위상을 높였습니다.

어디 그뿐인가요. 400억 달러가 넘는 아랍에미리트 원자력발전소 공사를 수주하는 엄청난 실적을 올렸습니다. 그것도 원자력발전소 강국인 프랑스를 제치고 말이지요. 또 원조를 받았던 국가 중 제일 먼저 원조를 하는 국가로 바꾸어 섰습니다. 우리나라는 머지않아 세계의 중심에 서는 위대한 국가가 될 것입니다.

누구나 삶의 권리를 누릴 자격이 있습니다. 하지만 그것은 그냥 주어지는 것이 아니지요. 자신을 헌신해야 가능합니다.

운명의 별

{ 네 운명의 별은
너의 가슴속에 있다.

실러 }

가슴에 꿈을 품은 사람은 꿈을 이루고, 사랑을 품은 자는 사랑을 이룹니다. 하지만 미움과 시기를 품은 사람은 미움과 시기의 대상이 되고, 절망을 품은 자는 절망하며 살게 되지요.

'심는 대로 거둔다'는 말이 있듯 가슴 밭에 무엇을 심느냐는 매우 중요합니다. 자신이 이룬 결과에 대해 만족하려면 만족할 수 있는 대상을 심어야 합니다. 또 실행하는 일이 작으면 큰 그릇이 될 수 없습니다.

"네 운명의 별은 너의 가슴속에 있다"고 말한 실러!

주어진 운명도 가슴 밭에 무엇을 심느냐에 따라 바꿀 수 있지요. 지금의 현실이 당신을 괴롭히고 고통스럽게 해도 절대 포기하지 마세요. 아무리 고약한 운명도 포기하지 않고 애쓰고 노력하는 사람에겐 두 손을 들고 가버립니다.

최후의 순간에도 길은 있는 법이지요. 길을 찾아 나아가세요. 찾아도 없으면 만들면서 가십시오. 최후에 남는 사람이 성공이라는 아름다운 별을 선물로 받을 것입니다.

운명은 인간을 지배하지만 그 운명을 지배하는 것 또한 인간입니다. 어떤 운명에도 지지 마세요. 운명은 의지가 강한 사람에게는 약하고, 의지가 약한 사람은 만만히 여겨 함부로 대하지요.

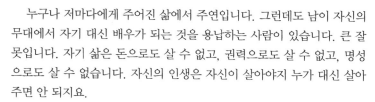

무대

이 세상은 무대이고
남자와 여자는 모두 배우이다.

셰익스피어

누구나 저마다에게 주어진 삶에서 주연입니다. 그런데도 남이 자신의 무대에서 자기 대신 배우가 되는 것을 용납하는 사람이 있습니다. 큰 잘못입니다. 자기 삶은 돈으로도 살 수 없고, 권력으로도 살 수 없고, 명성으로도 살 수 없습니다. 자신의 인생은 자신이 살아야지 누가 대신 살아 주면 안 되지요.

자기 무대를 명품 무대로 만들고 싶다면 명품 배우가 되어야 합니다. 명품 배우가 되면 자연히 그 무대는 명품 무대가 되는 것입니다.

예술가라면 누구나 한 번은 꼭 서고 싶어 하는 카네기 홀. 그곳이 유명하게 된 것은 뛰어난 예술가들이 그 무대에서 진가를 발휘했기 때문입니다. 카네기 홀 같은 주목받는 인생의 무대에서 주연이 되고 안 되고는 순전히 자신의 몫이지요.

셰익스피어는 희곡의 대가답게 삶과 인생의 관계를 무대와 배우로 비유하여 함축적으로 잘 표현했습니다.

🌸 인간은 누구나 배우이고, 연기를 합니다. 그런데 어떤 배우는 단역만 하고, 어떤 배우는 조연을 하고, 어떤 배우는 주연을 하지요. 자신의 무대를 빛내고 싶다면 개성을 살려 명품 배우가 되십시오.

인생의 과업

{

인생은 괴로움도, 향락도 아니다.
완수하지 않으면 안 될 의무적인 과업이다.

토크빌

}

　인생이 고달프다고 해서 함부로 버릴 수도 없고, 즐겁고 신난다고 해서 연장하거나 낭비할 수도 없습니다. 사람이 태어나 세상에 존재함으로써 있어지는 삶을 의미하는 것이고, 그 과정을 일러 인생이라고 합니다.

　인생을 잘 영위하려면 자신에게 부여된 삶을 가치 있게 살아야 합니다. 인생을 무의미하게 사는 것은 자신에게 부여된 권리와 의무를 쓰레기처럼 하찮게 여기는 것이지요. 이렇게 사는 것은 자신을 모독하는 것이고, 용서받지 못할 기만입니다.

　지금 이 순간에도 지구 곳곳엔 자신에게 주어진 과업을 이루기 위해 땀 흘리는 사람들이 있습니다. 이들은 자신보다도 타인을 위해 살아가지요. 그런데 자신에게 주어진 과업조차 이루지 못한다면 얼마나 부끄럽고 허무할까요.

　인생은 자신만의 것이 아니라 부모와 형제, 그리고 세상 모두의 것이지요. 함께 어우러져서 사는 게 인생이니까요. 그러므로 인생을 소중히 하고 목표를 이루며 살아야 합니다.

　인생의 길은 가기 싫다고 해서 안 가도 되는 그런 길이 아니지요. 한번 들어서면 어떤 고난과 시련의 강을 만나도 포기하지 말고 가야 합니다. 자신의 모두를 걸고 가야 하는 권리와 의무의 길이지요.

{
인생은 한 잔의 차와 같다.
서둘러 마시면
그만큼 더 빨리 바닥이 드러난다.
}

배리

차나 커피를 마시는 모습을 보면 그 사람의 성격이 그대로 드러납니다. 천천히 마시는 사람은 차 맛을 음미하지요. 하지만 급하게 마시는 사람은 차 맛을 제대로 알 수 없습니다. 가끔은 혀를 데기도 하고요.

인생도 이와 같습니다. 인생을 의미 있게 살기 위해서는 하루하루를 돌이켜보며, 무엇을 잘하고 무엇을 잘못했는지 살피며 살아야 합니다. 그런데 늘 쫓기듯 숨 가쁘게 사는 사람들을 자주 봅니다. 그런 사람들은 인생이 금방이라도 끝날 것처럼 굴지요.

하지만 인생은 쉽게 끝나는 게 아닙니다. 서두른다고 해서 잘 살아지는 게 인생이라면 그렇게 살아야겠지만, 옆도 보고 위아래를 살피면서 살아야 인생을 제대로 사는 겁니다.

빨리 짓는 집이 쉬 망가지고, 급하게 먹는 밥이 체하지요. 무슨 일이든 순리대로 해야 문제가 없는 법입니다.

바쁠수록 돌아가라는 말이 있습니다. 급히 서두름에 대한 경각심을 일깨우는 말이지요.

❋ 인생은 서두른다고 해서 잘되지 않습니다. 그보다는 알뜰하고 규모 있게 살아야 합니다. 행복한 인생은 시계를 보지 않습니다. 너무 과욕을 부리지 말고 순리에 순응하며 살아야 합니다.

{ 인생을 새롭게
변화시키는
실천 마인드
147 }

01 고정관념은 변화의 적이다. 지금보다 더 나은 인생을 원한다면 고정관념을 마음속에서 날려버려라.

02 상대와 환경을 바꾸려 하지 말고 자기 자신을 바꿔라.

03 충고는 변화의 에너지다. 진정한 자기 발전을 위해서라면 흔쾌히 충고를 받아들여라.

04 새로운 자신의 모습을 항상 생각하라. 그러면 어떤 어려움도 고통도 견뎌낼 수 있다.

05 기회가 찾아오길 기다리지 마라. 기회가 찾아올 때는 이미 늦다. 성공하고 싶다면 먼저 찾아가라.

06 넘어지는 것을 두려워하지 마라. 당신이 지금 잘 걷는 것은 걸음마를 배울 때 많이 넘어져봤기 때문이다. 진정 보다 나은 삶을 원한다면 장애물을 두려워하지 말고 넘어가라.

07 잘못된 것은 즉시 시정하라. 곪은 것을 그대로 두면 상처부위를 도려내야 하듯 인생을 그릇되게 할 수 있다.

08 지나간 실패에 대해 생각하지 마라. 실패는 잊되 그를 통해 배운 교훈을 마음에 새겨 성공의 디딤돌로 삼아라.

09 자신을 철저하게 관리하라. 자신에게 지는 자는 어떤 성공도 이룰 수 없다. 성공한 자들은 하나같이 자신을 이긴 사람들이다. 어떤 상황에서도 자신을 이기는 자가 되라.

10 성공을 방해하는 세 가지 나쁜 마인드는 첫째, 매사에 부정적인 생각을 하는 것, 둘째, 게으름과 나태함이며, 셋째, 대충 넘어가는 무사안일의 태도이다.

11 오늘 일은 반드시 오늘 끝내라. 하루를 미루면 이틀이 되고, 사흘이 되고, 나흘이 되고, 한 달이 되고, 1년이 되고, 10년이 되고, 끝내는 영원히 못하게 된다.

12 배타적인 생각을 버려라. 변화의 걸림돌은 고정관념에도 있지만 배타적인 생각이야말로 가장 위험한 생각이다. 배타적인 생각은 적을 만들 수 있기 때문이다.

13 모험을 두려워하지 마라. 새로운 미래, 새로운 발상, 새로운 발전을 위해 상상하라. 하지만 모험을 두려워하면 그 어떤 결과도 얻지 못한다.

14 불평불만은 하는 자신도 기분 나쁘고 듣는 사람도 언짢게 한다. 따라서 어디에도 쓸모가 없다. 그러니 쓰레기통에나 버려라.

15 모르는 것은 반드시 알고 넘어가라. 무엇을 안다는 것은 새로운 변화를 위해 반드시 필요하다.

16 매사를 긍정적으로 사고思考하고 능동적으로 행동하라.

17 인생에 연장전은 없다. 전반전에서 승부를 내든 후반전에서 승부를 내든 끝나기 전에 내야 한다.

18 문제 뒤에는 반드시 답이 있다. 놓치지 말고 찾아내라.

19 열정형 인간이 되라. 열정은 불가능을 가능하게 한다. 열정을 믿어라. 열정이 사라지지 않도록 꿈을 잃지 마라.

20 성공한 사람들의 마인드를 벤치마킹하라. 그것이 확실한 성공 비법이다.

21 자기 인생의 멘토를 정하라. 훌륭한 멘토가 훌륭한 인생을 만든다. 훌륭한 멘토는 지혜와 경험을 제공함으로써 성공적인 삶을 이루는 데 결정적인 역할을 한다.

22 멘토로 삼고 싶은 이에게 관심을 집중시켜라. 무언가를 위해 노력하는 자에겐 그가 알지 못하는 사이 그의 빛이 되어주고자 다가오는 멘토가 있다. '하늘은 스스로 돕는 자를 돕는' 거와 같은 이치다.

23 나와 너의 인간관계 법칙을 활용하라. 이는 서로 의미 있는 역할을 하는 관계를 말한다. 이때 중요한 것은 상대방에게 좋은 인상을 심어주어야 한다는 것이다. 그렇지 않으면 누구도 자신에게 깊은 관심을 기울이지 않을 것이다.

24 실천이 따르지 않는 목표는 허구일 뿐이다.

25 목표에 대한 준비를 철저하게 하라.

26 목표 없는 인생은 죽은 인생이다.

27 가난을 슬퍼하지 말고 꿈이 없음을 반성하라.

28 실천하지 않으면 아무런 결과도 얻을 수 없다.

29 목표가 아무리 반듯해도 실현시키는 것은 실천력이다.

30 목표가 스케치라면 실천은 그 위에 물감을 칠하는 것이다.

31 신념을 갖기 위해서는 스스로에게 정직해야 한다.

32 신념 없인 무슨 일도 시작하지 마라.

33 신념엔 반드시 실천적 의지가 뒤따라야 한다.

34 신념은 태산을 갈아엎어 평지로 만든다.

35 신념 앞에 불신을 품지 마라.

36 흔들림 없는 신념 앞에 경거망동하지 마라.

37 신념은 자신에 대한 믿음이다.

38 걱정은 마음속에 쌓아둘수록 주름살만 늘어나게 한다.

39 걱정은 하면 할수록 백해무익한 것이다.

40 걱정이라는 못된 짐승이 나를 구속하지 않도록 틈을 주지 마라. 또 한 치의 겨를도 주지 말고 마음에서 멀리 쫓아버려라.

41 걱정함으로 해서 꿈을 이룰 수 있을까. 걱정이란 한낱 바람에 날리는 겨와 같다.

42 걱정은 현명이라는 튼튼한 뿌리의 나무를 잔바람에도 흔들리는 갈대가 되게 한다.

43 인생에 있어 가장 큰 자산은 사람이다. 인적 자원이 많다는 것은 그만큼 성공할 준비가 되어 있음을 의미한다.

44 인적 네트워크를 구축한다는 것은 다변화된 현대사회에서는 필수아미노산과 같다.

45 가장 필요한 것도 사람이고, 가장 경계해야 할 대상도 사람이다. 나와 코드가 맞는 사람은 내 인생에 빛과 소금 같은 존재다.

46 무너진 강둑은 다시 쌓으면 되지만 한번 깨진 신뢰를 다시 쌓기란 태산을 오르는 것처럼 힘들다.

47 성공한 사람들의 공통점은 인적 네트워크를 견고히 구축한 데 있다.

48 배나무 밑에 앉아 기다린다고 해서 저절로 배가 입속으로 들어오지 않는다. 배가 먹고 싶다면 직접 따서 먹어야 한다. 이것이 배를 먹을 수 있는 가장 확실한 방법이다.

49 부지런한 새가 더 많은 먹이를 구하는 법이다. 더 많은 것을 얻고 싶다면 부지런한 인생의 새가 되어라.

50 발로 뛰는 것만큼 확실한 것은 없다. 몸으로 부딪혀 얻는 것이 인생을 더욱 견고하게 만들어준다.

51 인간관계는 앉아서 이루어지지 않는다. 만나고 얘기하고 웃고 떠들면서, 때론 먹고 마시면서 만들어지는 것이다.

52 자신을 변화시키는 가장 좋은 방법은 자신을 사람들 앞에 노출시켜 그들과 함께하는 것이다. 그러면 보고 듣고 얻는 것이 많아져 새로운 길로 나아가게 하는 에너지가 분출된다.

53 경쟁은 과거에도, 현재에도, 먼 미래에도 피할 수 없는 의식과 같은 것이다.

54 경쟁에서 밀리면 결과는 실패라는 붉은 딱지를 남기게 될 것이다. 피해갈 수 없는 경쟁이라면 과감하게 맞서 싸워 이겨라.

55 자본주의사회는 경쟁을 통해 발전한다. 경쟁의 긍정적인 효과는 보다 나은 내일을 위한 에너지의 충전이다.

56 경쟁에도 질서는 있어야 한다. 정직하고 당당하게 상대를 제압해야 하는 것이다. 거짓은 뿌리를 드러낸 나무와 같아 약한 비바람에도 쉽게 쓰러지고 만다.

57 경쟁에서 스트레스를 받기보다는 경쟁을 즐겨라. 즐기는 경쟁에 익숙해지면 경쟁은 흥미로운 게임처럼 여겨질 것이다.

58 시도하지 않으면 아무것도 할 수 없다. 변화란 새로운 시도를 통해서만 가능하다.

59 변화에는 두려움과 걱정이 따른다. 새로운 것의 실패를 염려하기 때문이다. 새로움을 원한다면 두려움의 사슬에서 벗어나야 한다.

60 성공은 변화를 원하는 자에게는 반가운 손님과 같다. 성공하고 싶다면 변화를 꿈꾸고 시도하라.

61 지금의 자리에 안주하는 것은 더 나은 내일을 포기하는 것과 같다. 이상을 품고 변화를 꿈꿔라. 변화하는 자만이 더 나은 이상을 실현할 수 있다.

62 변화는 모든 것을 가능하게 한다. 변화하지 않는 인생은 죽은 인생이다.

63 성공은 주저함을 넘어설 때 온다. 쉽게 할 수 있는 일은 누구나 할 수 있기에 그저 그렇고 그런 일로 끝나기 십상이다.

64 '성공의 열쇠'는 쉽게 손에 넣을 수 없는 보석상자다. 그러므로 남이 망설일 때 용감하게 쟁취하라.

65 어떤 일을 하는 데 주저하는 것은 그 일에 대한 신념이 약하기 때문이다. 일을 성공으로 이끌기 위해서는 강한 신념으로 추진해야 한다.

66 신념이 서지 않는 일은 절대 하지 마라. 그러나 신념이 서는 일엔 용감하게 도전의 칼을 뽑아들어라.

67 편법과 계략은 일시적인 눈가림에 불과하다. 한두 번은 속일 수 있어도 대중은 어리석지 않음을 알아야 한다.

68 강물은 거꾸로 흐르지 않듯 모든 이치는 순리대로 흘러간다. 순리를 거스르면 곧바로 실패다.

69 정직은 언제나 옳다. 그래서 죽지 않고 영원으로 남는다.

70 거짓과 음해는 뿌리를 드러낸 나무와 같다. 그런 나무는 작은 비바람에도 쉽게 뽑혀나가듯 거짓과 음해 또한 오래가지 못한다.

71 정직은 푸른 소나무처럼 변함이 없다. 어떤 계략도 결코 정직을 이길 수 없다.

72 창조적이고 진취적인 사람이 되라. 그런 사람이 어떤 일이든 성공으로 이끌어낼 수 있다.

73 한번 시작한 일은 목숨을 걸고서라도 반드시 끝내라. 확고한 태도로 실행한다면 그만큼 성공할 확률이 높다.

74 일을 하다 중도에서 포기하는 것처럼 어리석은 일은 없다. 어리석은 인간형에 갇히지 않으려면 확고한 신념으로 꾸준하게 실천하라.

75 능력에 맞는 목표를 정하라. 사람은 누구나 그만의 특기와 장점이 있다. 그 특기와 장점을 최선의 노력으로 활용하라.

76 사자는 한번 정한 먹잇감은 놓치지 않는다. 마찬가지로 한번 정한 목표는 강한 추진력으로 밀고 나가라.

77 임전무퇴의 투철한 정신으로 무장하라. 싸움에 나간 화랑도가 그 싸움에서 승리할 때까지 절대로 물러서지 않았던 것처럼 결정한 일은 성사될 때까지 계속 밀고 나가라.

78 불가능을 가능으로 바꿔라. 불가능하다는 생각은 가능한 일까지 비관적으로 만들어버린다. 불가능하다는 생각을 경계하라.

79 불가능을 가능으로 이끌어내는 능력을 길러라. 이것이 성공으로 가는 비밀이다.

80 자신을 믿어라. 믿지 못하면 어떤 것도 성공할 수 없다.

81 기적보다는 노력을 믿어라. 기적이나 요행을 바라게 되면 자신에게 있는 능력까지 소멸시킬 수 있다. 성공을 꿈꾼다면 능력을 최대한 계발하라.

82 허황된 꿈과 헛된 생각을 버려라. 그것은 자신을 무능력한 사람으로 만들 뿐이다.

83 현실을 직시하는 눈을 길러라. 현실을 정확하게 판단하는 눈이 있어야 일을 성공적으로 이끌어낼 수 있다. 또 많은 독서를 하고 신문과 뉴스 보는 것을 즐겨라. 세상을 판단하는 능력이 있어야 현실을 직시할 수 있다.

84 창의력은 '무를 유로 만드는 원천'이다. 인생을 풍요롭고 의미있게 살고 싶다면 자신을 창조적이고 창의력 넘치는 사람으로 계발하라.

85 숨겨진 1퍼센트의 창의력을 계발하라. 사람에게는 무한한 창의력이 있다. 다만 계발되지 못하고 잠겨 있는 것이다.

86 남과 같이 해선 절대로 남 이상이 될 수 없다. 늘 창의적으로 생각하고 도전하라. 그래야 VIP 인생이 되고, 승리자가 된다.

87 시간 관리에 능통한 사람이 되라. 똑똑한 사람은 자신에게 주어진 한 시간을 두 시간, 세 시간만큼 값지게 늘여 쓰지만 어리석은 자는 단 1분만큼 가치 없게 허비한다.

88 하고 싶은 일에 시간을 아낌없이 투자하라. 그 시간은 역동적인 에너지가 되어 귀한 선물을 안겨줄 것이다.

89 인생의 성패는 시간에서 온다. 시간을 잘 쓰면 돈이 된다. 주어진 시간의 주인이 되라.

90 무슨 일이든 할 수 있다는 사고방식을 가져라. 긍정적인 생각을 가지면 무슨 일이든 할 수 있다는 자신감이 생긴다.

91 성공하기 위해서는 성공주의자가 되어야 한다. 성공주의자가 되려면 다음과 같이 행하라. 첫째, 스스로를 행복한 사람이라고 여겨라. 둘째, 무슨 일이든 할 수 있다고 생각하라. 셋째, 실패를 두려워하지 말고 기꺼이 받아들여라. 넷째, 처음부터 잘하려고 하는 조급한 마음을 버려라. 다섯째, 오늘이 마지막인 듯 열정적으로 하라. 여섯째, 오늘 일을 내일로 미루지 마라. 일곱째, 모르는 것은 알 때까지 파고들어라. 여덟째, 불가능의 미혹에 빠지지 마라. 아홉째, 시간을 낭비하지 마라.

92 꿈이 있는 삶은 가난해도 행복하다. 그러나 꿈이 없으면 돈이 많아도 행복하지 않다. 꿈은 돈이 줄 수 없는 절대적인 가치로 행복을 만들어준다.

93 아는 것이 힘이다. 안다는 것은 매우 중요하다. 시시각각 변화하는 현대사회에서 남보다 앞서가기 위해서는 많은 것을 배우고 익혀야 한다. 배우는 일을 게을리하면서 남보다 잘되기를 바라는 것은 자신을 기만하는 것이다.

94 돈이 없음을 부끄러워하지 말고 진정한 실력자가 되라. 아무리 돈이 많아도 아는 것이 없으면, 무식한 게 돈은 많아서 거드름을 피운다느니, 모르면서 돈복은 있어 잘난 척을 한다느니 하며 비난을 받는다. 아는 게 없다는 것은 돈이 없다는 것보다 더 부끄러운 일이다.

95 현대는 전문가를 요구한다. 표피적이고 단순한 지식으로는 원하는 직업을 가질 수 없다. 기업이나 사회에서 요구하는 전문 지식을 갖추어라.

96 집중력이 성패를 결정한다. 그런데 집중력을 키워야 한다는 것은 알고 있지만 그것을 실천으로 옮기는 데는 약하다. 끈기와 인내심이 부족하기 때문이다.

97 집중력은 근본적인 능력을 최대한 끌어올린다. 분산하는 능력을 하나로 모아주기 때문이다.

98 사람에겐 무궁무진한 잠재력이 있다. 이를 최대한 활용하라. 주어진 잠재력을 10퍼센트만 활용해도 성공할 수 있다.

99 실패의 두려움에서 벗어나라. 사람은 누구나 실패한다. 다만 실패를 통해 어떻게 해야 하는지를 가늠하고 나아가 새로운 방법을 모색하라. 실패의 다른 이름은 성공의 디딤돌이다.

100 시련은 있으나 실패는 없다는 생각은 정신적 안정감을 준다. 그리고 이 안정감은 일을 하는 데 자신감을 갖게 한다.

101 낙관적인 생각은 사람을 능동적이고 긍정적으로 만든다. 그래서 시련이 파도처럼 밀려오고 고통이 산처럼 높이 쌓여도 쓰러지는 법이 없다. 오히려 그것을 교훈 삼아 새로운 길을 모색하는 지혜를 발휘하게 된다.

102 상황을 꿰뚫어보는 능력을 길러라. 상황을 제대로 꿰뚫어보는 눈은 일에 대한 분석과 전망의 예측은 물론 예고 없이 발생하는 일에 대해 능동적으로 대처할 수 있는 힘이 된다.

103 임기응변 능력을 길러라. 이는 창의적 아이디어로써 위기를 기회로 만든다.

104 맡은 일은 끝까지 책임져라. 그래야 신뢰를 받는다.

105 미래를 내다보는 안목을 키워라. 그러기 위해서는 책을 읽어라. 책 속엔 많은 지혜가 담겨 있다.

106 최선의 노력을 다하라. 꿈이 크고 이상이 높다고 해서 미래의 주인공이 되는 것은 아니다. 큰 꿈과 높은 이상보다 더 노력을 해야 한다. 말만 앞세워서 이루어지는 것은 아무것도 없다.

107 미래를 생각하지 않으면 삶은 퇴보한다. 오늘에 만족하는 사람은 오늘뿐이지만 미래를 향해 나가는 사람에게 미래는 날마다 오늘이다.

108 자신만의 주체성을 길러라. 주체성이 있는 사람은 자기 주관이 분명해서 남을 따라하거나 억지로 흉내 내지 않는다. 현대 사회는 개성이 뚜렷한 사람, 즉 주체성이 뚜렷한 사람을 필요로 한다.

109 어떤 상황에서도 살아남는 생존법을 배워라. 그리고 언제나 주체적이고 확신에 찬 신념을 가져라.

110 해서 안 되는 일은 없다. 하면 된다고 믿고 하라. 부정적이고 나약하면 성공이라는 챔피언 벨트를 차지할 수 없다.

111 무엇을 하든 즐거운 마음으로 하라. 그래야 마음에 부담이 없고, 마치 게임을 하는 것처럼 즐겁다.

112 일은 능동적이고 역동적으로 하라. 이러한 자세는 꿈을 실현하는 데 가장 큰 원동력이 되어줄 것이다.

113 일이 즐겁지 않으면 억지로 하지 마라. 능률이 오르지 않는다. 무엇이든 즐거운 마음으로 해야 행복하고 열정적으로 할 수 있다.

114 리더십을 길러라. 그러기 위해서는 다음과 같이 행해야 한다. 첫째, 사람들에게 강한 믿음을 심어주어라. 둘째, 강한 자신감과 용기를 갖추어라. 셋째, 정직하라. 넷째, 아무도 넘볼 수 없는 실력을 갖추어라. 다섯째, 포용력을 갖추어라. 여섯째, 자신만의 철학을 가져라.

115 카리스마 넘치는 탁월한 리더십은 철저한 자기 관리와 솔선수범할 때 가능하다. 유능한 리더십은 상대로 하여금 스스로 하도록 이끄는 것이다.

116 저돌적인 근성을 길러라. 무슨 일을 하든 근성이 있어야 한다. 근성은 반드시 목표를 이루겠다는 강한 신념에서 나온다.

117 개척자 정신을 길러라. 개척자 정신은 창조적 에너지의 원천이며 불굴의 신념이다.

118 승리의 주역이 되고 싶다면 하고자 하는 일을 두려워하지 말고 시도하라. 시도하지 않으면 무엇도 이룰 수 없다.

119 열정적인 사고방식을 가져라. 열정이 성공을 안겨준다.

120 대범하고 담대하라. 그러기 위해서는 다음과 같이 행해야 한다. 첫째, 마음에서 두려움을 없애라. 둘째, 남들도 하는데 내가 왜 못해,라는 강한 긍지를 가져라. 셋째, 나는 할 수 있어, 라고 강하게 자신에게 주문을 걸어라. 넷째, 두둑한 배짱을 길러라. 배짱은 강한 마음의 표현이다.

121 지혜는 마음의 보석이다. 한 사람의 놀라운 지혜는 백만 명을 살리기도 하고 죽이기도 한다. 성공의 길로 가고 싶다면 지혜를 길러라.

122 중도에서 포기하지 말고 끝까지 하라. 세상에 쉬운 일이란 없다. 강한 의지로 목표에 도전하라.

123 누구에게나 발전할 잠재력은 있다. 자신에게 숨겨진 잠재력을 찾아내 활용하라. 자신이 잘할 수 있는 것을 발견해 계발하는 것이야말로 인생을 풍요롭게 가꾸는 최선의 방책이다.

124 가만히 앉아서 성공이 찾아오길 기다리는 바보가 되지 마라. 먼저 나서서 찾고 개발하라. 가만히 앉아서 기다리는 사람이 좋다고 찾아오는 눈먼 성공은 어디에도 없다.

125 적당히 넘어가고 적당히 눈감아주는 적당주의를 버리고, 최선을 다하는 성의를 보여라.

126 땀방울은 사람을 속이지 않는다. 땀을 흘리며 책을 읽고, 땀을 흘리며 일을 하고, 땀방울을 흘리며 인생을 고뇌하라.

127 약속을 목숨처럼 소중히 여겨라. 약속을 가볍게 여기는 것은 인생을 허투루 살겠다는 것과 같다.

128 신용으로 자신을 무장하라. 자신을 철저하게 신용으로 무장하고 신용주의자가 되어라. 신용이 보장되는 인생은 그것만으로도 절반은 성공한 인생이다.

129 일이 뜻대로 되지 않더라도 괴로워하지 마라. 반대로 잘 되어간다고 너무 흥분하지도 마라. 다만 두 가지 결과에 대한 원인을 철저히 분석하라.

130 고정관념을 버려라. 고정관념은 변화와 발전을 가로막는 최대의 적이다. 구태의연한 방식으로는 새로운 환경을 개척해나갈수 없다.

131 뜻과 의욕만 앞세워서는 성공할 수 없다. 그만 한 열정과 노력이 따라야 한다. 고정관념을 과감하게 깨뜨리고 새로운 생각과 새로운 마음으로 무장하라.

132 이론, 즉 탁상공론에 머물지 말고 이론을 뛰어넘는 행동을 앞세워라. 이론과 실제는 맞지 않는 경우가 종종 있으므로 고정된 이론을 뛰어넘는 현실감각을 키워라.

133 성공의 길로 가기 위해서 할 일. 첫째, 자신이 가장 잘할 수 있는 것으로 목표를 삼아라. 둘째, 가만히 앉아서는 감나무의 감을 딸 수 없듯 목표를 이루기 위해서는 몸과 마음을 다해 실천해야 한다. 셋째, 새로운 정보를 수집하고 독서력을 길러라. 넷째, 실패를 두려워하지 말고 끝까지 도전하라. 다섯째, 자신에게 도움을 줄 수 있는 조력자들을 최대한 확보하라.

134 성공한 인생이 되느냐 실패한 인생이 되느냐는 종이 한 장 차이다. 성공하고 싶다면 온전한 마음으로 무장하고 또 무장하라.

135 성공 신화를 쓰기 위해서는 어떤 고난과 역경 앞에서도 당당하게 맞서라. 자신에게 지면 그것으로 끝장이다. 자신에게 지지 않도록 인내심을 기르고 평정심을 잃지 않도록 해야 한다.

136 근검절약하라. 지금 우리 사회는 과소비 풍조에 휘말려 있다. 나 하나쯤이야, 하는 그 하나쯤이 개인을 망치고 가정을 망치고 사회를 망치고 나라를 망치는 것이다. 빛나는 미래를 위해서라면 근검절약 정신을 반드시 길러야 한다.

137 근검절약은 좋은 성공 습관이다. 근검절약을 습관화하지 않으면 밝은 미래를 설계하고 개척하는 데 어려움이 따른다. 성공하고 싶다면 반드시 근검절약을 습관화하라.

138 돈은 버는 것보다 쓰는 것이 더 중요하다. 성공적인 인생이 되기 위해서라면 근면 검소하고 참고 기다릴 줄 아는 사람이 되라. 모든 성공은 근검절약을 실천하는 데서 오는 것이다.

139 행복한 사람은 눈높이를 낮춰 자신을 행복의 숲으로 이끌고 가는 사람이다. 그러나 자신을 불행하다고 여기는 사람은 끝없는 욕망에 갇혀 사는 사람이다. 자신이 진정 행복한 인생이 되고 싶다면 부정적인 삶의 그늘에서 빠져나와 행복의 만족도를 조금만 낮추어라.

140 행복한 인생의 첫 번째 조건은 건강이다. 두 번째 조건은 남을 배려하고 순수한 마음을 갖는 것이다. 세 번째 조건은 지금보다 나은 삶, 지금보다 인간답게, 지금보다 나은 직장인, 지금보다 나은 발전을 위해 전개하는 노력이다. 네 번째 조건은 강하고 굳건한 뜻이다.

141 행복은 특별한 사람만을 위한 선물이 아니다. 누구에게나 주어지는 권리이며 의무이다. 공짜로 인생의 행복을 구걸하지 마라. 공짜 인생은 늘 허무하게 종말을 맞게 된다. 그러나 땀과 열정으로 행복을 찾는 인생은 늘 풍요로운 행복을 누리며 인생의 극치를 느낄 것이다.

142 꿈이 있는 사람에겐 몇 가지 특징이 있다. 첫째, 늘 밝고 긍정적이다. 둘째, 배려심이 많고 매사에 자신감이 넘친다. 셋째, 어떤 시련 앞에서도 쉽게 좌절하지 않는다. 넷째, 실패를 두려워하지 않는다. 다섯째, 언제나 현재진행형이다. 여섯째, 칭찬을 잘한다. 일곱째, 친절하다.

143 꿈이 커야 큰 인생이 된다. 꿈의 동그라미를 자기 몸 크기만하게 그리면 그만큼만 이루게 되고, 자기 방만큼 그리면 그만큼만 되고, 학교 운동장만큼 그리면 그만큼만 이루게 된다.

144 꿈이 없는 사람은 멀리하라. 그로 인해 자신의 꿈도 멀어질 수 있다.

145 보람 있고 행복하게 살고 싶다면 강인한 신념에서 오는 불굴의 의지와 푸른 이상과 배움을 소중히 여기고 실천하라.

146 성공적인 인생을 살아가는 데 있어 좋은 습관은 '꿈의 보약'이다.

147 공기가 작은 틈새에도 스며드는 것처럼 어떤 상황에서도 적응할 수 있는 강인한 승부 근성을 길러라. 승부 근성은 성공의 비타민이다.